谜海拾遗

——朱映德从谜30年

朱映德 著

文匯出版社

与苏州谜友合影（前排左三朱映德，后排左一范重云，后排左二胡安义）

在庐山谜会期间作者与谜家陆滋源老师合影

与合肥谜家吴仁泰先生等谜友在庐山谜会时合影（左二为作者）

与中华灯谜学术委员会顾问田鸿牛老师合影

1986 年在桂林"漓江谜会"时与温州谜家柯国臻（中间者）等谜友合影（左一袁杰、左二作者、左四胡安义、左五周政平）

1982 年上海谜人参加姑苏谜会时合影（前排左起陶宽如、周浊、朱映德、苏纳戈、苏才果，后排左起范重兴、朱育泯、胡安义、江更生、杨一峥）

作者在浦东新区曹路金海文化艺术中心举办的春节联会活动中为灯谜爱好者作讲解

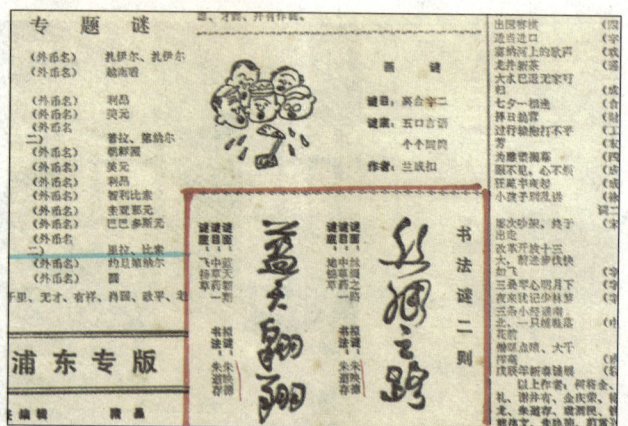

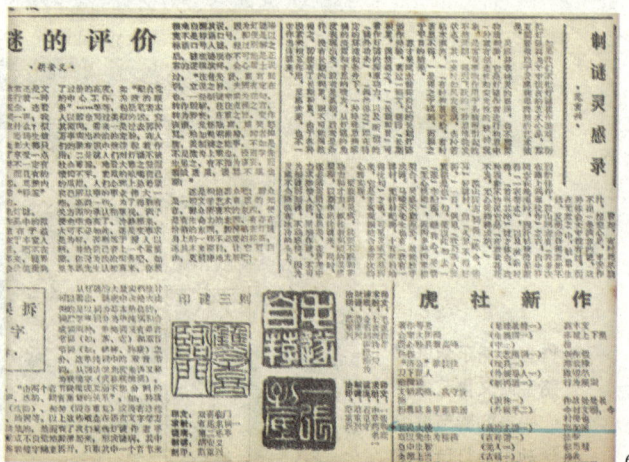

1、2、3、4，作者从谜后编
著的四本著作

5、6，作者在《中华谜报》
上发表的书法谜和印章谜剪贴
（5 为书法谜，6 为印章谜）

安徽省新闻图片社

安徽文艺出版社

以上为与谜家柯国臻、吴仁泰的往来书信（部分）

被上海市黄浦区文化局连续十年评为局
先进工作者称号的证书之一

在福建漳州灯谜艺术节活动中获优秀论
文奖证书

在首届黄浦区艺术节"百家谜会"中获佳
谜奖奖状

作者在"开发浦东 振兴中华"灯谜邀请赛
中任评委的聘书

作者在长三角地区灯谜邀请赛中获佳谜
奖奖状

作者经群文中级专业技术职务评审委员
会评审，确认为馆员的资格证书

作者被命名为浦东新区非物
质文化遗产项目民间文学《浦
东灯谜》代表性传承人证书

伏枥老骥更奋蹄
（代序）

初识朱映德，还记得是在二十世纪八十年代中期。浦东的谜人应邀前往浦东文化馆与浦东灯谜协会（今浦东灯谜研究会的前身）的谜友雅聚，并在馆内的大假山前合影留念。映德兄个子不高，脸上始终挂着憨厚的笑，貌不惊人的他给我留下十分友善的印象。那时他是浦东文化馆的工作人员，身兼浦东灯谜协会的秘书长。

自加入浦东灯谜研究会后，与映德兄的交往日趋多了起来，渐渐地由相识到稔知。尤其是在他花甲退休之后，依旧对文虎之道折首不悔，孜孜矻矻，不期浸淫其中已有四十载光阴矣！映德兄与灯谜的渊源，屈指算来早在1978年春已结下因缘。当时，他作为文化馆干部，馆领导嘱其负责组建浦东灯谜小组，这在二十世纪七十年代后期的上海是第一家恢复群众性灯谜活动的单位。在谜坛才俊胡安义与组员的共同努力下，开辟文化馆灯谜活动室，编印灯谜刊物，举办灯谜讲座、学习班，到工厂、学校、街道送谜下基层。朱映德特别关注那些善射会猜的灯谜爱好者，将其一一纳入灯谜组的队伍。粉碎"四人帮"后，浦东文化馆的群众性灯谜活动更是如虎添翼。1981年9月，在浦东灯谜小组的基础上成立了浦东灯谜协会，以及到后来的浦东灯谜研究会，朱映德先后出任秘书长、常务理事、活动办公室主任等职。而今已是87岁高龄的映德兄，老骥伏枥，壮心不已，仍然是浦东灯谜研究会的"大内总管"和顾问。

对于中华传统灯谜的学习与传承，映德兄常谦虚地称自己是"后知后觉"。他是人到中年才开始接触灯谜文化，当年文化馆领导的交办任务成为他开启灯谜大门的"敲门砖"。然而走进了中华灯谜的宫殿，映德兄开始停不下探新猎奇的脚步。博大精深的中华灯谜宝库，牢牢吸引住了这一位浦东本

地汉子上下求索的情怀。他如饥似渴地学习灯谜知识,组织编写《射虎必备》工具书;率队参加当年的"庐山谜会""漓江谜会"等,在各地的大型灯谜赛事上积累实战经验;在浦东谜协,他参与组织举办的"百家谜会""红楼谜会"《虎社》百期纪念谜会""开发浦东、振兴中华'广洋杯'谜会""金融谜会"等,在全国谜坛反响热烈,好评如潮;逢年过节,他积极为浦东新区潍坊、曹路、洋泾、花木、浦南等多个社区文化中心送谜展猜,受到居民群众的拍手欢迎;他博采众长,学而不厌,精心制作的谜作谜文时见《中华谜艺》及各地灯谜刊物。1991 年 5 月,他为《中华谜语丛书》编写的《红楼梦故事灯谜》由安徽文艺出版社出版;1992 年,他撰写的谜文荣获福建漳州灯谜艺术馆落成典礼优秀论文奖;2008 年,他编著的《灯谜常识》一书,作为上海市浦东新区陆家嘴功能区域管委会的系列教材丛书之一;2012 年 4 月,经浦东新区文广局批准,朱映德与老友胡安义同被命名为浦东新区非物质文化遗产民间文学——"浦东灯谜"的传承人。这一切,可谓春华秋实,实至名归。

在浦东开发开放 20 周年庆典上隆重推出的由军旅作家纪晓松编写的《润泽浦东》一书,在采访映德兄后曾以生动的笔触写道:"浦东文化馆退休老干部朱映德,1950 年 12 月进入当时的浦东工人俱乐部,直到现在,已经近半个世纪。也许因为近水楼台,使他与灯谜结下了不解之缘,从一个谜盲到谜家,他看着灯谜从一棵小苗成长为今天的参天大树,也正是因为他和谜友们共同的呵护,才有了今天的根深叶茂。75 岁的老人,在与笔者谈起有关灯谜的往事时,宛如昨天,欢笑声依旧在耳边萦绕。"随着社会经济的发展,人们生活节奏的加快,一些原本传统的文化活动慢慢游离了都市人的生活轨道,而浦东灯谜却依旧保持着旺盛的生命力。朱映德认为主要有两方面的原因:一是浦东文化馆历任领导长期重视对灯谜这一非遗文化的传承,二是浦东谜人对中华灯谜的热爱不改初心,持之以恒。他是如此思考,更是如此践行。以映德兄的耄耋高龄,完全可以在家中含饴弄孙,颐养天年,但他却不甘寂寞,视灯谜如佳侣,不离不弃。映德兄勤于创作,他的谜作深入浅出,别有谜味,时有灵动之品。这里择录几条,以作管中窥豹:

1. 一直不迟到(字)　旦　(1998 年 8 月入选《中国灯谜》、2001 年 4 月入选《中华谜语大观》)

2. 本人退休儿顶替(字)　兀　(1986 年 1 月入选《灯谜入门》、1988 年 8 月入选《中国灯谜》、1987 年 6 月入选《庚午蒲月访沪专辑》、1990 年 10 月入选《新时期灯谜佳作集》、1991年1月入选《佳谜鉴赏辞典》、1995年1月入选《现代灯谜精品集》、2000年1月入选《中华字谜大全》、2000年9月入选《实用灯谜大全》）

3. 川（表扬语） 一贯带头 （1998年8月入选《中国灯谜》、2000年9月入选《实用灯谜大全》、2004年8月21日《新民晚报》）

4. 义（交通名词） 误点 （1998年8月入选《中国灯谜》、2000年9月入选《实用灯谜大全》）

5. 闲敲棋子落灯花(炊事用语) 一点就着

6. 不忘初心(足球术语) 一记长传

7. 亮财产、亮存款、亮收入(食品) 三明治

8. 低落心态要调整(4画字) 犬

9. 孤山虎踞迷雾绕(7画字) 岚

10. 立足四化(字) 竞 （1993年5月入选《字海谜趣》）

这些谜作，仅仅是映德兄灯谜创作的九牛一毛。用他自己的话说，"青年时期我是个灯谜爱好者、追随者，退休后我是个灯谜创作者、传承者。我受益于中华灯谜大半辈子，是灯谜，让我感觉生命不虚度，生活更充实"。映德兄看重的不是灯谜的发表与获奖，他享受的是灯谜创作的内涵，是中华灯谜的继承与传播。尽管他的很大一部分谜作都在各地灯谜刊物上发表过，也得到过海内谜家的赏析和赞誉，但他从来不会沾沾自喜。他认为对于灯谜"善于学习，就有成果；知难而上，必有收获。只盼着灯谜能在浦东地区后继有人，传承下去，这就是我的毕生愿望"。

庚子岁首，欣闻映德兄整理自己以往的灯谜作品和文章，去芜存菁，准备结集出版，这不啻是浦东灯谜研究会的"东风第一枝"。在我交往并敬重的朋友中，映德兄知足常乐，随遇而安，算得上是一位心平气和的智者。他玩灯谜，自中年玩到暮年，从发黑玩至鬓白，至今还见其笔耕不辍，精神矍铄，可见灯谜文化对其心灵的滋养。衷心祝愿映德兄在中华灯谜这一方沃土上，伏枥老骥更奋蹄！

就写这么多，聊以为序。

浦东灯谜研究会会长 李志勇
2020年元月

伏枥老骥更奋蹄(代序)

前　言

　　我于 1933 年出生，1950 年 12 月加入原黄浦区浦东工人俱乐部工作，负责图书馆采编。在"文革"前俱乐部改为黄浦区工人文化宫，"文化大革命"时期与黄浦区文化馆合并名为"黄浦区工人文化科技馆"，我负责电子技术交流队工作（因本人在上海南洋模范无线电学校毕业有证书），组织电子技术交流队，开展基层电子新技术交流活动。"文化大革命"后，因故由上海市工人总工会领导的"浦东工人俱乐部"改为由上海黄浦区文化局领导的"浦东文化馆"。从图书馆出来，我陆续负责四个协会（灯谜、集邮、象棋、桥牌，兼任电子游戏机的维修），灯谜协会和集邮协会都是白手起家创建起来的，象棋和桥牌都是接任的。在此期间，每年举办大型邮展等工作，常得到市集邮协会奖励，并获"市先进邮协"锦旗一幅；这期间曾邀请象棋大师胡荣华二度来浦东小剧场举办象棋"车轮大战"，场面热闹非凡；每年年终举办基层正规桥牌团体赛和象棋团体赛等。至退休前我连续十年被评为上海黄浦区文化局先进工作者；1989 年 12 月由上海市图博系列群文专业职称评审委员会，评定为中级职称；2012 年 4 月由浦东新区文广局批准为民间文学"浦东灯谜"代表性传承人，均颁有证书。

　　1978 年春，馆领导安排我负责开展浦东灯谜活动，因此开辟了灯谜室，丰富阵地活动内容。粉碎"四人帮"后，浦东文化馆是上海第一家开展灯谜活动的单位。1981 年 9 月成立浦东灯谜协会，我担任秘书长、常务理事兼活动办公室主任，现为顾问。

　　1977 年底，当时我对谜一知半解，既无谜条，又无创作队伍。"四人帮"时期灯谜遭劫，社会上不少谜人心有余悸，展开活动有一定困难。春节

到了(1978年),该是亮相的时候,东抄西找总算凑到一些旧谜,开辟了灯谜室。因"十年浩劫"后,本市首先亮出谜室,群众有新鲜感,参与者络绎不绝,现场人头攒动,非常热闹。我看在眼里,喜在心头,一炮打响,不亦乐乎,不亦忙乎。来者无心,管者有意,从中将善射会猜的爱好者,一一纳为我组建谜组的对象。

灯谜室是灯谜活动的根据地,这里成了联系谜协与爱好者的桥梁,成了联络站、启蒙所。我们怀着"韩信点兵,多多益善"的精神,海纳百川,聚会英才,吸引了不少灯谜能手,使浦东灯谜协会活动迅速崛起,屹立于谜坛之林。参加浦东灯谜活动的先后有胡安义、范重兴、苏才果、苏纳戈等等;还有沪上各区谜组负责人,如沪东工人文化宫的王峰石、蓝成扣,卢湾区的卢立祥,闸北区的郭海龙,上港谜协的金庆荣,黄浦谜社的袁先寿等等;近期花木社区爱好者也充实了我们的力量。精英荟萃,融为一体。

浦东开展灯谜活动,特别注重依靠骨干力量,他们是开展活动的有力保障。他们发扬主人翁的精神,积极献计献策,开展多种多样有创造性的灯谜活动,使灯谜在浦东这块土地上开出璀璨之花,结出累累硕果。如举办"百家谜会",编印《百家谜会》专辑(1986.10.),编印《虎社百期纪念》专辑(1988.11.),举办"红楼谜会",编印《红楼谜会》专辑(1989.3.),及庆祝澳门回归,举办"情系澳门迎回归993海内外灯谜邀请赛",编印《濠境归航》专辑(1999.8.)等,我都担任编委。由于谜协一班人马卓有成效的工作,特别由于胡安义会长精心策划,全身心投入,取得了丰硕成果,同时也迎来海内外及港台灯谜师友多次赴浦东授经送宝。

在粉碎"四人帮"后,由于浦东起步早,拔得头筹,获得先机,在沪上创得诸多率先:

1. 首先开辟灯谜室(1978年初春)

2. 首先成立谜组(1978年8月),后为浦东谜协

3. 首先编印多种灯谜刊物(1978年5月),刊名为《谜语》《灯谜》《浦东谜刊》

4. 首先与外省市交流,编印《苏沪灯谜会猜》专辑,《有二苏因素》(1978年11月)

5. 首先送谜下厂、下校(1978年11月),如去沪东造船厂、东昌中学等

6. 首先举办"灯谜知识讲座"(1979年11月)及"灯谜学习班"(1983年

3月）

　　建立每月评谜制度，雷打不动，团结一班人，相互促进，共同提高，为编辑《浦东谜刊》打下扎实的基础。

　　《浦东谜刊》的编印，成为谜协对外的窗口，得到谜界师友的广泛关注。谜刊探讨谜艺之广博，交流谜品之高位，博得全国谜坛师友的欢迎、青睐、好评，同时也提高了浦东谜协的知名度。这些都有赖于主编、编委们的奉献精神，他们勤奋、认真踏实的工作，为推动灯谜事业的发展做出巨大贡献，《浦东谜刊》被评为"全国十佳谜刊"之一。

　　在谜协谜人的熏陶下，在管理灯谜工作的同时，我邯郸学步，也逐渐走进了灯谜的高雅殿堂，得到提高，得到快乐。积累创作谜条好几百则，上千余条次入选各地80多种书报刊物（包括我国台湾谜刊）。获得"春申谜会"佳谜奖（1984年2月）及"百家谜会"佳谜奖（1986年9月）。1991年9月受聘"开发浦东，振兴中华"全国部分省市灯谜创作邀请赛评委，带队参加"黄鹤谜会""庐山谜会""漓江谜会"和漳州灯谜艺术馆落成典礼等，学到不少经验。最近李志勇同志在《虎社览踪》后记中说："尤其德高望重的朱映德和胡安义两位同人，前者任秘书长时为本书的灯谜大事记做了翔实的梳理记录，后者为本书提供了近百帧珍藏的图片"。的确，本人任秘书长时，从灯谜起步就开始勤笔记录谜事活动了，故保存了基本完整的资料。

　　1991年与范重兴编著《红楼梦故事灯谜》一书，后又为上海市浦东新区陆家嘴功能区域管委会编写学习型陆家嘴系列教材丛书《灯谜常识》一书；壬申年上元，获漳州灯谜艺术馆落成典礼优秀论文奖。1991年1月被聘为"开发浦东，振兴中华"全国部分省市灯谜创作邀请赛评委；2012年11月获第十四届中国上海国际艺术节"浦东花木杯"长三角地区灯谜邀请赛佳谜奖。

　　抓住亮点、抓住机遇很重要。外地某谜组因征订《射虎必备》客户过多无货而告吹（退订），我马上想到我们自己搞，立即组织周政平、何将全（他是退休老工人，坐镇灯谜室，有利抄写工作）。商定后我负责提供谜材，做好收集资料和编印准备工作。于1983年9月出版第一集后，立刻得到全国各地谜界谜友的热烈欢迎，来信来稿支持我们，发行量超出《浦刊》，读者认为我们及时成书为谜坛做了一件大好事。

　　此后又组织陈俊生、何将全编辑犹如《浦东谜刊》的副产品——《智力

浪花》，与他们商议筹划，邀集在谜协中爱好智力的谜友，组成小组，陆续编印《智力浪花》期刊，共出版八期（每年一期），其中"花色谜"专辑（1988 年 7 月）为第五期，颇受欢迎。作者有谜界章镳、王正亮、翁德明、朱道存、王万森、曹志标、汪南昌、孟跃进、袁先寿、田鸿牛、吴伟忠、单福忠等等好手名将，涉及笑话谜、哑谜、邮票谜、表格谜、实物谜、儿歌谜等等，共录用 92 题之多，为广大爱好者提供了一个发表和学习的园地。曾为浦西预订此刊的学校（一次订购近百册）送去该书，很受师生们的欢迎。本刊也得到名人张祉浩先生来稿支持，他是上海《新民晚报》"夜光杯"中智力栏的长期供稿者。这本《智力浪花》第五期，也是我唯一保存着的一期。

这期花色谜专辑，在 1988 年 7 月开始征稿，深得全国各地灯谜和智力爱好者的大力支持。来稿涉及十个省、市、自治区，数十位师友共惠赐各种趣谜作品达十几种近两百篇。《智力浪花》第五期中刊有我创作的四则花式谜，这里仅举两则花式谜，请赏教：

1."寓言谜"——人穷货假 北宋的石苍舒，家境清寒，但他酷爱书法，家里藏有很多名人墨迹，其中的一本唐代大书法家褚遂良所写的《圣教序》，可称是稀世之珍。

当时的宰相文彦博，听说石苍舒家藏有《圣教序》墨迹，便派人去借了来看。文彦博见到褚遂良的真迹，心里很是高兴，反复观赏，赞不绝口，于是就让他侄子临摹一本。

过了几天，临本完了。文彦博请各衙官员到他府上赴宴。酒过三巡，菜过五味，文彦博开口对众人说："今天请各位光临，不为别事，只因我家原藏褚遂良《圣教序》墨迹一册，近又友人处得到一本，请大家鉴别一下真伪。"说着让人把两本墨迹一并拿出。本来临本是假的，当然无法和真迹相比，可是大家却异口同声说临本真，真本假。

石苍舒听到之后，无限感慨地说："唉，人要是穷了，连真货都变成假货了！"

（以上一篇寓言，请猜一句成语、两句口语，再自选谜目做出三个谜底。）

谜底：一句成语为投其所好， 两句口语为搬弄是非 不看实质

投其所好（电视剧二）搬家、微笑

搬弄是非(字一)开　不看实质(物理名词一)单相表

2. 开张志喜——对谜目

以下一首贺诗中含有谜面和谜底,请整理后加谜目成三条灯谜。

贺诗:月中桂　悦来店　天府花生　无烦无恼无忧愁　百事可乐欣欣此生意

谜底揭晓:月中桂(食品一)天府花生

悦来店(五唐一句)欣欣此生意

无烦无恼无忧愁(饮料一)百事可乐

我于2013年4月在本馆举办的灯谜知识讲座中,主讲"形形色色的灯谜",讲"花式谜"应用。其中采用曾在早期《中国谜报》(1988年4月1日)上发表过的我的二则"书法谜":

1. 丝绸之路(草体由朱道存书)　谜目:中草药一　谜底:地锦草

2. 蓝天翱翔(草体由朱道存书)　谜目:中草药一　谜底:飞扬草

因是草体所以谜底后必加草字,这是由于某些花式谜的特殊性,它们有特殊的法规。即如表(属)性字(词),以上两条中的"草"就是书法谜的属性字。

书法艺术与灯谜技巧合璧,产生书法谜。篆刻艺术用于灯谜,化为"印谜",它也有表(属)性字。

如范重兴的两首印章谜:

1. "双喜临门"(范重兴治印)　谜目:音乐名词　谜底:第二乐章,"章"即是印章谜的表(属)性字。

2. 毛遂自荐(范重兴治印)　谜目:七唐诗一句　谜底:金石刻画臣能为"金石刻画"是表(属)性字(词)

这次讲课中讲到的"花式谜"有故事谜、象棋谜、电报谜、扇谜、扑克谜、三角谜、红字谜、标志谜、方格谜等等。以谜界的惯例,除了正常的普通谜外,所有谜都称为花式谜。花式谜多数是被要猜的花色谜内容,画成图卦面的。如棋谜则以画成棋局卦谜后供猜的等。

花式谜有一时期发展很快,品种繁盛起来,常在各地谜组的期刊上见到,内容丰富,现在与各地谜组联系少了,不十分了解,除天津的《智力》杂

前　言

志外,在《中华谜艺》《鹿衔草》《文虎摘锦》谜刊上有时见到一两则,为数不多。其实"花式谜"也是寓教于乐的有益的品种之一,故受大家欢迎。

以上述及本馆《智力浪花》刊物中花色谜的认识,只是一个插曲。

2010年某军旅作家采访后写道:浦东文化馆退休老干部朱映德,1950年12月进入当时的浦东工人俱乐部,直到现在,已经近半个世纪。也许因为近水楼台,使他与灯谜结下了不解之缘,从一个谜盲到谜家,他看着"灯谜"从一棵小苗成长为今天的参天大树,也正是因为他和谜友们共同的呵护,才有了今天的根深叶茂。75岁的老人,在与笔者谈起有关灯谜的往事时,宛如昨天,欢笑声依旧在耳边萦绕……1977年底,为了丰富群众的文化生活,需新辟灯谜项目,领导要朱映德负责。当时朱映德对灯谜几乎一无所知,既无谜条,又无创作队伍,真所谓白手起家。由于"四人帮"时期灯谜遭劫,社会上不少"谜人"受到迫害,他们心有余悸,展开活动有一定困难。经过努力,终于在1978年春节在本市首先亮出谜室。正由于"十年浩劫",群众对灯谜有新鲜感,谜室开放后,参观者络绎不绝,热闹非凡。朱映德特别关注那些善射会猜爱好者中的优秀者,一一纳入灯谜组的队伍,随着时间的推移,浦东的灯谜活动也蓬勃兴旺起来。

随着经济的发展,人们生活节奏的加快,许多传统的文化活动都慢慢丢掉了,为什么浦东文化馆的灯谜活动有这么强的生命力呢,朱映德认为主要有两方面的原因,一是浦东文化馆领导对灯谜的价值的认同,从而得到了大力支持,这是灯谜发展的基础;其次是作为组织者,本着"用人不疑,疑人不用"的信念,多争取积极分子,特别依靠骨干力量,这是开展活动的有力保障。(摘自《润泽浦东》)

1996年1月我加入了中华灯谜学术委员会,会刊《中华谜艺》,我长期订阅:学谜论、赏佳作、勤创作,受益匪浅,其乐无穷。

目　录

目录

第一章 谜畴拾粟

一九七九年

休（常用词一） 统一体

　　1979 年 9 月原载浦东《灯谜》第 6 期

一月中旬（字一） 明

　　1979 年 11 月原载浦东《灯谜》第 7 期

　　1979 年 11 月入选辽宁出版社《千家灯谜》

一连串（字一） 吕

　　1979 年 11 月原载浦东《灯谜》第 6 期

　　2000 年 9 月入选上海古籍出版社《实用灯谜大全》

吕（文学名词） 分回

　　1979 年 12 月原载浦东《灯谜》第 7 期

青（话剧名二） 日出、明朗的天

　　1979 年 12 月原载浦东《灯谜》第 7 期

日趋安定（字一） 晏

　　1979 年 12 月原载浦东《灯谜》第 7 期

一九八零年

一直不迟到（字） 旦

1980 年 4 月原载《浦东谜刊》第 8 期

1998 年 8 月入选陕西人民出版社《中国灯谜》

2001 年 4 月入选中国青年出版社《中华谜语大观》

川（表扬语）　一贯带头

1980 年 4 月原载《浦东谜刊》第 8 期

1998 年 8 月入选陕西人民出版社《中国灯谜》

2000 年 9 月入选上海古籍出版社《实用灯谜大全》

2004 年 8 月 21 日入选《新民晚报》举例《说说常用语谜》

九（本市地名）　十八间

1980 年 4 月原载《浦东谜刊》第 8 期

1998 年 8 月入选陕西人民教育社《中国灯谜》

2000 年 9 月入选上海古籍出版社《实用灯谜大全》

义（交通名词）　误点

1980 年 4 月原载《浦东谜刊》第 8 期

1998 年 8 月入选陕西人民出版社《中国灯谜》

2000 年 9 月入选上海古籍出版社《实用灯谜大全》

本人退休（字）　一

1980 年 7 月原载《浦东谜刊》第 9 期

1986 年 5 月入选江苏科技出版社《中华灯谜研究》举例

2000 年 9 月入选上海古籍出版社《实用灯谜大全》

2001 年 1 月入选中国青年出版社《中华谜语大观》

回扣钱（字）　圆

1990 年 8 月原载《浦东谜刊》第 33 期（1989 年 12 月原载《虎社》）

2001 年 4 月入选中国青年出版社《中华谜语大观》

1988 年 8 月入选陕西人民教育出版社《中国灯谜》

2005 年 3 月 30 日《新民晚报》苏才果举例《制谜贵在创新》

本人退休儿顶替(字)　兀

1980 年 12 月原载《浦东谜刊》第 10 期

1986 年 1 月入选上海文化出版社《灯谜入门》

1988 年 8 月入选陕西人民教育出版社《中国灯谜》

1987 年 6 月入选台湾朱家熹编的《庚午蒲月访沪专辑》

1990 年 10 月入选深圳海天出版社《新时期灯谜佳作集》

1991 年 1 月入选安徽黄山书社《佳谜鉴赏辞典》

1995 年 1 月入选上海东方出版中心《现代灯谜精品集》

2000 年 1 月入选江西科技出版社《中华字谜大全》

2001 年 1 月入选中国青年出版社《中华谜语大观》

2000 年 9 月入选上海古籍出版社《实用灯谜大全》

立足四化(字)　竞

1980 年 12 月原载《浦东谜刊》第 10 期

1993 年 5 月入选张学智《字海谜趣》

断水(常用词)　关注

1980 年 12 月原载《浦东谜刊》第 10 期

仑(常用词一)　转化

1980 年 12 月原载《浦东谜刊》第 10 期

老山东(徐妃,常用词)　咕噜

1980 年 12 月原载《浦东谜刊》第 10 期

串(常用词二)　集中、统一

1980 年 12 月原载《浦东谜刊》第 10 期

夕（成语一）　名扬四方

　　1980 年 12 月原载《浦东谜刊》第 10 期

小（成语一）　一口否定

　　1980 年 12 月原载《浦东谜刊》第 10 期

　　2000 年 9 月入选上海古籍出版社《实用灯谜大全》

如何挖潜节能，会效果显著（字一）　明

　　1980 年 12 月原载《浦东谜刊》第 10 期

回（常用词）　格外大方

　　1988 年 8 月入选陕西人民教育出版社《中国灯谜》

　　2005 年 3 月 30 日《新民晚报》苏才果举例《制谜贵在创新》

一九八一年

衣裳穿了一星期（常用词）　服务周到

　　1981 年 3 月创作

错上加错（常用词）　误会

　　1981 年 3 月原载《浦东谜刊》第 11 期（浦东《虎社》第 2 期）

劳动歌声（新词）　工调

　　1981 年 3 月原载《浦东谜刊》第 11 期（浦东《虎社》第 2 期）

有点着迷（字）　述

　　1981 年 3 月原刊《浦东谜刊》第 11 期（浦东《虎社》第 2 期）

　　1995 年 9 月入选上海东方出版中心《现代灯谜精品集》

　　2009 年 9 月入选上海古籍出版社《实用灯谜大全》

个个在笑(字)　天

　　1981 年 3 月原载《浦东谜刊》第 11 期(浦东《虎社》第 2 期)

内行人下基层(字)　贝

　　1981 年 3 月原载《浦东谜刊》第 11 期(浦东《虎社》第 2 期)

　　2001 年 4 月入选中国青年出版社《中华谜语大观》

旁观(三字俗语)　看不中

　　1981 年 3 月原载《浦东谜刊》第 11 期(1980 年 12 月原载《虎社》)

　　2001 年 4 月入选中国青年出版社《中华谜语大观》

一举粉碎"四人帮"(常用词)　大众化

　　1981 年 3 月原载《浦东谜刊》第 11 期

二个五分(戏剧术语)　配角

　　1981 年 6 月创作

天上云星(新词)　空白点(天上为空、云为白、星为点)

　　1986 年 11 月创作

国外来客(字)　喀

　　1981 年 7 月原载《浦东谜刊》第 12 期

自始至终有人负责(字)　任

　　1981 年 7 月原载《浦东谜刊》第 12 期

江西落户(字)　沪

　　1981 年 7 月原载《浦东谜刊》第 12 期

分配后去江西(字)　酒

1981 年 5 月创作

1981 年 7 月原载《浦东谜刊》第 12 期

丰（成语）　三十而立

1981 年 7 月原载《浦东谜刊》第 12 期并入选该书"佳谜选辑"

1990 年 7 月入选《中国灯谜知识》93 页《灯谜的形式》中"颠倒式"举例
"丰"若卧倒成"卅"（读 sà，三十），谜底由"立"示意

1991 年 1 月入选黄山书社《佳谜鉴赏辞典》

1986 年 1 月入选上海文化出版社《灯谜入门》

1982 年 11 月入选天津科技出版社《中国灯谜》

2000 年 9 月入选上海古籍出版社《实用灯谜大全》79 页《谜体谜法》中
"旋转法"举例，以旋转文字为主要手法，使谜面和谜底相扣。旋转
九十度称为"倒卧法"，旋转一百八十度称为"颠倒法"。将"三十"
（卅）立起来是"丰"字，这是把"卅"旋转了九十度

外使（俗语）　不中用

1981 年 7 月原载《浦东谜刊》第 12 期

2000 年 9 月入选上海古籍出版社《实用灯谜大全》

自产自销（军事名）　独立营

1981 年 7 月原载《浦东谜刊》第 12 期

2001 年 4 月入选中国青年出版社《中华谜语大观》

1992 年 10 月入选舟山市定海区粮食局《粮油灯谜集锦》

白云飘飘（常用词）　说不定

1981 年 8 月原载《虎社》第 12 期

2000 年 9 月入选上海古籍出版社《实用灯谜大全》

其中有是非（字）　基

1981 年 10 月原载《浦东谜刊》第 13 期

1988 年 8 月入选陕西人民教育出版社《中国灯谜》

2000 年 9 月入选上海古籍出版社《实用灯谜大全》

1993 年 5 月入选张学智《字海谜趣》

唬（文娱活动） 周末一谜

　　1981 年 10 月原载《浦东谜刊》第 13 期

　　2000 年 9 月入选上海古籍出版社《实用灯谜大全》

准备工作（秋千、常用词一） 干预

　　1981 年 10 月原载《浦东谜刊》第 13 期

枫（成语） 有机可乘

　　1981 年 10 月原载《浦东谜刊》第 13 期

　　2003 年 5 月入选内蒙远方出版社《灯谜集锦》

红梅报春（电影） 花枝俏

　　1981 年 10 月原载《浦东谜刊》第 13 期

说话不牢靠（书名一） 白云飘飘

　　1981 年 10 月原载《浦东谜刊》第 13 期（浦东《虎社》第 19 期）

　　1990 年 12 月入选辽宁人民出版社《千家灯谜》

白云飘飘（演员二） 陈述、于飞

　　1981 年 10 月原载《虎社》第 12 期

　　2000 年 9 月入选上海古籍出版社《实用灯谜大全》

信（交通用语） 人行道

　　1981 年 6 月创作

　　1991 年 12 月入选辽宁科技出版社《实用灯谜大全》

一九八二年

千里相逢在路旁（字） 踵

    1982 年 3 月原载《浦东谜刊》第 14 期

    1982 年 11 月原载《虎社》第 21 期

    1982 年 11 月入选天津出版社《中国灯谜》，入该书佳谜选辑

干在前头（字） 平

    1982 年 3 月原载《浦东谜刊》第 14 期

    1990 年 5 月入选福建《荔乡谜苑》

人口论（字） 哙

    1982 年 3 月原载《浦东谜刊》第 14 期

直通南昌（字） 申

    1982 年 3 月原载《浦东谜刊》第 14 期

双方一条心（字） 惠

    1982 年 3 月原载《浦东谜刊》第 14 期

    1993 年 5 月入编张学智《字海谜趣》

摊（俗语） 难下手

    1982 年 3 月原载《浦东谜刊》第 14 期

时刻在召唤（电影一） 钟声

    1982 年 3 月原载《浦东谜刊》第 14 期

寸（电影） 寻根

    1982 年 3 月原载《浦东谜刊》第 14 期

只能上前（字）　台

1982 年 9 月原载《浦东谜刊》第 15 期

分而治之（口语一）　不合理

1982 年 9 月原载《浦东谜刊》第 15 期

1997 年 8 月入选中国建材出版社《谜苑百花》

1998 年 5 月入选中国书店《灯谜览胜》

1981 年 12 月入选上海古籍出版社《实用灯谜大全》

步子协调（音乐名词）　进行曲

1982 年 9 月原载《浦东谜刊》第 15 期

2005 年 10 月入选温州《鹿衔草》

朋友来自五湖四海（机构简称）　广交会

1982 年 9 月原载《浦东谜刊》第 15 期

九（浦东地名）　十八间

1982 年 12 月原载《浦东谜刊》第 16 期

一心向上（字）　必

1982 年 12 月原载《浦东谜刊》第 16 期

2009 年 9 月入选上海古籍出版社《实用灯谜大全》

2002 年 10 月入选温州《鹿衔草》

尽力去办（字一）　尺

1982 年 12 月原载《浦东谜刊》第 16 期

1981 年 1 月原载《虎社》

1981 年 1 月入选中国青年出版社《中华谜语大观》

2009 年 9 月入选上海古籍出版社《实用灯谜大全》

1988 年 8 月入选陕西人民出版社《中国灯谜》

1993 年 5 月入选张学智《字海谜趣》

千里相逢在路旁(字一)　踵

1982 年 12 月原载《浦东谜刊》第 16 期

从一到十(字)　坐

1982 年 12 月原载《浦东谜刊》第 16 期

1995 年 1 月入选上海东方出版中心《现代灯谜精品集》

1998 年 8 月入选教育出版社《中国灯谜》

1993 年 5 月入选张学智《字海谜趣》

1998 年 1 月入选陕西人民教育社《中华灯谜》

2000 年 9 月入选上海古籍出版社《实用灯谜大全》

三营集合(毛主席讲话一句)　团结起来(三个营为团)

1982 年 5 月创作

溪水九道湾(音乐名词)　流行曲

1982 年 7 月创作

领导松不得(卷帘,俗话)　紧要关头

1982 年 7 月创作

2011 年 1 月入选中华谜报社《中华灯谜》

一九八三年

大家议论纷纭,众说不一(电学名二)　全频道、杂声

1983 年 3 月原载《浦东谜刊》第 17 期

搬弄是非(字)　开

1983 年 3 月原载《浦东谜刊》第 17 期

1982 年 2 月原载《虎社》

2001 年 4 月入选中国青年出版社《中华谜语大观》

一得之见(电学名词)　单相

1983 年 3 月原载《浦东谜刊》第 17 期

言之有理(秋千,外交语)　对话

1983 年 3 月原载《浦东谜刊》第 17 期

再次显影(常用词)　加深印象

1983 年 3 月原载《浦东谜刊》第 17 期

兀(电视剧一)　走西口

1983 年 3 月原载《浦东谜刊》第 17 期

乔迁之乐(电影二)　欢欢喜喜、换了人间

1983 年 7 月原载《浦东谜刊》第 18 期

反复无常(电影)　精变

1983 年 7 月原载《浦东谜刊》第 18 期

1998 年 5 月入选中国书店《灯谜览胜》

逢人只说三分话(口语)　不足道

1983 年 7 月原载《浦东谜刊》第 18 期

百年好合(谜格二)　白头、同心

1983 年 7 月原载《浦东谜刊》第 18 期

分出一半(字一)　岔

1983 年 7 月原载《浦东谜刊》第 18 期

1983 年 5 月原载浦东《虎社》

2001 年 4 月入选中国青年出版社《中华谜语大观》

营业额（常词）　商量

1983 年 7 月原载《浦东谜刊》第 18 期

1984 年 10 月入选福建《蚶江侨乡谜会》会刊

怀疑病（成语）　心腹之患

1983 年 7 月原载《浦东谜刊》第 18 期

各方配合不是哈（字）　咯

1983 年 7 月原载《浦东谜刊》第 18 期

1988 年 8 月入选《中国灯谜》陕西人民教育出版社

大家都想富起来（外国作家）　普希金

1983 年 7 月原载《浦东谜刊》第 18 期

王（财务用语一）　三联单

1983 年 7 月原载《浦东谜刊》第 18 期

三三二二共议论（字）　计

1983 年 7 月原载《浦东谜刊》第 18 期

不露面（日官名）　藏相

1983 年 7 月原载《浦东谜刊》第 18 期

只施以武力（乒乓术语）　单打

1983 年 11 月原载《浦东谜刊》第 19 期

木（出版用语）　单行本

1983 年 11 月原载《浦东谜刊》第 19 期

三分补品(字)　晶
　　1983 年 11 月原载《浦东谜刊》第 19 期

一拳来，一脚去(武术名词二)　武打、武当
　　1983 年 11 月原载《浦东谜刊》第 19 期

厂设宁波曲溪间(字)　痛
　　1983 年 11 月原载《浦东谜刊》第 19 期
　　1990 年 10 月入选深圳海天出版社《新时期灯谜佳作集》

话到嘴边(字)　唁
　　1983 年 11 月原载《浦东谜刊》第 19 期

早上日出(字一)　昌
　　1983 年 11 月原载《浦东谜刊》第 19 期

离开半月(字)　脑
　　1983 年 11 月原载《浦东谜刊》第 19 期

一九八四年

神州四季春(期刊)　中国青年
　　1984 年 2 月 11 日入选上海《新民晚报》"春申谜会"选刊

同是天涯沦落人(影目二)　流浪者、相遇
　　1984 年 3 月原载浦东《虎社》
　　1985 年 4 月入选温州《鹿衔草》
　　2001 年 4 月入选中国青年出版社《中华谜语大观》

听不进（电器）　耳塞

1984 年 3 月原载浦东《虎社》

1984 年 8 月原载《浦东谜刊》第 21 期

2001 年 4 月入选中国青年出版社《中华谜语大观》

建设者（字）　健

1984 年 8 月原载《浦东谜刊》第 21 期

老人止步（外名人）　卡翁达

1984 年 8 月原载《浦东谜刊》第 21 期

非那昔丁（人类学名词二）　近代人、现代人

1984 年 8 月原载《浦东谜刊》第 21 期

特加饭（外贸用语）　扩大进口

1984 年 8 月原载《浦东谜刊》第 21 期

无中生有（纪录片）　零的突破

1984 年 12 月原载《浦东谜刊》第 22 期

没有看错（常用词）　相对

1984 年 12 月原载《浦东谜刊》第 22 期

天天大扫除（字）　二

1984 年 10 月入选江苏兴化《楚风》谜刊

1984 年 12 月原载《浦东谜刊》第 22 期

1988 年 1 月入选人民日报出版社《中新灯谜鉴赏》

1998 年 8 月入选天津科技出版社《中国灯谜》

招待不周（名胜）　迎客松

1984 年 12 月原载《浦东谜刊》第 22 期

园（财贸语二）　出口、现金

1984 年 12 月原载《浦东谜刊》第 22 期

1986 年 4 月入选合肥《庐阳商灯》

失望人的希望（期刊二）　求索、新观察

1984 年 12 月原载《浦东谜刊》第 22 期

国际贸易（地名一）　营口

1984 年 12 月原载《浦东谜刊》第 22 期

一定要实现四化（杂志三）　当代、群众、心声

1984 年 12 月原载《浦东谜刊》第 22 期

勿讲为好（卷帘，成语一）　妙不可言

1984 年 12 月原载《浦东谜刊》第 22 期

有话当天讲（三字口语一）　不明白

1984 年 12 月原载《浦东谜刊》第 22 期

一九八五年

毕业之后又重逢（字）　圣

1985 年 4 月原载《浦东谜刊》第 23 期

1985 年 4 月入选无锡《梁溪谜会》"1985 年春节、元宵全国灯谜函寄大
　会猜专辑"

1993 年入选江苏淮安《文虎摘锦》"字谜专辑"2、3 期

1993 年 5 月入选张学智《字海谜趣》

2000 年 9 月入选上海古籍出版社《实用灯谜大全》

影目《我你他》(常用词)　三者兼顾
　　1985 年 4 月原载《浦东谜刊》第 23 期

事在人为(县名二)　安图、天全
　　1985 年 4 月原载《浦东谜刊》第 23 期

新春(牛年)献词(三国人名)　文丑
　　1985 年 4 月原载《浦东谜刊》第 23 期

大家庭(字)　庐
　　1985 年 10 月原载《浦东谜刊》第 24 期

田间突围北上(字)　古
　　1985 年 10 月原载《浦东谜刊》第 24 期

小路未整顿(三字口语)　大道理
　　1985 年 10 月原载《浦东谜刊》第 24 期
　　1988 年 1 月入选人民出版社《中华灯谜鉴赏》

百分之九十九是熟人(社会名词一)　只生一个
　　1985 年 10 月原载《浦东谜刊》第 24 期

全民皆兵(话剧一)　都会一角
　　1985 年 10 月原载《浦东谜刊》第 24 期
　　1985 年 5 月原载浦东《虎社》第 57 期
　　1985 年 1 月入选上海东方出版中心《现代灯谜精品集》

一九八六年

起点终点(中式菜肴名)　红烧头尾(起：起头；点：引着火)

1986 年 1 月入选福建永安《燕江灯谜》

合理抬高收购价(四字常言)　值得一提
1986 年 1 月入选福建永安《燕江灯谜》

军队向老百姓学习(称谓)　人民教师
1986 年 1 月入选福建永安《燕江灯谜》

游览汽车城(上楼,武汉名胜)　长春观(长春是汽车城)
1986 年 4 月原载《浦东谜刊》第 25 期

公说公有理婆说婆有理(交通用语)　各行其道
1986 年 4 月原载《浦东谜刊》第 25 期

最后走在一起(字)　趣
1986 年 4 月原载《浦东谜刊》第 25 期

疏林留马迹(字)　杰
1986 年 4 月原载《浦东谜刊》第 25 期
1987 年 2 月入选《智力》天津杂志社

镜头对准两座山(成语)　出将入相
1986 年 4 月原载《浦东谜刊》第 25 期
1990 年 10 月入选深圳海天出版社《新时期灯谜佳作集》
2000 年入选上海古籍出版社《实用灯谜大全》

拉拉拉(常用词)　牵连
1986 年 4 月原载《浦东谜刊》第 25 期

"你也思念,我也思念"(离合字一)　心相想

1986 年 4 月原载《浦东谜刊》第 25 期

日走一里(字一)　量
1986 年 4 月原载《浦东谜刊》第 25 期

浅尝辄止(商业用语)　进口表
1986 年 4 月原载《浦东谜刊》第 25 期

经济情报(电影)　渡江侦察记
1986 年 10 月入选浦东《百家谜会》
1987 年 9 月入选南昌《滕王阁谜稿》

反射(电影)　逆光
1986 年 10 月入选浦东《百家谜会》

低头思故乡(电视剧二)　向往、家
1986 年 10 月入选浦东《百家谜会》

学到老学不了(学校用语)　毕业生
1986 年 1 月原载浦东《虎社》
1986 年 10 月入选浦东《百家谜会》
1986 年 12 月入选《浦东谜刊》第 26 期
1987 年 6 月入选六安《皋城虎萃》
2001 年 4 月入选中国青年出版社《中华灯谜大观》

脱离群众(票务用语)　个别、团体
1986 年 10 月入选浦东《百家谜会》

平时不严(歌手)　常宽
1986 年 12 月原载《浦东谜刊》第 26 期

常言道（交通名词） 时刻表

　　1986 年 12 月原载《浦东谜刊》第 26 期

两者齿数相等（长篇小说） 同龄人

　　1986 年 12 月原载《浦东谜刊》第 26 期

再次声援（语法名词） 复辑音

　　1986 年 12 月原载《浦东谜刊》第 26 期

把灯谜活动推向新高潮（成语） 兴风作浪

　　1986 年 12 月原载《浦东谜刊》第 26 期

　　1991 年 1 月入选台湾《中国谜苑杂志》第 616 期

上海评话（法律名词） 申诉

　　1986 年 12 月原载《浦东谜刊》第 26 期

开始发言（法律名词） 起诉

　　1986 年 12 月原载《浦东谜刊》第 26 期

室内举行拔河赛（外币二） 里拉、比索

　　1986 年 12 月原载《浦东谜刊》第 26 期

　　1986 年 12 月入选景德镇《珠山谜圃》第 5 期

一九八七年

三个凑在一起（字） 全

　　1987 年 6 月原载《浦东谜刊》第 27 期

　　1987 年 1 月 3 日入选《宁夏日报》

　　1988 年 1 月入选人民出版社《中华灯谜鉴赏辞典》

　　1990 年 12 月入选宁夏《春风集》

"挑战者"号起飞爆炸(五唐一) 难于上青天

    1987 年 6 月原载《浦东谜刊》第 27 期

越做越快(成语) 积劳成疾

    1987 年 6 月原载《浦东谜刊》第 27 期

    1988 年 1 月入选人民出版社《中华灯谜鉴赏》

    1989 年 2 月入选上海《大世界》杂志

    1990 年 5 月入选舟山《舟山风光》

    1995 年 1 月入选上海东方出版中心《现代灯谜精品集》

    2000 年 9 月入选上海古籍出版社《实用灯谜大全》

对不起(电学名词二) 双相、伏

    1987 年 6 月原载《浦东谜刊》第 27 期

    1989 年 8 月入选中国民间文学家协会《中国谜报》

    1987 年 5 月入选南平《绿叶隐趣》"全国灯谜函寄会猜专辑"

新年(卯年)贺词(动物) 白兔

    1987 年 6 月原载《浦东谜刊》第 27 期

并列冠军(地名二) 两当、得荣

    1987 年 6 月原载《浦东谜刊》第 27 期

    1990 年 5 月入选福建《荔乡谜苑》

水上自由游(名胜) 逍遥津

    1987 年 6 月原载《浦东谜刊》第 27 期

两地植树树连树(地名) 桂林

    1987 年 6 月原载《浦东谜刊》第 27 期

    1987 年 1 月 3 日入选《宁夏日报》

    1990 年 12 月入选宁夏《春风集》

2000 年 9 月入选上海古籍出版社《实用灯谜大全》

评优（成语） 从长计议

1987 年 6 月原载《浦东谜刊》第 27 期

岸上叠峰（字） 出

1987 年 6 月原载《浦东谜刊》第 27 期

集体领导（电学名词） 组合管

1987 年 6 月原载《浦东谜刊》第 27 期

1990 年 12 月入选辽宁人民出版社《千家灯谜》

2001 年 4 月入选中国青年出版社《中华谜语大观》

1986 年 10 月入选浦东《百家谜会》

双重领导（电学名词） 复合管

1987 年 6 月原载《浦东谜刊》第 27 期

1991 年 1 月入选《佳谜鉴赏辞典》合肥黄山出版社

1995 年 1 月入选《现代灯谜精品集》上海东方出版社

2001 年 4 月入选《中华谜语大观》北京中国青年出版社

1986 年 10 月入选浦东《百家谜会》

分件整理（字） 朱

1987 年 6 月原载《浦东谜刊》第 27 期

1987 年 1 月原载浦东《虎社》

2000 年 9 月入选《实用灯谜大全》上海古籍出版社

两人维持现状（电学名词） 双稳态

1987 年 6 月原载《浦东谜刊》第 27 期

1986 年 10 月入选浦东《百家谜会》

满天飞雪（常用词）　空白点

　　1987 年 6 月原载《浦东谜刊》第 27 期

元（俗称）　二流子

　　1987 年 12 月原载《浦东谜刊》第 28 期

一生无邪（字）　止

　　1987 年 12 月原载《浦东谜刊》第 28 期

　　1989 年 6 月 3 日入选上海《新民晚报》

　　1991 年 1 月 1 日入选台湾《中国谜苑杂志》

　　1993 年 1 月入选广东澄海《92 华夏灯谜艺术节特辑》

　　1995 年 1 月入选《现代灯谜精品集》上海东方出版社

　　2000 年 1 月入选《中华字谜大全》江西科学技术出版社

　　1988 年 1 月入选天津《智力》杂志

　　1993 年 5 月入选张学智《字海谜趣》

一（中药二）　白参、百合

　　1987 年 12 月原载《浦东谜刊》第 28 期

来也匆匆去也匆匆（电学名词）　行频

　　1987 年 12 月原载《浦东谜刊》第 28 期

　　1988 年 5 月入选邯郸《赵都谜苑》

决心大一点（字）　态

　　1987 年 12 月原载《浦东谜刊》第 28 期

群言（河北名胜）　一片云

　　1987 年 12 月原载《浦东谜刊》第 28 期

就业之后（字）　一

1987 年 12 月原载《浦东谜刊》第 28 期

五一、十一夺高产（新名词）　双增双节
1987 年 12 月原载《浦东谜刊》第 28 期
1987 年 12 月入选宝鸡《西秦谜莘》

纵横交流（字）　州
1987 年 12 月原载《浦东谜刊》第 28 期

相当默契（职称）　合同工
1987 年 12 月原载《浦东谜刊》第 28 期

老少皆宜（医学名）　大小便
1987 年 12 月原载《浦东谜刊》第 28 期
1987 年 12 月入选福建三明《三明谜花》

互设大使（新名词）　两面派
1987 年 12 月原载《浦东谜刊》第 28 期
1988 年 4 月 1 日入选中国民间文学家协会《中国谜报》第 7 期
1989 年 1 月入选福建漳州《风华》

秋后开支（电影）　冬之花
1987 年 4 月创作

俭以养德（期刊二）　节能、文明
1987 年 7 月创作

并驾齐驱（物理名二）　速度、同步
1987 年 7 月创作
1987 年 12 月入选宝鸡《西秦谜莘》

一九八八年

功归于勤（字）革

1988 年 2 月原载浦东《虎社》第 89 期

1987 年 6 月入选台湾《庚午蒲月访沪专辑》

1989 年 2 月入选上海《大世界》杂志

1991 年 1 月 1 日入选台湾《中国谜苑杂志》616 期

2000 年 9 月入选上海古籍出版社《实用灯谜大全》

腊月见分晓（节令二）冬至、清明

1988 年 2 月 6 日入选《淮阴日报》

1989 年 2 月入选上海《大世界》杂志

1991 年 1 月 1 日入选台湾《中国谜苑杂志》

今年（龙年）围绕灯谜搞活动（气象用语）龙卷风

1988 年 2 月 1 日入选中国民间文艺家协会《中国谜报》

夏娃（影目）龙的传人

1988 年 2 月入选中国民间文艺家协会《中国谜报》

1988 年 3 月入选《淮海日报》

留下买路钱（卷帘，表格用语）文化程度

1988 年 3 月原载浦东《虎社》第 90 期

1987 年 6 月入选台湾《庚午蒲月访沪专辑》

1990 年 10 月入选深圳海天出版社《新时期灯谜佳作集》

肤浅之见（电学名词）单相表

1988 年 8 月原载浦东《虎社》第 95 期

2001 年 4 月入选中国青年出版社《中华谜语大观》北京

灯谜会猜搬上银幕(探骊)　电影《赛虎》

　　1988 年 9 月原载浦东《虎社》第 96 期

　　1987 年 6 月入选台湾朱家熹《庚午蒲月访沪专辑》

变相滞销品(字)　噪

　　1988 年 10 月原载《浦东谜刊》第 30 期

名酒畅销(音乐名词)　流行曲

　　1988 年 10 月原载《浦东谜刊》第 30 期

独占鳌头(荣誉称号)　优胜单位

　　1988 年 10 月原载《浦东谜刊》第 30 期

肤浅之见(商品带量)　一张皮

　　1988 年 10 月原载《浦东谜刊》第 30 期

　　1991 年 1 月 1 日入选台湾《中国谜苑杂志》第 616 期

一时撤军(电影二)　子夜、武松

　　1988 年 10 月原载《浦东谜刊》第 30 期

十扣柴扉久不开(新名词)　老关系户

　　1988 年 10 月原载《浦东谜刊》第 30 期(《虎社》第 91 期)

　　1990 年 10 月入选深圳海天出版社《新时期灯谜佳作集》

　　1990 年 12 月入选辽宁出版社《千家灯谜》

零存整取好办事(环保名)　蓄积作用

　　1988 年 10 月原载《浦东谜刊》第 30 期

爷爷得疾(环保名)　公害病

　　1988 年 10 月原载《浦东谜刊》第 30 期

1988 年 10 月 9 日入选《淮阴日报》

1989 年 5 月 6 日入选《宁夏日报》

1990 年 12 月入选宁夏《春风集》

一醉方休（常用词）　躺倒不干

1988 年 10 月原载浦东《虎社》第 97 期

2000 年 9 月入选上海古籍出版社《实用灯谜大全》

1989 年 7 月 30 日入选《淮阴日报》

一再观战（货币带量）　三张一角

1988 年 10 月原载浦东《虎社》第 97 期

1987 年 6 月入选台湾《庚午蒲月访沪专辑》

重大变化（谜友谜号）　千里

1988 年 11 月创作

1989 年 3 月入选浦东《虎社百期纪念》

相视而别（数量词）　一张二分

1988 年 11 月入选浦东《虎社百期纪念》

1989 年 10 月入选福建三明《己巳年全国函寄会猜专辑》

开天窗（新词）　增加透明度

1988 年 1 月创作

1989 年 3 月入选浦东《虎社百期纪念》

2001 年 4 月入选中国青年出版社《中华谜语大观》

顿觉眼前花满枝（红楼人名二）　霍启、张华

1988 年 10 月原载浦东《虎社百期纪念》

1989 年 1 月入选浦东《虎社百期》

1989 年 5 月 6 日入选《宁夏日报》

1990 年 12 月入选宁夏《春风集》

1993 年 1 月入选福建澄海《92 华夏金秋灯谜艺术节特辑》

并提烛笼两相辉（商标）　红双灯

1988 年 11 月入选安阳《殷都文虎》

一九八九年

绕城清泉潺潺流（环保名词）　水循环

1989 年 1 月入选西北铝厂首届全国灯谜函寄展猜专辑

沸声四起（环保名词）　环境噪音

1989 年 1 月入选西北铝厂首届全国灯谜函寄展猜专辑

哪里不平哪有我（四字常言）　突出个人

1989 年 1 月入选福建三明《全国函猜专刊》

回首一看（电学名词二）　逆转、单相

1989 年 1 月入选福建三明《全国函猜专刊》

东海前哨（电视剧）　在水一方

1989 年 1 月入选上海航海杂志社《航海》杂志

闆（商业用语）　第一流产品

1989 年 1 月原载浦东《虎社》

1989 年 3 月入选浦东《虎社百期》

2001 年 4 月入选中国青年出版社《中华谜语大观》

晚霞余辉入眼来（摄影名带量）　彩照一张

1989 年 1 月原载浦东《虎社》

1988 年 12 月入选浦东《虎社百期》

1993 年 1 月入选广东澄海《澄海 92 华夏金秋灯谜艺术节特辑》

书香人家（新词） 文明户

1989 年 3 月原载浦东《虎社》

2001 年 4 月入选中国青年出版社《中华谜语大观》

新年（蛇年）之恋（外电影二） 蛇、爱

1989 年 5 月入选合肥《庐阳商灯》

地头蛇（字） 圯

1989 年 5 月原载《虎社谜选》

1989 年 5 月入选温州《鹿衔草》

1989 年 5 月入选合肥《庐阳商灯》

一只烂梨殃满筐（保险名词） 实际全损

1989 年 5 月原载浦东《虎社》

2001 年 4 月入选中国青年出版社《中华谜语大观》

1991 年 10 月入选合肥《庐州虎迹》

有话说在前（字） 舌

1989 年 5 月 6 日入选《宁夏日报》

1990 年 12 月入选宁夏《春风集》

2001 年 4 月入选中国青年出版社《中华谜语大观》

景阳冈告示（口语一） 通风报信

1989 年 6 月原载《浦东谜刊》第 31 期

再次观战（币名带量） 三张一角

1989 年 6 月原载《浦东谜刊》第 31 期

节支一览（三国人名）　张俭

 1989 年 6 月原载《浦东谜刊》第 31 期

不要只念不做（鲁迅篇目二）　读书忌、空谈

 1989 年 6 月原载《浦东谜刊》第 31 期

斛（体育名词二）　双打、回合

 1989 年 6 月原载《浦东谜刊》第 31 期

有火火熊熊有水水淋淋（字）　尧

 1989 年 6 月原载《浦东谜刊》第 31 期

 1987 年 6 月入选台湾朱家熹编的《庚午蒲月访沪专辑》

赤条条来去无牵挂（红楼人名）　空空道人

 1989 年 6 月原载《浦东谜刊》第 31 期

央（影院用语）　一日上映

 1989 年 6 月原载《浦东谜刊》第 31 期

 1987 年 6 月入选台湾朱家熹编的《庚午蒲月访沪专辑》

纪念日（电影）　难忘的一天

 1989 年 6 月原载《浦东谜刊》第 31 期

 1990 年 12 月入选辽宁出版社《千家灯谜》

 1991 年 4 月入选黄石市《西塞山谜会》

包公默言（李白诗句一）　青天无片云

 1989 年 6 月原载《浦东谜刊》第 31 期（《虎社》第 103 期）

 1990 年 12 月入选辽宁出版社《千家灯谜》

设计宝宝衣（俗语）　为后代着想

1989 年 6 月原载《浦东谜刊》第 31 期

1990 年 12 月入选辽宁出版社《千家灯谜》

1991 年 4 月入选湖北黄石市《西塞谜会》

1990 年 8 月入选温州《东瓯谜艺》

2001 年 4 月入选中国青年报社《中华谜语大观》

1987 年 6 月入选台湾《庚午蒲月访沪专辑》

人要心口一致（字）　恰

1989 年 6 月原载《浦东谜刊》第 31 期

1989 年 7 月 30 日入选江苏《淮阴日报》

破涕为笑（电学名词）　变容

1989 年 6 月原载浦东《虎社》第 103 期

2001 年 4 月入选中国青年出版社《中华谜语大观》

白毛女熬过冬至（红楼人名二）　喜儿、迎春

1989 年 6 月原载《浦东谜刊》第 31 期

1988 年 10 月创作

1989 年 3 月入选浦东《红楼谜会》

光洁面（人器官）　内脏

1989 年 7 月原载浦东《虎社》第 104 期

1987 年 1 月 3 日入选《宁夏日报》

1990 年 12 月入选宁夏《春风系》

2001 年 4 月入选中国青年出版社《中华谜语大观》

泪干春尽花憔悴（影目二）　伤逝、桃李劫

1989 年 8 月入选《红楼谜会》专辑

公积金（红楼人名二）　赖大家的、钱升

1989 年 10 月原载浦东《虎社》第 107 期

1989 年 8 月入选合肥《庐阳商灯》

2000 年 9 月入选上海古籍出版社《实用灯谜大全》

1992 年 12 月 15 日入选上海《新民晚报》

2001 年 4 月入选中国青年出版社《中华谜语大观》

分秒必争（国名）　比利时

1989 年 11 月原载浦东《虎社》第 108 期

2001 年 4 月入选中国青年出版社《中华谜语大观》

一九九零年

精打小算盘（储蓄名词二）　会计、金额

1990 年 2 月入选合肥《庐阳商灯》

七成是收获（饮料带量）　一两白干

1990 年 2 月原载浦东《虎社》第 111 期

1992 年 10 月入选舟山《粮油灯谜集锦》

1990 年 10 月入选深圳海天出版社《新时期灯谜佳作集》

2000 年 9 月入选上海古籍出版社《实用灯谜大全》

小事一概不管（称谓）　大总统

1990 年 2 月原载浦东《虎社》第 111 期

2001 年 4 月入选中国青年出版社《中华谜语大观》

好事多磨（电影一）　爱之曲

1990 年 3 月原载《浦东谜刊》第 32 期

与众不同（票务用语二）　个别、团体

1990 年 3 月原载《浦东谜刊》第 32 期

1993 年 1 月入选广东澄海《华夏金秋艺术节特辑》

1989 年 9 月入选郑州《虎啸中州》

慎勿将身轻许人（保险名词） 保险对象

1990 年 3 月原载《浦东谜刊》第 32 期

1990 年 10 月入选合肥《庐州虎迹》第 11 期

保持优良传统（常言） 好不容易

1990 年 3 月原载《浦东谜刊》第 32 期

1990 年 2 月 10 日入选宁夏《宁夏日报》

1990 年 12 月入选宁夏《春风集》

1997 年 8 月入选中国建材工业出版社《谜苑百花》

有个孔方兄（字） 儿

1990 年 3 月原载《浦东谜刊》第 32 期

管它春夏与秋冬（财会用语） 会计年度

1990 年 3 月原载《浦东谜刊》第 32 期

回扣钱（字一） 圆

1990 年 3 月原载《浦东谜刊》第 33 期

岸上叠峰青草碧（字） 苗

1990 年 5 月入选舟山定海《舟山风光》

慎勿将身轻许人（体育项目二） 体操、举重

1990 年 6 月原载浦东《虎社》第 115 期

1990 年 9 月入选福建三明《亚洲雄风》

1993 年 1 月入选《澄海华夏金秋灯谜艺术节》

相视而别（亚运吉祥物）　盼盼

　　1990 年 6 月创作

　　1990 年 9 月入选福建三明《亚洲雄风》

开春（鲁迅篇目）　曲的解放

　　1990 年 8 月原载《浦东谜刊》第 33 期

　　1990 年 3 月原载浦东《虎社》第 112 期

　　1990 年 12 月入选辽宁出版社《千家灯谜》

　　1991 年 1 月 12 日入选《宁夏日报》

　　1994 年 12 月入选广东南澳《青澳湾之谜》

　　2001 年 4 月入选中国青年出版社《中华谜语大观》

不许看不许讲（影员二）　张云、齐卡

　　1990 年 8 月原载《浦东谜刊》第 33 期

　　1990 年 12 月入选辽宁出版社《千家灯谜》

　　2001 年 4 月入选中国青年出版社《中华谜语大观》

　　1991 年 1 月 12 日入选《宁夏日报》

终有一天（金融名词）　日息

　　1990 年 8 月原载《浦东谜刊》第 33 期

　　1991 年 10 月入选湖州《湖州保险灯谜集》

短斤少两者罚（四字常言）　不足之处

　　1990 年 8 月原载《浦东谜刊》第 33 期

　　1991 年 1 月 1 日入选台湾《中国谜苑》第 616 期

　　1993 年 1 月入选广东澄海《92 华夏金秋灯谜艺术节特辑》

　　1991 年 10 月入选湖州《湖州保险灯谜集》

　　1991 年 1 月 12 日入选《宁夏日报》

金甲夜不脱（象棋术语二）　将军、紧着

1990 年 8 月入选合肥《庐阳商灯》

2005 年 1 月入选温州《鹿衔草》

入选 2005 年至 2006 年《中华灯谜年鉴》

"永远在一起"(亚运歌名) 不要说再见

1990 年 9 月入选福建三明《亚洲雄风》

有幸二度相见(大型体育活动) 亚运会

1990 年 9 月入选福建三明《亚洲雄风》

1990 年 9 月入选福建永安《浮流春》

别是冬雪到时春(文学名词) 分期转载

1990 年 5 月创作

1990 年 5 月入选福建《荔乡谜苑》"灯谜函寄展猜专辑"

老大徒伤悲(离合字) 昔心惜

1989 年 8 月创作

1990 年 2 月 10 日入选宁夏《宁夏日报》

1990 年 12 月入选宁夏日报"灯谜荟萃"《春风集》

一九九一年

出工须出力(字) 功

1991 年 1 月入选台湾《中国谜苑杂志》

1990 年 10 月 9 日入选《每周双谜》

常问酒家何处有(电视剧) 老干探

1991 年 3 月原载《浦东谜刊》第 34 期

酒的广告(人事用语) 招干

免开尊口(桥牌术语)　止张

1991 年 3 月原载《浦东谜刊》第 34 期

1994 年 1 月入选福建长汀《汀州谜苑》

严禁兴建楼堂馆所(离合字)　杜土木

1991 年 3 月原载《浦东谜刊》第 34 期

态(骊珠)　点心、大包

1991 年 3 月原载《浦东谜刊》第 34 期

一车出轨倚道侧(字)　尵

1991 年 3 月原载《浦东谜刊》第 34 期

黑夜投宿难(唐诗人)　白居易

1991 年 3 月原载《浦东谜刊》第 34 期

寒冬老鼠旺(红楼人名)　冷子兴

1991 年 5 月入编安徽《红楼梦故事灯谜》

梅花出墙又一朵(开发名词)　重点开发

1991 年 5 月入选《浦东风采》

集体致富(开发名词)　综合开发

1991 年 5 月入选《浦东风采》

预备跑(开发名词)　启动阶段

1991 年 5 月入选《浦东风采》

华发苍颜过一生（浦东地名）　老白渡

　　1991 年 5 月入选《浦东风采》

少壮不努力（浦东地名）　老白渡

　　1991 年 5 月入选《浦东风采》

看乡里家家在祝贺（浦东地名二）　顾村、合庆

　　1991 年 5 月入选《浦东风采》

高山流水一蹊径（浦东地名）　上川路

　　1991 年 5 月入选《浦东风采》

易地再战（新词）　新格局

　　1991 年 5 月入选《浦东风采》

千门万户曈曈日（浦东小区）　阳光一村

　　1991 年 5 月入选《浦东风采》

泪干春尽花憔悴（影名二）　伤逝、红颜劫

　　1991 年 5 月原载安徽《红楼梦故事灯谜》

长烟落日孤城闭（地名二）　沈阳、谢通门

　　1991 年 7 月原载浦东《虎社》第 131 期

　　1993 年 1 月入选澄海《华夏金秋灯谜艺术节特辑》

　　1991 年 8 月入选台湾《谜汇》

桂开时节吐芬芳（剧中人）　秋香

　　1991 年 9 月原载《浦东谜刊》第 35 期

八月秋来金色满（演员）　黄中秋

1991 年 9 月原载《浦东谜刊》第 35 期

迎来八月桂花香（饮料）　芬达

1991 年 9 月原载《浦东谜刊》第 35 期

桂开东村头（字）　林

1991 年 9 月原载《浦东谜刊》第 35 期

节后编书（字）　苯

1991 年 9 月原载《浦东谜刊》第 35 期

木樨树连树（地名）　桂林

1991 年 9 月原载《浦东谜刊》第 35 期

钱塘观潮（谜友）　张长水

1991 年 9 月原载《浦东谜刊》第 35 期

一片秋色映眼底（金融名词）　现金收入

1991 年 12 月原载浦东《虎社》第 136 期

1994 年 2 月入选合肥《庐阳商灯》第 18 期

2001 年 4 月入选中国青年出版社《中华谜语大观》

信（交通名词）　人行道

1991 年 12 月入选辽宁科技出版社《实用灯谜大全》

一九九二年

一天不出门（字）　间

1992 年 2 月原载《浦东谜刊》第 36 期

1991 年 8 月 1 日入选台湾《谜汇》63 期

机会有一点(字)　杭

　　1992 年 2 月原载《浦东谜刊》第 36 期

　　1991 年 8 月 1 日入选台湾《谜汇》第 63 期

自酌(花卉)　独占春

　　1992 年 2 月原载《浦东谜刊》第 36 期

神州安定百姓高兴(地名二)　宁夏、民乐

　　1992 年 2 月原载《浦东谜刊》第 36 期

　　1991 年 8 月 1 日入选台湾《谜汇》第 63 期

　　1994 年 5 月 28 日《宁夏日报》第 8 版

另辟蹊径(电学名二)　再生、开路

　　1992 年 2 月原载《浦东谜刊》第 36 期

祸从天降(常用词)　落难

　　1992 年 2 月原载《浦东谜刊》第 36 期

别具一格(竞赛用语)　打分

　　1992 年 2 月原载《浦东谜刊》第 36 期

一见了然(口语)　看出火来

　　1992 年 2 月原载《浦东谜刊》第 36 期

太阳出来喜洋洋(三明地名二)　光明、安乐

　　1992 年 2 月原载《浦东谜刊》第 36 期

　　1992 年 10 月入选福建"三明杯"《全国灯谜有奖创作赛专辑》

烈日当空照四方(三明地名二)　夏阳、大布

　　1992 年 2 月原载《浦东谜刊》第 36 期

1992 年 10 月入选福建"三明杯"《全国灯谜有奖创作赛专辑》

泪(三明景点)　水连天

1992 年 2 月原载《浦东谜刊》第 36 期

枣红马蹄快(宋代文学家)　朱熹

1992 年 10 月入选福建"三明杯"《全国灯谜有奖创作赛专辑》

不读书要落后(新词)　学先进

1992 年 10 月入选福建"三明杯"《全国灯谜有奖创作赛专辑》

若无事干(美术名词)　空间感

1992 年 12 月原载浦东《虎社》第 148 期

2001 年 4 月入选北京中国青年出版社《中华谜语大观》

1993 年 10 月原载《浦东谜刊》第 38 期

以观代尺(聊目)　张不量

1994 年 12 月入选广东南澳《青澳湾之谜》

闲不住(集邮名)　空难封

1994 年 12 月入选广东南澳《青澳湾之谜》

改进领导方法(金融名词)　利率

1992 年 8 月创作

1992 年 8 月入选广东饶平《饶平谜苑》(第 46 页)

清洁工工资(财会用语)　净收入

1992 年 8 月创作

1992 年 8 月入选广东饶平《饶平谜苑》(第 46 页)

一九九三年

碧波澄澈透寒山（台南地名）　清水寺
　　1993 年 10 月原载《浦东谜刊》第 38 期

说大话（成语）　微不足道
　　1993 年 10 月原载《浦东谜刊》第 38 期

故朋参半（演员）　古月
　　1993 年 10 月原载《浦东谜刊》第 38 期

涓涓细流入东海（上海地名各二）　徐汇、长江口
　　1993 年 10 月原载《浦东谜刊》第 38 期

六个重点（字）　兴
　　1993 年 10 月原载《浦东谜刊》第 38 期

东张西望等着瞧（离合字）　目分盼
　　1993 年 10 月原载《浦东谜刊》第 38 期

又生相思念（字）　鼓
　　1993 年 10 月原载《浦东谜刊》第 38 期
　　1994 年 8 月入选江苏常熟《智林》

若无其事（美术名词）　空间感
　　1993 年 10 月原载《浦东谜刊》第 38 期

家家扶得醉人归（调首，音乐名词二）　终曲、过门
　　1993 年 10 月原载《浦东谜刊》第 38 期

1994 年 8 月入选福建石狮《狮城雄风》

钣后娇女游疏林(烟名)　板桥
1993 年 1 月原载《浦东谜刊》第 38 期
1994 年 6 月 16 日入选淮阴《淮海晚报》第 3 版
1993 年 10 月至 12 月入选淮安《文虎摘锦》合刊,获本刊佳谜奖

你堵我截冒牌货(集邮名词二)　联合封、劣品
1993 年 12 月入选保定《鼓楼灯影》第四期
1994 年 3 月入选淮阴《文虎摘锦》
1994 年 6 月 10 日入选淮海《淮海晚报》
1994 年 5 月 28 日入选宁夏《宁夏日报》第 8 版
1995 年 11 月入选陕西宝鸡《鸡峰虎啸》

阳光普照谷中桂(南澳景观)　金山浴日
1993 年 12 月入选南澳《南瀛春灯》"首届迎春联欢节'荣岛杯'赛"

秋月倒映河中游(古建筑物)　金蟾戏水
1993 年 12 月入选南澳《南瀛春灯》"首届迎春联欢节'荣岛杯'赛"

瀛南门户(南澳景观)　海上人家
1993 年 12 月入选南澳《南瀛春灯》"首届迎春联欢节'荣岛杯'赛"

村民礼拜及时雨(南澳历史人物)　谢天泽
1993 年 12 月入选南澳《南瀛春灯》"首届迎春联欢节'荣岛杯'赛"

台胞想往祖国(巴金笔名)　思陆
1993 年 3 月入选上海教育出版社《当代学生》

江山如此多娇(从汽车牌号入手)　华丽

1993 年 3 月入选上海教育出版社《当代学生》

满园春色关不住（演员）　张华丽
　　1993 年 3 月入选上海教育出版社《当代学生》

神州旧貌（作家）　古华
　　1993 年 3 月入选上海教育出版社《当代学生》

华夏大地共清辉（宋诗句）　九洲同一照
　　1993 年 3 月入选上海教育出版社《当代学生》

眺望祖国百花吐芳（台作家）　张香华
　　1993 年 3 月入选上海教育出版社《当代学生》

春满神州代代继（河驯地名二）　青龙、永年
　　1993 年 3 月入选上海教育出版社《当代学生》

看祖国前途无限旺（红楼人名二）　张华、程日兴
　　1993 年 3 月入选上海教育出版社《当代学生》

一九九四年

出长江破浪行（商品牌号二）　上海、乘风
　　1994 年 2 月原载《虎社》第 162 期

中华大地竞芳菲（商品牌号二）　夏普、春兰
　　1994 年 2 月原载《虎社》第 162 期

天地不容（商品牌号一）　人立
　　1994 年 2 月原载《虎社》第 162 期

照亮了中国大地（商标名二）　阳光、夏普

　　1994 年 3 月原载《虎社》第 163 期

全民经商（商标牌号二）　人人、老板

　　1994 年 3 月原载《虎社》第 163 期

招财进宝（商品牌号一）　发达

　　1994 年 3 月原载《虎社》第 163 期

旧貌变新容（姓带职务企业家）　颜经理

　　1994 年 3 月原载《虎社》第 163 期

储蓄致富（烟名）　徐福

　　1994 年 4 月原载《虎社》第 164 期

　　1993 年 10 月至 12 月入选淮安《文虎摘锦》合刊

欢庆的中国（商品牌号二）　神州、万家乐

　　1994 年 4 月原载《虎社》第 164 期

三伏挥毫颂致富（姓连职务、商品牌号各一）　夏书记、发达

　　1994 年 4 月原载《虎社》第 164 期

首尾封（桥牌术语）　中间张

　　1994 年 5 月原载《虎社》第 165 期

军中无弱兵（集邮名词二）　全格、全行

　　1994 年 5 月原载《虎社》第 165 期

　　1997 年 3 月入选温州《鹿衔草》

"想眼中能有多少泪珠儿，怎禁得秋流到冬，春流到夏？"（集邮名词二）　水

印、长连

　　1994 年 5 月原载《虎社》第 165 期

虚心承认（字）　论

　　1994 年 6 月原载《虎社》第 166 期

同是天涯沦落人（影目二）　流浪者、相遇

　　2001 年 4 月入选中国青年出版社《中华谜语大观》

　　1985 年 4 月入选温州《鹿衔草》

毕业之后又相逢（字）　圣

　　1993 年 5 月入选张学智《字海谜趣》

　　2000 年 9 月入选上海古籍出版社《实用灯谜大全》

　　1986 年 10 月入选淮安《文虎摘锦》字谜专辑第 2—3 期

主人外出停业（长汀地名）　东关营

　　1994 年 1 月入选福建《汀江文艺》副刊《汀江谜苑》第二期

满园春色关不住（商业用语二）　花布、出口

　　1994 年 8 月入选福建石狮《狮城雄风》

肤之不留（民族二）　毛难、保安

　　1994 年 12 月入选广东南澳《青澳湾之谜》

　　1998 年 5 月入选北京中国书店《灯谜览胜》

共同富裕好（出版语）　统一发行

　　1994 年 12 月入选广东南澳《青澳湾之谜》

一九九五年

商业标兵绘成图册（红楼人名二）　贾范、入画

1995 年 6 月原载《浦东谜刊》第 39 期

娘前撒娇诌媚(红楼人名)　花母

1995 年 6 月原载《浦东谜刊》第 39 期

鸿雁传书信(集邮名词)　邮飞

1995 年 6 月原载《浦东谜刊》第 39 期

鸿雁难翔(集邮名词)　邮卡

1995 年 6 月原载《浦东谜刊》第 39 期

该片儿童不宜(集邮名词)　小开张

1995 年 6 月原载《浦东谜刊》第 39 期

电影儿童场(集邮名词)　小全张

1995 年 6 月原载《浦东谜刊》第 39 期

难忘的一眼(集邮名词)　纪念张

1995 年 6 月原载《浦东谜刊》第 39 期

入场券一售而空(集邮名词)　畅销票

1995 年 6 月原载《浦东谜刊》第 39 期

牙全落光经常吼(集邮名词二)　无齿、挂号

1995 年 6 月原载《浦东谜刊》第 39 期

1995 年 11 月入选宝鸡《鸡峰虎啸》

邮递员走东西闯南北(集邮名二)　四方连、收信人

1995 年 6 月原载《浦东谜刊》第 39 期

1993 年 12 月入选河北保定《鼓楼灯影》第 4 期

1994 年 5 月 28 日入选《宁夏日报》第 8 版

1994 年 6 月 10 日入选淮安《文虎摘锦》1994 年第 3 期

局部戒严(集邮名词二)　封、片

1995 年 6 月原载《浦东谜刊》第 39 期

你堵我截冒牌货(集邮名二)　联合封、劣品

1995 年 6 月原载《浦东谜刊》第 39 期

1993 年 12 月入选河北保定《鼓楼灯影》第 4 期

1994 年 5 月 28 日入选《宁夏日报》第 8 版

1994 年 6 月 10 日入选淮安《文虎摘锦》

1994 年 6 月 10 日入选《淮海晚报》

1995 年 11 月入选宝鸡《鸡峰虎啸》

此恨绵绵无绝期(红楼人名二)　来喜、终了

1995 年 6 月原载《浦东谜刊》第 39 期

1994 年 5 月 28 日入选《宁夏日报》第 8 版

十(红楼人名二)　赖二、王成

1995 年创作

2005 年 11 月 9 日入选上海《新民晚报》

田野遍降及时雨(中草药)　农吉利

1995 年 3 月入选天津《智力》

照亮了中国大地(品牌二)　夏普、阳光

1995—2012 年度入选浦东谜刊《虎社览踪》

一九九六年

七(西药名)　白加黑

1996 年 6 月 11 日入选上海《新民晚报》

不看不知道（标兵） 张大明

1996 年 11 月入选湖南株洲《怡心园》厂庆四十周年

个体户（生活设施） 单身宿舍

1996 年 11 月入选湖南株洲《怡心园》厂庆四十周年

葛洲坝开机送光明（工段名二） 运转、变电

1996 年 11 月入选湖南株洲《怡心园》厂庆四十周年

一九九七年

江东村前友别离（党史人名） 左权

1997 年 3 月入选温州《鹿衔草》第 52 期

秋之恋（香港回归创作赛地名） 金钟

1997 年 3 月入选温州《鹿衔草》第 52 期

保持优良传统（常言） 好不容易

1997 年 8 月入选中国建材工业出版社《谜苑百花》

设计童装（常言） 为下一代着想

1997 年 8 月入选中国建材工业出版社《谜苑百花》

一九九八年

等候挑战（中东地名） 巴格达

1998 年 3 月原载《浦东谜报谜稿选编》

外（成确）　不足之处

1998 年 3 月创作

1998 年 8 月入选天津科技出版社《中国灯谜》

2004 年 12 月 12 日在《新民晚报》上举例

2000 年 9 月上海古籍出版社《实用灯谜大全》第 77 页《谜体谜法》中以
"盈亏法"举例：外扣不足之处。"外"和"处"相比较，"外"的笔画略
短一点，故扣谜底为"不足之处"

庙后牙旗随风飘扬（邮政名词）　邮票

1998 年 7 月原载《浦东谜报谜稿选编》

昨日没人来（金融单位）　合作

1998 年 7 月原载《浦东谜报谜稿选编》

广告飞上天（常用词）　知名度高

1998 年 7 月原载《浦东谜报谜稿选编》

有人太偏心（字）　伏

1998 年 7 月原载《浦东谜报谜稿选编》

江西大米向出口争第一（特区地名）　澳门

1998 年 8 月原载《浦东谜报谜稿选编》

1999 年 12 月 23 日入选《新民晚报》

1999 年 9 月入选浦东《濠境归航》

恒生银行（金融名词二）　长期有息、流动资金

1998 年 8 月原载《浦东谜报谜稿选编》

365 天完成（澳名人）　毕年达

1998 年 8 月原载《浦东谜报谜稿选编》

午后主动一点迎众客（澳名人二）　马玉、宾多

1998 年 8 月原载《浦东谜报谜稿选编》

植树已有十八载（字）　林

1998 年 8 月原载《浦东谜报谜稿选编》

开拓后日有进取（字）　撮

1998 年 8 月原载《浦东谜报谜稿编》

利剑莫造老一套（常用词）　锐意创新

1998 年 8 月原载《浦东谜报谜稿选编》

夜无收获（口语）　天晓得

1998 年 8 月原载《浦东谜报谜稿选编》

满园春色在乡间（澳建筑）　花村

1998 年 8 月原载《浦东谜报谜稿选编》

1999 年 9 月入选浦东《濠境归航》

野火烧不尽（金融机构）　恒生

1998 年 8 月原载《浦东谜报谜稿选编》

财源不断正是好（金融单位）　恒生银行

1998 年 9 月原载《浦东谜报谜稿选编》

堤边岗上枫参差（澳名人）　杜岚

1998 年 9 月原载《浦东谜报谜稿选编》

1999 年 9 月入选浦东《濠境归航》

不说不知道（澳名人）　陈大白

1998 年 9 月原载《浦东谜报谜稿选编》

田间分别河边又见（澳名人）　叶汉

1998 年 9 月原载《浦东谜报谜稿选编》

1999 年 9 月入选浦东《濠境归航》

泄洪水已有二月（字）　期

1998 年 9 月原载《浦东谜报谜稿选编》

抑洪水而天下平（古英雄人物）　共工（面：《孟子·滕文公下》句）

1998 年 9 月原载《浦东谜报谜稿选编》

满园春色关不住（澳名人）　花露

1998 年 9 月原载《浦东谜报谜稿选编》

携手共进（字）　拱

1998 年 9 月原载《浦东谜报谜稿选编》

双方初赛一百分（建筑）　白宫

1998 年 9 月原载《浦东谜报谜稿选编》

1999 年 9 月入选浦东《濠境归航》

低处有险情（知名人士）　高可宁

1998 年 9 月原载《浦东谜报谜稿选编》

1999 年 9 月入选浦东《濠境归航》

迎来青春岁月（知名人士）　华年达

1998 年 9 月原载《浦东谜报谜稿选编》

1999 年 9 月入选浦东《濠境归航》

肚里有本人事账（政府机构）　档案中心

　　1998 年 9 月原载《浦东谜报谜稿选编》

　　1999 年 9 月入选浦东《濠境归航》

古木吐新绿（知名人士）　陈树荣

　　1998 年 9 月原载《浦东谜报谜稿选编》

　　1999 年 9 月入选浦东《濠境归航》

堤边岗上枫参差（澳名人）　杜岚

　　1998 年 9 月原载《浦东谜报谜稿选编》

　　1999 年 9 月入选浦东《濠境归航》

田间分别河边观（澳名人）　叶汉

　　1998 年 9 月原载《浦东谜报谜稿选编》

　　1999 年 9 月入选浦东《濠境归航》

航空平安保险（澳名人）　高可宁

　　1998 年 9 月原载《浦东谜报谜稿选编》

　　1999 年 9 月入选浦东《濠境归航》

愚公开门何所见（澳胜地）　前山

　　1998 年 9 月创作

中秋之夜常叙谈（气象名词）　明晚多云

　　1998 年 10 月原载《浦东谜报谜稿选编》

神州中秋木犀进图中（红楼人名二）　夏金桂、入画

　　1998 年 10 月原载《浦东谜报谜稿选编》

一别中秋又一年（作家）　金复载

1998 年 10 月原载《浦东谜报谜稿选编》

1999 年 3 月入选上海教育出版社《当代学生》

中秋木樨缀神州,时有暗香扑鼻来(红楼人名二)　夏金桂、花袭人

1998 年 10 月原载《浦东谜报谜稿选编》

自言戒酒了(节气二)　白露、春分

1998 年 10 月原载《浦东谜报谜稿选编》

相见赠桂花(食品)　两面黄

1998 年 10 月原载《浦东谜报谜稿选编》

开放的中国处处吉祥满园香(红楼人名三)　张华、周瑞、花自芳

1998 年 11 月原载《浦东谜报谜稿选编》

海峡两岸胞波情(时语)　华夏一脉亲

1998 年 11 月原载《浦东谜报谜稿选编》

神州传奇(时语)　只有一个中国

1998 年 11 月原载《浦东谜报谜稿选编》

1999 年 3 月入选上海教育出版社《当代教育》

东方欲晓(白头,口语)　稀(西)里糊涂

1998 年 11 月原载《浦东谜报谜稿选编》

千里来聚集(口语)　团结为重

1998 年 11 月原载《浦东谜报谜稿选编》

开放的中国前途无限好(红楼人名二)　张华、程日兴

1998 年 12 月原载《浦东谜报谜稿选编》

1993 年 3 月入选上海教育出版社《当代学生》

看看又有难(字)　瞿

1998 年 12 月原载《浦东谜报谜稿选编》

住(称谓)　主持人

1998 年 12 月原载《浦东谜报谜稿选编》

爬"珠峰"失败(口语)　高攀不上

1998 年 12 月原载《浦东谜报谜稿选编》

钱到病除(西药)　金施尔康

1998 年 12 月原载《浦东谜报谜稿选编》

拱(常用词)　携手共进

1998 年 12 月原载《浦东谜报谜稿选编》

一再拿下此小偷(字)　弄

1998 年 3 月创作

2000 年 4 月入选江西科技出版社《中华字谜鉴赏大典》第 480 页

2002 年 4 月入选《中华字谜鉴赏大典》第 342 页

一九九九年

亏你是个读书人(澳名人)　白觉理

1999 年 1 月原载浦东《谜报稿选》

十有八九是熟脸(常言)　知识面广

1999 年 1 月原载浦东《谜报稿选》

不打不成器(广告语)　拳头产品

1999 年 1 月原载浦东《谜报稿选》

出洋为锻练(行业名)　上海强生

1999 年 1 月原载浦东《谜报稿选》

当即释疑(邮政名词)　快信

1999 年 1 月原载浦东《谜报稿选》

梳妆之后感清洁(卷帘,澳名人)　白觉理

1999 年 1 月原载浦东《谜报稿选》

回顾佳节踏青时,梅蕾怒放满园香(红楼人名四)　张如圭、探春、张华、花自芳

1999 年 1 月原载浦东《谜报稿选》

时到百岁,贺辞连篇(浦东地名)　世纪大道

1999 年 2 月原载浦东《谜报稿选》

周边无杂草(浦东景点)　中心绿地

1999 年 2 月原载《谜报稿选》

一点爱心献姑娘(字)　安

1999 年 2 月原载浦东《谜报稿选》

秋后不见残云留(字)　私

1999 年 2 月原载浦东《谜报稿选》

庭前不见幽篁栽(字)　筵

1999 年创作

2000 年 1 月入选江西科技出版社《中华字谜大全》

千千怪相尽搜眼里（成语） 包罗万象

　　1999 年 2 月原载浦东《谜报稿选》

夏天（党史名词） 中共一大

　　1999 年 3 月原载《浦东谜稿》

下雨对折出售（俗语） 落得便宜

　　1999 年 3 月原载《浦东谜稿》

烈日当空照（台作家） 高阳

　　1999 年 3 月原载《浦东谜稿》

中了头奖费考量（成语） 发人深思

　　1999 年 3 月原载《浦东谜稿》

闫（环保名词） 门前三包

　　1999 年 3 月原载《浦东谜稿》

生日快乐（称谓） 笑星

　　1999 年 4 月原载《浦东谜稿》

东方明珠（新名词） 亮点

　　1999 年 4 月原载《浦东谜稿》

无须大手术也能治愈（西药） 小施尔康

　　1999 年 4 月原载《浦东谜稿》

拂晓一别（比赛用语） 亮分

　　1999 年 4 月原载《浦东谜稿》

个个白头到老（字）　耆

1999 年 4 月原载《浦东谜稿》

星星之火（新词）　热点

1999 年 4 月原载《浦东谜稿》

潮汐越过警戒线（新词）　超水平

1999 年 4 月原载《浦东谜稿》

与百岁老人为友（新名词）　世纪之交

1999 年 4 月原载《浦东谜稿》

不乱砍森林（字）　杯

1999 年 5 月原载《浦东谜稿》

话别（体育设施）　跑道

1999 年 5 月原载《浦东谜稿》

十扣柴扉久不开（成语）　拒之门外

1999 年 5 月原载《浦东谜稿》

箭在弦上先干杯（酒名）　张弓酒

1999 年 5 月原载《浦东谜稿》

互通成果（俗语）　实不相瞒

1999 年 5 月原载《浦东谜稿》

八十八兵团（历史名词）　纳粹

1999 年 5 月原载《浦东谜稿》

野火烧不尽（常言）　生意盎然

1999 年 6 月原载《浦东谜稿》

八大王（广告语）　完美组合

1999 年 6 月原载《浦东谜稿》

开放的喜悦（配音演员）　张欢

1999 年 6 月原载《浦东谜稿》

带头献一点爱心（字）　实

1999 年 6 月原载《浦东谜稿》

爷爷不信邪（法律用语）　公正

1999 年 6 月原载《浦东谜稿》

星移中天（股语）　起点攀高

1999 年 6 月原载《浦东谜稿》

日射疏林点点影（眼疾）　散光

1999 年 6 月原载《浦东谜稿》

十分具体（字）　真

1999 年 7 月原载《浦东谜稿》

按月承包（字）　胞

1999 年 7 月原载《浦东谜稿》

取信于人（字）　言

1999 年 7 月原载《浦东谜稿》

十有三句是废话(字)　皂

1999 年 7 月原载《浦东谜稿》

厂里承包先抓点(字)　庖

1999 年 7 月原载《浦东谜稿》

四方团结务须出力(字)　备

1999 年 7 月原载《浦东谜稿》

1989 年 7 月入选人民出版社《中华灯谜鉴赏》

五兄先会谈(字)　语

1999 年 7 月原载《浦东谜稿》

不劳而获(俗语)　动不得

1999 年 7 月原载《浦东谜稿》

牛郎织女遥相盼(时间语)　两星期

1999 年 8 月原载《浦东谜稿》

走投无路(年号)　道光

1999 年 8 月原载《浦东谜稿》

出洋锻炼体魄(地名,体育名)　上海、强身

1999 年 8 月原载《浦东谜稿》

首长对话(成语)　头头是道

1999 年 8 月原载《浦东谜稿》

乒乓大赛(拍卖语)　竞拍

1999 年 9 月原载《浦东谜稿》

白发在增多（店招）　老正兴

1999 年 9 月原载《浦东谜稿》

囡囡笑笑（饮料）　娃哈哈

1999 年 9 月原载《浦东谜稿》

留下好的不多了（药品）　善存片

1999 年 9 月原载《浦东谜稿》

体（常词）　以人为本

1999 年 9 月原载《浦东谜稿》

宁波之行（字）　通

1999 年 9 月原载《浦东谜稿》

破车载客有险（成语）　乘人之危

1999 年 9 月原载《浦东谜稿》

相见缓一缓（文艺活动）　晚会

1999 年 10 月原载《浦东谜稿》

岩下水波流（字）　破

1999 年 10 月原载《浦东谜稿》

见面觉美丽，发言有礼貌（字）　青

1999 年 10 月原载《浦东谜稿》

闩（出版用语）　第一集

1999 年 10 月原载《浦东谜稿》

八月桂花吐芬芳（历史人物）　黄香
　　1999 年 10 月载《浦东谜稿》

落英随海流（演员二）　谢芳、于洋
　　1999 年 10 月原载《浦东谜稿》

千里桂花香（汽车品牌）　金马
　　1999 年 10 月原载《浦东谜稿》

冬天老鼠特别旺（红楼人名）　冷子兴
　　1999 年 11 月原载《浦东谜稿》

千里峰顶不解雪（山名）　长白山
　　1999 年 11 月原载《浦东谜稿》

冬去春来又团圆（出版名词二）　转载、统一
　　1999 年 11 月原载《浦东谜稿》

诗会为他送行（成语）　别有风味
　　1999 年 11 月原载《浦东谜稿》

出误区而后知（字）　医
　　1999 年 11 月原载《浦东谜稿》

了（计划生育语）　独生子
　　1999 年 11 月原载《浦东谜稿》

祖国大地总是春（地名二）　青龙、万荣
　　1999 年 11 月原载《浦东谜稿》

春节三日在闺中(字)　佳

　　1999 年 12 月原载《浦东谜稿》

00(食品品牌)　统一 100

　　1999 年 12 月原载《浦东谜稿》

二零零零年

爻(常用语)　错上加错

　　2000 年 9 月入选上海古籍出版社《实用灯谜大全》

二零零一年

尽在不言中(俗语)　死不说话

　　2001 年 6 月原载浦东《虎社灯影》

　　2002 年 4 月入选温州《鹿衔草》

人落池中口难开(市政设施)　下水道阻塞

　　2001 年 6 月原载浦东《虎社灯影》

　　2001 年 10 月入选温州《鹿衔草》

少壮不努力(电视栏目)　青春时光

　　2001 年 6 月原载浦东《虎社灯影》

　　2002 年 4 月入选温州《鹿衔草》

头屑没了人会靓(字)　俏

　　2001 年 7 月原载浦东《虎社灯影》

　　2002 年 7 月 27 日入选上海《新民晚报》

　　2002 年 10 月入选合肥《庐阳商灯》

　　2005 年 12 月入选中国文联出版社《中华灯谜年鉴》

傍晚对游客开放（告示语）　闲人莫入

2001 年 10 月入选温州《鹿衔草》

一一载入史册（称谓）　同志

2001 年 10 月原载《浦东谜稿》

生长一月如胖子（字）　胀

2001 年 10 月原载《浦东谜稿》

白发领导弈棋不停（电视剧）　老干部局长

2001 年 10 月原载《浦东谜稿》

和尚二人（字）　徜

2001 年 10 月原载《浦东谜稿》

私人讼件不受理（评书目）　包公案

2001 年 10 月原载《浦东谜稿》

长脚矮脚共角逐（商业用语）　不平等竞争

2001 年 10 月原载《浦东谜稿》

忧虑时记者来聊（电视栏目）　焦点访谈

2001 年 10 月原载《浦东谜稿》

吃白食（新名词）　人口素质

2001 年 11 月原载《浦东谜稿》

二获大奖萌恋情（保健品）　双金爱生

2001 年 11 月原载《浦东谜稿》

酒后吐真言（语种）　滇言

2001 年 11 月原载《浦东谜稿》

倦（俗语）　圈内人

2001 年 11 月原载《浦东谜稿》

水冲屋倒财物漂（俗语）　倾家荡产

2001 年 11 月原载《浦东谜稿》

小吵天天有，大吵三六九（剧种二）　相声、越剧

2001 年 11 月原载《浦东谜稿》

二人吵闹过头（剧种二）　相声、越剧

2001 年 11 月原载《浦东谜稿》

来宾起居室（行业）　客栈

2001 年 12 月原载《浦东谜稿》

己（电视剧）　西游记

2001 年 12 月原载《浦东谜稿》

千里回家（字）　闫

2001 年 12 月原载《浦东谜稿》

子（俗语）　一走了之

2001 年 12 月原载《浦东谜稿》

丛（常言）　从一而终

2001 年 12 月原载《浦东谜稿》

分手最后又重逢（字）　掇

2001 年 12 月原载《浦东谜稿》

囚（称谓）　外国人

2001 年 12 月原载《浦东谜稿》

望苍天（电视台简称）　上视

2001 年 12 月原载《浦东谜稿》

此日荷渠开（店招）　易初莲花

2002 年 7 月入选温州《鹿衔草》

敢教日月换新天（新词）　阳光工程

2003 年 4 月入选温州《鹿衔草》

乘风破浪平安游（地名 2）　上海、旅顺

2002 年 7 月入选温州《鹿衔草》

2003 年入选天津《智力》第二期

"三个代表"论述专题创作

（以下均为 2001 年 8 月原载《浦东谜稿》）

一二人委托发言（论述一句）　三个代表

先进文化（字）　这

七嘴八舌（论述一句）　人口多

准点集体入场（论述一句）　与时俱进

长跑创世界纪录（论述一句）　超越前人

囊括象棋冠军（论述一句）　总揽全局

协调各方（字）　咯

分别会见（论述）　不同方面

优质完工（论述一句）　办好事

团结合作攻无不克（论述二）　凝聚力、战斗力

与巴黎共拓市场（论述）　合法经营

爷爷不参加比赛（论述一句）　公开、竞争

剪发修面电吹风（论述）　综合治理

下矿追究事故（论述）　一查到底

对己常提醒（论述）　自警

谈"时穷节乃见"（论述）　讲正气

已做好剃头打算（论述）　有理想

腰缠万贯不愁用（论述）　有文化

江山好移，脾气难改（上楼，论述）　长期性

七一宣言印成册（论述）　立党之本

柳丝白絮飞满天（论述）　高素质

摄到挑战者号坠毁（论述）　抓住机遇

一分货色一分介铘（论述）　物质文明

老弱病残莫登山（论述）　健康向上

为地球摄像（论述）　面向世界

购得好宝剑（论述）　文化利益

台湾回归有决心（论述）　统一意志

神州赛诗会（论述一句）　中国风格

打破砂锅问到底（电视术语）　探索频道

2007 年 9 月入选合肥《庐阳商灯》第 18 期

二零零二年

出洋须戴太阳镜（媒体单位）　上海卫视

2002 年 3 月原载浦东《灯谜谜稿》

回来吓一跳（国际用词）　反恐怖

2002 年 3 月原载浦东《灯谜谜稿》

借问酒家何处有(人体部位二)　小指、食道

2002 年 3 月原载浦东《灯谜谜稿》

潮起潮落(五字常用词)　水平有高低

2002 年 3 月原载浦东《灯谜谜稿》

依(俗语)　人靠衣装

2002 年 3 月原载浦东《灯谜谜稿》

顶天立地有雄心(字)　仁

2002 年 3 月原载浦东《灯谜谜稿》

有利可图(红楼人名二)　文化、入画

2002 年 3 月原载浦东《灯谜谜稿》

秃顶(口语)　发生困难

2002 年 3 月原载浦东《灯谜谜稿》

安义不要走不要走(俗语)　胡来来

2002 年 3 月浦东《灯谜谜稿》

自成多面手(新区领导)　李佳能

2002 年 4 月原载浦东《灯谜谜稿》

老来得贵子(秦人)　徐福

2002 年 4 月原载浦东《灯谜谜稿》

尚无兴致藏邮品(集邮名)　趣味封

2002 年 4 月原载浦东《灯谜谜稿》

象棋从未胜一盘(游目)　负局

2002 年 4 月原载浦东《灯谜谜稿》

相依到白头(称谓)　老伴

2002 年 4 月原载浦东《灯谜谜稿》

危急关头要助人(字)　佟

2002 年 4 月原载浦东《灯谜谜稿》

2003 年 7 月入选合肥《庐阳商灯》第 7 期

2005 年 12 月入选北京文联出版社《中华灯谜年鉴》

新(马)年来到了(设备)　马达

2002 年 4 月原载浦东《灯谜谜稿》

敢教日月换新天(新词)　阳光工程

2003 年 4 月入选温州《鹿衔草》

春临渝水流,九州田埂青(古籍)　榆中草

2003 年 4 月入选温州《鹿衔草》"与虎谋皮"

高山四面同(字)　田(面,杜甫诗)

2002 年 4 月原载浦东《灯谜谜稿》

雨润田头草色新(字)　蕾

2002 年 5 月原载浦东《灯谜谜稿》

2003 年 7 月入选合肥《庐阳商灯》

2005 年 12 月入选中国文联出版社《中华灯谜年鉴》

春雨犹如秋雨绵（字）　秦

　　2002 年 5 月原载浦东《灯谜谜稿》

入目草低竹参天（字）　算

　　2002 年 5 月原载浦东《灯谜谜稿》

　　2003 年 7 月入选合肥《庐阳商灯》

　　2005 年 12 月入选中国文联出版社《中华灯谜年鉴》

　　2003 年入选天津《智力》第 2 期

初冬临山一川横（字）　峰

　　2002 年 5 月原载浦东《灯谜谜稿》

　　2002 年 7 月入选合肥《庐阳商灯》

　　2003 年入选天津《智力》第二期

　　2005 年 12 月入选中国文联出版社《中华灯谜年鉴》

雾中藏山远树隐（字）　峰

　　2002 年 6 月原载浦东《灯谜谜稿》

　　2002 年 10 月入选温州《鹿衔草》

　　2005 年 12 月入选中国文联出版社《中华灯谜年鉴》

挥手而去心仍牵（字）　恽

　　2002 年 5 月原载浦东《灯谜谜稿》

关心在前要助人（字）　佐

　　2002 年 5 月原载浦东《灯谜谜稿》

全力相助为夺冠（字）　宜

　　2002 年 5 月原载浦东《灯谜谜稿》

此字能值多少钱（游目）　做（估、文）

2002 年 5 月原载浦东《灯谜谜稿》

突获大奖全家享（新名词）　暴发户
2002 年 5 月原载浦东《灯谜谜稿》

短斤缺两他乡人议（《桃》一句）　不足为外人道也
2002 年 5 月原载浦东《灯谜谜稿》

备有才能（女足队员）　刘英
2002 年 5 月原载浦东《灯谜谜稿》

十八相送到西湖（字）　泪
2002 年 5 月原载浦东《灯谜谜稿》

尘暴袭神州（外名人）　沙龙
2002 年 5 月原载浦东《灯谜谜稿》

村前不见明月光（定）　时
2002 年 6 月原载浦东《灯谜谜稿》
2002 年 10 月入选合肥《庐阳商灯》第 4 期

四星对栖残月复（字）　弱
2002 年 6 月原载浦东《灯谜谜稿》
2003 年 10 月入选合肥《庐阳商灯》第 8 期

落日时见楼半倚（字）　村
2002 年 6 月原载浦东《灯谜谜稿》
2002 年 10 月入选合肥《庐阳商灯》第 4 期

楼头落日时（字）　村

2002 年 6 月原载浦东《灯谜谜稿》

寸土必争不让人(字)　侍

2002 年 6 月原载浦东《灯谜谜稿》

小桥流水有几处(字)　沉

2002 年 6 月原载浦东《灯谜谜稿》

2002 年 10 月入选合肥《庐阳商灯》第 4 期

贡献点滴也是爱(字)　爰

2002 年 6 月原载浦东《灯谜谜稿》

坠毁客机已锁定(集邮名)　空难封

2002 年 6 月原载浦东《灯谜谜稿》

2002 年 7 月入选合肥《庐阳商灯》

外地人轻身(五唐)　尽是他乡人

2002 年 6 月原载浦东《灯谜谜稿》

平地一川隐(字)　圳(面,杜甫诗)

2002 年 6 月原载浦东《灯谜谜稿》

犹觉落花映晚霞(礼貌语)　感谢光临

2002 年 7 月入选合肥《庐阳商灯》

中国改革之春(字)　柱

2002 年 7 月原载浦东《灯谜谜稿》

本人退休在义务(字)　文

2002 年 7 月原载浦东《灯谜谜稿》

早作变更好(字)　吉

　　2002 年 7 月原载浦东《灯谜谜稿》

　　2001 年 1 月入选合肥《庐阳商灯》

　　2005 年 12 月入选北京中国文联出版社《中华灯谜年鉴》

阻止行刺他(外名人)　卡尔扎伊

　　2002 年 7 月原载浦东《灯谜谜稿》

珍惜一粒米(字)　术

　　2002 年 7 月原载浦东《灯谜谜稿》

　　2003 年 1 月入选合肥《庐阳商灯》

一提升就摆平(字)　半

　　2002 年 7 月原载浦东《灯谜谜稿》

　　2007 年 4 月入选合肥《庐阳商灯》

加倍用力再用力(字)　荔

　　2002 年 7 月原载浦东《灯谜谜稿》

孪(故事片)　初恋季节

　　2002 年 7 月原载浦东《灯谜谜稿》

后发制人(字)　仅

　　2002 年 7 月原载浦东《灯谜谜稿》

又安下心了(字)　恕

　　2002 年 7 月原载浦东《灯谜谜稿》

扩大禁飞区(单位)　航天局

　　2002 年 7 月原载浦东《灯谜谜稿》

灾后重建十分必要（字）　毯

　　2002 年 7 月原载浦东《灯谜谜稿》

单楫轻舟破浪行（字）　必

　　2002 年 7 月原载浦东《灯谜谜稿》

　　2002 年 10 月入选温州《鹿衔草》

　　2005 年 12 月入选中国文联出版社《中华灯谜年鉴》

　　2003 年 7 月入选肇州市《端州谜苑》

乘风破浪平安游（地名二）　上海、旅顺

　　2002 年 7 月入选温州《鹿衔草》

　　2003 年入选天津《智力》第 2 期

花前明月行，石上水波流（字）　昔皮

　　2002 年 8 月原载浦东《灯谜谜稿》

　　2000 年 1 月入选江西科技出版社《中华字谜大全》

离哥一别黄昏中（自然保护区）　可可西里（黄昏：酉）

　　2002 年 8 月原载浦东《灯谜谜稿》

　　2003 年 1 月入选合肥《庐阳商灯》

　　2008 年 12 月入选海内外灯谜创作大赛专辑《西北风情》第 71 页

伸（电视节目）　人在上海

　　2002 年 8 月原载浦东《灯谜谜稿》

天天向上，日有进取（字）　替

　　2002 年 8 月原载浦东《灯谜谜稿》

牛有牛路，羊有羊路（成语）　头头是道

　　2002 年 8 月原载浦东《灯谜谜稿》

一夜把金钱输光（字）　残

　　2002 年 8 月原载浦东《灯谜谜稿》

小时候只盼那高粱大豆谷满仓（电视剧）　少年张三丰

　　2002 年 8 月原载浦东《灯谜谜稿》

　　2003 年 1 月入选温州《鹿衔草》

攀上阿里山"咔嚓"留个影（市招）　登台亮相

　　2002 年 8 月原载浦东《灯谜谜稿》

做人要宽心虚心（字）　花

　　2002 年 8 月原载浦东《灯谜谜稿》

十加十不是茄（字）　卉

　　2002 年 8 月原载浦东《灯谜谜稿》

最近消息讲了又讲（广播语）　新闻频道

　　2002 年 8 月原载浦东《灯谜谜稿》

码头变样（字）　右

　　2002 年 8 月原载浦东《灯谜谜稿》

楼边月影重（字）　棚

　　2002 年 9 月原载浦东《灯谜谜稿》

错在花头上（字）　艾

　　2002 年 9 月原载浦东《灯谜谜稿》

　　2003 年 1 月入选合肥《庐阳商灯》

一叶翻飞落草前（字）　苦

2002 年 9 月原载浦东《灯谜谜稿》

2004 年 1 月入选合肥《庐州虎迹》

2005 年 12 月入选中国文联出版社《中华灯谜年鉴》

开放再开放,迎来谷满仓(古人名)　张三丰

2002 年 9 月原载浦东《灯谜谜稿》

2003 年 1 月入选合肥《庐阳商灯》

五到八百伴(字)　陌

2002 年 9 月原载浦东《灯谜谜稿》

得分直上直下(字)　夆

2002 年 9 月原载浦东《灯谜谜稿》

值(七字常言)　直接与个人联系

2002 年 9 月原载浦东《灯谜谜稿》

二眼眉毛一线牵(字)　丽

2002 年 9 月原载浦东《灯谜谜稿》

2004 年 1 月入选合肥《庐州虎迹》

高庙大团(浦东地名)　合庆

2002 年 9 月原载浦东《灯谜谜稿》

登高近天向西盼(字)　暌

2002 年 9 月原载浦东《灯谜谜稿》

满百送十(紧急电话)　110

2002 年 9 月原载浦东《灯谜谜稿》

不多不少十斗碰碰响(字)　砰

2002 年 9 月原载浦东《灯谜谜稿》

独门独户独欢喜(店招)　家家乐

2002 年 9 月原载浦东《灯谜谜稿》

与国际接轨不落后(字)　曲(‖为轨)

2002 年 9 月原载浦东《灯谜谜稿》

"拉拉队"立起来(单位)　加油站(拉拉队为队友加油)

2002 年 9 月原载浦东《灯谜谜稿》

路西会人时,秋色月当头(商用语)　促销

2002 年 9 月原载浦东《灯谜谜稿》

2003 年 5 月入选南通《濠滨谜苑》

一步一个足印(常用词二)　脚踏实地、奇迹

2002 年 9 月原载浦东《灯谜谜稿》

说说上海(语种)　沪语

2002 年 9 月原载浦东《灯谜谜稿》

长河落日圆(艺人名)　江平

2002 年 9 月原载浦东《灯谜谜稿》

2003 年 1 月入选温州《鹿衔草》

2003 年 4 月入选合肥《庐阳商灯》

反分裂反"台独"(常用词)　集中统一

2002 年 9 月原载浦东《灯谜谜稿》

2002 年 10 入选合肥《庐阳商灯》

九七回归天下传（会议简称） 十六大

2002 年 9 月原载浦东《灯谜谜稿》

刀下招供（字） 扣

2002 年 10 月原载浦东《灯谜谜稿》

文广集团好（金融单位） 汇丰银行

2002 年 10 月原载浦东《灯谜谜稿》

大家富起来（字） 废

2002 年 10 月原载浦东《灯谜谜稿》

——捉住（字） 提

2002 年 10 月原载浦东《灯谜谜稿》

人在河边不沾水（字） 何

2002 年 10 月原载浦东《灯谜谜稿》

危及后果（字） 桅

2002 年 10 月原载浦东《灯谜谜稿》

首都有人才优势（字） 就

2002 年 10 月原载浦东《灯谜谜稿》

人走动就不倦（字） 卷

2002 年 10 月原载浦东《灯谜谜稿》

定下三人春游西湖（字） 湜

2002 年 10 月原载浦东《灯谜谜稿》

有了向心力加倍团结紧(字)　茹

2002 年 10 月原载浦东《灯谜谜稿》

要有全方位观念(字)　蓓

2002 年 10 月原载浦东《灯谜谜稿》

展览规模不要大(集邮品)　小型张

2002 年 10 月原载浦东《灯谜谜稿》

满目春色幽篁缀(字)　箱

2002 年 10 月原载浦东《灯谜谜稿》

草下轨迹尚可辨(字)　菲

2002 年 10 月原载浦东《灯谜谜稿》

河边伏虎(字)　演

2002 年 10 月原载浦东《灯谜谜稿》

二十就参军(字)　荤

2002 年 10 月原载浦东《灯谜谜稿》

一夜变坏(字)　歹

2002 年 10 月原载浦东《灯谜谜稿》

游子侃统一(古籍)　浪语集

2002 年 10 月入选温州《鹿衔草》"与虎谋皮"

村前不见明月光(字)　时

2002 年 10 月入选合肥《庐阳商灯》

进口处人靠边站(字)　倍

2002 年 10 月入选合肥《庐阳商灯》

北蔡落户(字)　芦

2002 年 11 月原载浦东《灯谜谜稿》

本人退休在家(字)　闩

2002 年 11 月原载浦东《灯谜谜稿》

留下来有奔头(字)　奋

2002 年 11 月原载浦东《灯谜谜稿》

2014 年 10 月入选中华谜报社《中华灯谜》

又(财会用语)　增加支出

2002 年 11 月原载浦东《灯谜谜稿》

一直下去是北蔡(字)　芸

2002 年 12 月原载浦东《灯谜谜稿》

一夜风中行(字)　凤

2002 年 12 月原载浦东《灯谜谜稿》

2006 年 6 月入选合肥《庐阳商灯》

春来桥边湖中游(字)　溿

2002 年 12 月原载浦东《灯谜谜稿》

2004 年 1 月入选合肥《庐州虎迹》

少壮不努力,老大徒伤悲(体育术语)　利用时间差

2002 年 12 月原载浦东《灯谜谜稿》

2003 年 4 月入选合肥《庐州虎迹》

临时工(俗语)　活不长

　　2002 年 12 月原载浦东《灯谜谜稿》

经冬复历春(生理现象)　更年期

　　2002 年 12 月原载浦东《灯谜谜稿》

　　2003 年 4 月入选合肥《庐阳商灯》

二零零三年

觅(五字俗语)　一见就爱上

　　2003 年 1 月原载《上海浦东灯谜研究会会员作品》

　　2003 年 7 月入选肇州市《端州谜苑》

　　2005 年 12 月入选中国文联出版社《中华灯谜年鉴》

上海浦东寻根十载(大型活动简称)　申博

　　2003 年 1 月原载《上海浦东灯谜研究会会员作品》

　　2003 年 6 月入选肇庆市《端州谜苑》

出洋人群多(单位)　上海大众

　　2003 年 1 月原载《上海浦东灯谜研究会会员作品》

　　2003 年 4 月入选合肥《庐阳商灯》

孤帆一片日边来(南朝齐,谢朓诗)　天际识归舟

　　2003 年 1 月原载《上海浦东灯谜研究会会员作品》

　　2003 年 4 月入选合肥《庐阳商灯》

想得大奖买彩票(隋,薛道衡诗)　思发在花前

　　2003 年 1 月原载《上海浦东灯谜研究会会员作品》

　　2003 年 4 月入选合肥《庐阳商灯》

二弹一星一飞船(字)　心

　　2003 年 1 月原载《上海浦东灯谜研究会会员作品》

　　2003 年 10 月入选合肥《庐阳商灯》

不热崇多孩化(红楼人名)　冷子兴

　　2003 年 1 月原载《上海浦东灯谜研究会会员作品》

十分有力出重拳(字)　协

　　2003 年 1 月原载《上海浦东灯谜研究会会员作品》

　　2003 年 10 月入选合肥《庐阳商灯》

东部人是非不分(字)　坠

　　2003 年 1 月原载《上海浦东灯谜研究会会员作品》

在浦东征地(字)　埔

　　2003 年 1 月原载《上海浦东灯谜研究会会员作品》

隔岸两家相争斗(谜格二)　遥对格、重门格

　　2003 年 1 月原载《上海浦东灯谜研究会会员作品》

　　2003 年 4 月入选合肥《庐阳商灯》

人想到从前和以后(字)　众

　　2003 年 1 月原载《上海浦东灯谜研究会会员作品》

旗袍称绝欧商认输(纺织品二)　中装、西服

　　2003 年 1 月原载《上海浦东灯谜研究会会员作品》

　　2003 年 4 月入选合肥《庐阳商灯》

其中有人举头在望月(字)　脸

　　2003 年 1 月原载《上海浦东灯谜研究会会员作品》

匝(生产名词)　半成品

2003 年 1 月原载《上海浦东灯谜研究会会员作品》

吹落一顶帽(俗语二)　风头上、过时

2003 年 1 月原载《上海浦东灯谜研究会会员作品》

南郭吹竽当自明(古籍)　周博士集

2003 年 1 月入选《鹿衔草》"与虎谋皮"

伴君如伴虎(包装语)　小心向上

2003 年 2 月原载《上海浦东灯谜研究会会员作品》

一脚踏空的神态(常言)　足下留情

2003 年 2 月原载《上海浦东灯谜研究会会员作品》

来讨债不吭声(常用词)　沉默如金

2003 年 2 月原载《上海浦东灯谜研究会会员作品》

乔迁之喜(成语)　投其所好

2003 年 2 月原载《上海浦东灯谜研究会会员作品》

上海浦东十分十分棒(新词)　申博好

2003 年 2 月原载《上海浦东灯谜研究会会员作品》

希望河畔安个家(新词)　张江落户

2003 年 2 月原载《上海浦东灯谜研究会会员作品》
2003 年 4 月入选合肥《庐阳商灯》

允许九成富(俗语)　一发不可收拾

2003 年 2 月原载《上海浦东灯谜研究会会员作品》

第一章　谜畴拾粟

2003 年 4 月入选合肥《庐阳商灯》

向外延伸(续)(字)　处
2003 年 2 月原载《上海浦东灯谜研究会会员作品》
2003 年 4 月入选合肥《庐阳商灯》

普通一兵献青春(化妆品)　凡士林
2003 年 2 月原载《上海浦东灯谜研究会会员作品》
2003 年 5 月入选南通《濠滨谜苑》

回眸一段历史(骊珠,影目)　故事片
2003 年 2 月原载《上海浦东灯谜研究会会员作品》
2003 年 4 月入选合肥《庐阳商灯》

举首想新家(遥对,五唐)　低头思故乡
2003 年 2 月原载浦东《上海浦东灯谜研究会会员作品》

增收后不要外传(国名二)　加纳、塞舌尔
2003 年 2 月原载浦东《上海浦东灯谜研究会会员作品》

出门留一人(字)　闪
2003 年 2 月原载浦东《上海浦东灯谜研究会会员作品》
2006 年 5 月入选合肥《庐阳商灯》

盛夏来华旅游忙(常言)　热衷于玩
2003 年 2 月原载浦东《上海浦东灯谜研究会会员作品》
2003 年 4 月入选合肥《庐阳商灯》

恢复胃动力,请马丁啉帮忙(俗语)　吃得消
2003 年 2 月原载浦东《上海浦东灯谜研究会会员作品》

哥（成语）　上行下效

　　2003 年 2 月原载浦东《上海浦东灯谜研究会会员作品》

春拂桃前一片红（字）　綝

　　2003 年 2 月原载浦东《上海浦东灯谜研究会会员作品》

　　2004 年 1 月入选合肥《庐州虎迹》

上山领奖（卷帘，京剧）　拿高登

　　2003 年 2 月原载《上海浦东灯谜研究会会员作品》

函（京剧）　山门易水曲

　　2003 年 2 月原载《上海浦东灯谜研究会会员作品》

嬉（京剧）　千金一笑

　　2003 年 2 月原载《上海浦东灯谜研究会会员作品》

目（京剧）　十八相送

　　2003 年 2 月原载《上海浦东灯谜研究会会员作品》

木樨盛放相见欢（京剧）　黄花会

　　2003 年 2 月原载《上海浦东灯谜研究会会员作品》

祖国面貌变新颜（上楼，京剧）　华容道

　　2003 年 2 月原载《上海浦东灯谜研究会会员作品》

首都演出（京剧）　京剧

　　2003 年 2 月原载《上海浦东灯谜研究会会员作品》

珠（京剧）　十二红

　　2003 年 2 月原载《上海浦东灯谜研究会会员作品》

——接见（京剧）　奇双会

2003 年 2 月原载《上海浦东灯谜研究会会员作品》

赞牡丹花（京剧）　谭富英

2003 年 2 月原载《上海浦东灯谜研究会会员作品》

黄花簇下见到你（京剧）　张秋君

2003 年 2 月原载《上海浦东灯谜研究会会员作品》

过去的不要多讲（京剧演员）　陈少云

2003 年 2 月原载《上海浦东灯谜研究会会员作品》

不露思念之心情（京剧演员）　关怀

2003 年 2 月原载《上海浦东灯谜研究会会员作品》

边煮边卖（京剧）　火烧连营

2003 年 2 月原载《上海浦东灯谜研究会会员作品》

冠军不易得（京剧）　一将难求

2003 年 2 月原载《上海浦东灯谜研究会会员作品》

退一步全会搞定（京剧）　让成都

2003 年 2 月原载《上海浦东灯谜研究会会员作品》

百花齐放观众聚（京剧）　群英会

2003 年 2 月原载《上海浦东灯谜研究会会员作品》

树树生长迅速（卷帘，京剧）　快活林

2003 年 2 月原载《上海浦东灯谜研究会会员作品》

仅十日未变（京剧）　九更天

2003 年 2 月原载《上海浦东灯谜研究会会员作品》

秋景艳丽（京剧）　金生色

2003 年 2 月原载《上海浦东灯谜研究会会员作品》

勤俭治理兴我中华（京剧）　节振国

2003 年 2 月原载《上海浦东灯谜研究会会员作品》

为斗歪风邪气而唱（京剧）　正气歌

2003 年 2 月原载《上海浦东灯谜研究会会员作品》

十（京剧）　双心斗

2003 年 2 月原载《上海浦东灯谜研究会会员作品》

历来反应迅速（京剧）　史敏

2003 年 2 月原载《上海浦东灯谜研究会会员作品》

注重长久繁华（京剧演员）　尚长荣（尚：尊崇；注重）

2003 年 2 月原载《上海浦东灯谜研究会会员作品》

一网打尽（京剧）　全部罗成

2003 年 2 月原载《上海浦东灯谜研究会会员作品》

不打不安定（京剧）　战太平

2003 年 2 月原载《上海浦东灯谜研究会会员作品》

并列冠军者（京剧）　对头人

2003 年 2 月原载《上海浦东灯谜研究会会员作品》

千里遥念(京剧)　马思远

2003 年 2 月原载《上海浦东灯谜研究会会员作品》

祖父不露声色(京剧)　收严颜

2003 年 2 月原载《上海浦东灯谜研究会会员作品》

花展一见(京剧)　群英会

2003 年 2 月原载《上海浦东灯谜研究会会员作品》

谢绝请客吃饭(京剧)　罢宴

2003 年 2 月原载《上海浦东灯谜研究会会员作品》

闺女独在家(京剧)　第一奇女

2003 年 2 月原载《上海浦东灯谜研究会会员作品》

挥毫一年(京剧)　春秋笔

2003 年 2 月原载《上海浦东灯谜研究会会员作品》

透支居第一(京剧)　独占花魁(魁指居第一位的)

2003 年 2 月原载《上海浦东灯谜研究会会员作品》

在罗马成亲(京剧)　得意缘

2003 年 2 月原载《上海浦东灯谜研究会会员作品》

跃上葱茏四百旋(京剧)　盘山

2003 年 2 月原载《上海浦东灯谜研究会会员作品》

笑容迎顾客(上楼,京剧)　悦来店

2003 年 2 月原载《上海浦东灯谜研究会会员作品》

重放的迎春花（京剧）　二度梅

　　2003 年 2 月原载《上海浦东灯谜研究会会员作品》

我来迟了（京剧）　遇太后

　　2003 年 2 月原载《上海浦东灯谜研究会会员作品》

看可爱的中国青年（调尾，京剧演员）　张春华

　　2003 年 2 月原载《上海浦东灯谜研究会会员作品》

开放的中国新年（京剧演员）　张春华

　　2003 年 2 月原载《上海浦东灯谜研究会会员作品》

丁儿回家来看妈（京剧）　四郎探母

　　2003 年 2 月原载《上海浦东灯谜研究会会员作品》

个个都是真心话（京剧）　陈三两

　　2003 年 2 月原载《上海浦东灯谜研究会会员作品》

岗上枫边有迷雾（字）　岚

　　2003 年 2 月原载《上海浦东灯谜研究会会员作品》

　　2004 年 1 月入选合肥《庐阳商灯》

天下群英相聚（大型活动）　世博会

　　2003 年 3 月原载浦东《上海浦东灯谜研究会会员作品》

元宵佳节（字）　仵

　　2003 年 3 月原载浦东《上海浦东灯谜研究会会员作品》

全民经商（称谓）　都市人

　　2003 年 3 月原载浦东《上海浦东灯谜研究会会员作品》

2004 年 4 月入选合肥《庐阳商灯》

2005 年 12 月入选中国文联出版社《中华灯谜年鉴》

弯弯河中草（字）　曲

2003 年 3 月原载浦东《上海浦东灯谜研究会会员作品》

出差要戴太阳镜（媒体名称）　外地卫视

2003 年 3 月原载浦东《上海浦东灯谜研究会会员作品》

西湖断桥一枝春（字）　淋

2003 年 3 月原载浦东《上海浦东灯谜研究会会员作品》

锁定元旦齐参战（集邮名二）　首日封、全格

2003 年 3 月原载浦东《上海浦东灯谜研究会会员作品》

2004 年 10 月入选合肥《庐阳商灯》

人在河东走，柳叶草中留（历史名人）　何白（柳叶指叶象形）

2003 年 3 月原载浦东《上海浦东灯谜研究会会员作品》

2003 年 3 月入选温州《鹿衔草》第 76 期"与虎谋皮"

逢春愈开心，内是早思念（古籍）　榆中草

2003 年 3 月原载浦东《上海浦东灯谜研究会会员作品》

2003 年 4 月入选温州《鹿衔草》第 76 期"与虎谋皮"

春临渝水流，九州田埂青（古籍）　榆中草

2003 年 3 月原载浦东《上海浦东灯谜研究会会员作品》

2003 年 4 月入选温州《鹿衔草》第 76 期"与虎谋皮"

皇上驾崩（字）　皖

2003 年 3 月原载浦东《上海浦东灯谜研究会会员作品》

独夫挡关（银行用语）　一卡通

　　2003 年 3 月原载浦东《上海浦东灯谜研究会会员作品》

薪（常言）　新观念

　　2003 年 3 月原载浦东《上海浦东灯谜研究会会员作品》

妹妹的诗稿今何在（电视栏目）　案件聚焦

　　2003 年 3 月原载浦东《上海浦东灯谜研究会会员作品》

　　2003 年 10 月入选温州《鹿衔草》

西方推崇与中国结伴（超市二）　欧尚、联华

　　2003 年 3 月原载浦东《上海浦东灯谜研究会会员作品》

　　2004 年 10 月入选合肥《庐阳商灯》

发廊在着火（成语）　理所当然

　　2003 年 3 月原载浦东《上海浦东灯谜研究会会员作品》

落棋无悔（口语）　一下子

　　2003 年 3 月原载浦东《上海浦东灯谜研究会会员作品》

两地书（口语）　不简单

　　2003 年 3 月原载浦东《上海浦东灯谜研究会会员作品》

浦东新区街道干部人名专辑

更上一层看日出（浦东新区领导）　高明

　　2003 年 3 月原载浦东《上海浦东灯谜研究会会员作品》

　　2003 年 3 月入选温州《鹿衔草》

大家都有快乐的早晨（浦东新区领导）　陶黎民

2003 年 3 月原载浦东《上海浦东灯谜研究会会员作品》

黑驹留下来（新区领导） 卢马扣

2003 年 3 月原载浦东《上海浦东灯谜研究会会员作品》

百姓首先喜植树（新区领导） 赵欣春（百姓首先：百家姓之首即"赵"）

2003 年 3 月原载浦东《上海浦东灯谜研究会会员作品》

十一姗姗来迟（新区领导） 徐国庆

2003 年 3 月原载浦东《上海浦东灯谜研究会会员作品》

闯王登基伯仲聚（新区领导） 李国第

2003 年 3 月浦东《上海浦东灯谜研究会会员作品》

我博览函件（新区领导） 余广信

2003 年 3 月原载浦东《上海浦东灯谜研究会会员作品》

大家有吃有穿（新区领导） 曹开裕

2003 年 3 月原载浦东《上海浦东灯谜研究会会员作品》

开放使中国光彩焕发（新区领导） 张丽华

2003 年 3 月原载浦东《上海浦东灯谜研究会会员作品》

女儿四点在京遇君（新区领导） 姚琼

2003 年 3 月浦东《上海浦东灯谜研究会会员作品》

......

几经小桥东流去（字） 沉

2003 年 4 月原载浦东《上海浦东灯谜研究会会员作品》

几度觅食仍未饱（字）　饥

　　2003 年 4 月原载浦东《上海浦东灯谜研究会会员作品》

一年后相见（字）　靓

　　2003 年 4 月原载浦东《上海浦东灯谜研究会会员作品》

树上进心下决心（常用词）　忐忑

　　2003 年 4 月原载浦东《上海浦东灯谜研究会会员作品》

爱上异乡女（字）　绥

　　2003 年 4 月原载浦东《上海浦东灯谜研究会会员作品》

分析成立（安）　新

　　2003 年 4 月原载浦东《上海浦东灯谜研究会会员作品》

她们胜利了（国名）　伊拉克

　　2003 年 4 月原载浦东《上海浦东灯谜研究会会员作品》

上海谜友站得高（游目）　申立峰

　　2003 年 4 月原载浦东《上海浦东灯谜研究会会员作品》

不观小人棋（常言）　顾大局

　　2003 年 4 月原载浦东《上海浦东灯谜研究会会员作品》

后果自负（字）　枭

　　2003 年 4 月原载浦东《上海浦东灯谜研究会会员作品》

尽在不言中（成语）　评头论足

　　2003 年 4 月原载浦东《上海浦东灯谜研究会会员作品》
　　2003 年 4 月入选温州《鹿衔草》第 76 期

2005 年 12 月入选中国文联出版社《中华灯谜年鉴》

尽在不言中（俗语）　死不说话

2003 年 4 月入选温州《鹿衔草》第 72 期

长河落日圆（艺人名）　江平

2003 年 4 月入选合肥《庐阳商灯》

出洋人群多（单位）　上海大众

2003 年 4 月入选合肥《庐阳商灯》

808 队重组（大型体育活动标记）　五环圈

2003 年 5 月原载浦东《上海浦东灯谜研究会会员作品》

卜（公交用语）　一路终点站

2003 年 5 月原载浦东《上海浦东灯谜研究会会员作品》

2004 年 1 月入选合肥《庐州虎迹》

休闲在家（俗语）　没出息

2003 年 5 月原载浦东《上海浦东灯谜研究会会员作品》

拂晓过河（常言）　透明度

2003 年 5 月原载浦东《上海浦东灯谜研究会会员作品》

喜从天降（俗语）　落得开心

2003 年 5 月原载浦东《上海浦东灯谜研究会会员作品》

2004 年 1 月入选合肥《庐州虎迹》

治愈秃顶见效（新词）　新发现

2003 年 5 月原载浦东《上海浦东灯谜研究会会员作品》

全进口（游戏语） 统吃

　　2003 年 5 月原载浦东《上海浦东灯谜研究会会员作品》

　　2004 年 1 月入选合肥《庐州虎迹》

　　2005 年 12 月入选中国文联出版社《中华灯谜年鉴》

首遭淘汰（银行用语） 一卡通

　　2003 年 5 月原载浦东《上海浦东灯谜研究会会员作品》

误入当铺染疾（病名） 非典病人

　　2003 年 5 月原载浦东《上海浦东灯谜研究会会员作品》

　　2003 年 10 月入选温州《鹿衔草》

家亡人散各奔腾（沪土语） 坏分

　　2003 年 5 月原载浦东《上海浦东灯谜研究会会员作品》

　　2003 年 10 月入选温州《鹿衔草》

　　2004 年 4 月入选合肥《庐阳商灯》

开放振兴我中华（人名） 张建国

　　2003 年 5 月入选南通《濠滨谜苑》首届雪馥灯谜文化艺术节专辑

普通一兵献青春（化妆品） 凡士林

　　2003 年 5 月入选南通《濠滨谜苑》首届雪馥灯谜文化艺术节专辑

书香门第皆知书（院士名） 闵乃本

　　2003 年 5 月入选南通《濠滨谜苑》首届雪馥灯谜文化艺术节专辑

第一感觉（昆虫分类学家） 印象初

　　2003 年 5 月入选南通《濠滨谜苑》首届雪馥灯谜文化艺术节专辑

白云深处安庙宇（名胜） 天宁寺

2003 年 5 月入选南通《濠滨谜苑》首届雪馥灯谜文化艺术节专辑

两雁栖山顶（名胜）　双人峰

2003 年 5 月入选南通《濠滨谜苑》首届雪馥灯谜文化艺术节专辑

一与国际接轨谱新歌（字）　曲

2003 年 5 月入选南通《濠滨谜苑》首届雪馥灯谜文化艺术节专辑

满意的商场（常言）　市中心

2003 年 6 月创作

门前集市不安静（字）　闹

2003 年 6 月原载浦东《上海浦东灯谜研究会会员作品》

赴洋贸易，交易量大增（地名冠职务）　上海市市长

2003 年 6 月原载浦东《上海浦东灯谜研究会会员作品》

首先小处着手（字）　抄

2003 年 6 月原载浦东《上海浦东灯谜研究会会员作品》
2006 年 2 月入选合肥《庐阳商灯》

认输又反悔（医药用语）　服时摇动

2003 年 6 月原载浦东《上海浦东灯谜研究会会员作品》
2006 年 2 月入选合肥《庐阳商灯》

屋顶积水（字）　尿

2003 年 6 月原载浦东《上海浦东灯谜研究会会员作品》

快餐（口语）　乐得吃

2003 年 6 月原载浦东《上海浦东灯谜研究会会员作品》

乡亲们盼子弟兵（行业）　大众巴士

　　2003 年 6 月原载浦东《上海浦东灯谜研究会会员作品》

方知缺损即调整（字）　医

　　2003 年 6 月原载浦东《上海浦东灯谜研究会会员作品》

　　2006 年 2 月入选合肥《庐阳商灯》

　　2004 年 1 月入选天津《智力》

分秒必争（电视栏目）　休闲时光

　　2003 年 6 月原载浦东《上海浦东灯谜研究会会员作品》

　　2006 年 2 月入选合肥《庐阳商灯》

公交依次发车（市招）　一路领先

　　2003 年 6 月原载浦东《上海浦东灯谜研究会会员作品》

　　2003 年 11 月入选合肥《庐阳商灯》

望则蜃楼在，去却走无路（七唐）　眼前有景道不得

　　2003 年 6 月原载浦东《上海浦东灯谜研究会会员作品》

年年回归走老路（成语）　来之不易

　　2003 年 6 月原载浦东《上海浦东灯谜研究会会员作品》

爸爸警惕不要上当（非典时期用语）　严防非典

　　2003 年 6 月原载浦东《上海浦东灯谜研究会会员作品》

潜水员需二名（非典时期用语）　沉着应对

　　2003 年 6 月原载浦东《上海浦东灯谜研究会会员作品》

护士服日不离身（非典时期用语）　白衣天使

　　2003 年 6 月原载浦东《上海浦东灯谜研究会会员作品》

十五值班献爱心（非典时期用语）　守望相助

　　2003 年 6 月原载浦东《上海浦东灯谜研究会会员作品》

雪花染戎装（非典时期用语）　白衣战士

　　2003 年 6 月原载浦东《上海浦东灯谜研究会会员作品》

　　2003 年 10 月入选合肥《庐阳商灯》

不望并列冠军（常言）　只顾一头

　　2003 年 7 月原载浦东《虎社灯影》

个个相互依靠（运输工具）　集装箱

　　2003 年 7 月原载浦东《虎社灯影》

经商不再老一套（市招）　新装上市

　　2003 年 7 月原载浦东《虎社灯影》

引进人才当菩萨（字）　弗

　　2003 年 7 月原载浦东《虎社灯影》

　　2004 年 9 月入选合肥《庐阳商灯》

布棋不再老脸孔（新词）　开创新局面

　　2003 年 7 月原载浦东《虎社灯影》

仰首站着，放松思想（药名）　昂立舒脑

　　2003 年 7 月原载浦东《虎社灯影》

请填会客单（食品）　方便面

　　2003 年 7 月原载浦东《虎社灯影》

对镜看试衣（成语）　一眼望穿

2003 年 7 月原载浦东《虎社灯影》

年初年末春常驻(字)　杵

2003 年 7 月原载浦东《虎社灯影》

埋(常言)　有一定道理

2003 年 7 月原载浦东《虎社灯影》
2004 年 5 月入选天津《智力》

懒得习诗提不高(卫生用语)　勤通风

2003 年 7 月原载浦东《虎社灯影》

中国民歌纂成书(自然现象)　龙卷风

2003 年 7 月原载浦东《虎社灯影》

不服挑拨(股语)　反弹

2003 年 7 月原载浦东《虎社灯影》

安得广厦千万间(店招)　家家乐

2003 年 7 月入选《鹿衔草》

秋水共长天一色(卷帘,谜友)　蓝成扣

2003 年 7 月入选《鹿衔草》

高帽压童蒙(温州历史名人)　戴侗

2003 年 7 月《鹿衔草》"与虎谋皮"

鼻如悬胆两眉长(字)　公

2003 年 7 月入选合肥《庐阳商灯》

千金散尽还复来（常言）　好分好聚

2005 年 7 月入选合肥《庐阳商灯》

而今迈步从头越（常言）　值得一提

2005 年 7 月入选合肥《庐阳商灯》

天永不塌，地永不沉（五唐）　乾坤日夜浮

2003 年 8 月原载浦东《虎社灯影》

而今迈步从头越（股语）　一路走高

2003 年 8 月原载浦东《虎社灯影》

走走走走走啊走（宋诗人）　陆游

2003 年 8 月原载浦东《虎社灯影》

千里江陵一日还（股语）　行情回落快

2003 年 8 月原载浦东《虎社灯影》

2003 年 11 月入选合肥《庐阳商灯》

2005 年 7 月入选温州《鹿衔草》

2005—2006 年入选中国文联出版社《中华灯谜年鉴》

书籍纸张低劣（评语）　本质差

2003 年 8 月原载浦东《虎社灯影》

并列冠军玩笑开过分（常言）　重头戏

2003 年 8 月原载浦东《虎社灯影》

六王毕，四海一（谜友）　周政平

2003 年 8 月原载浦东《虎社灯影》

图书博览会（常用词）　知识面广

　　2003 年 8 月原载浦东《虎社灯影》

加分后成绩仍差（字）　少

　　2003 年 8 月原载浦东《虎社灯影》

打开话匣子喋喋不休（媒体用语）　十二频道

　　2003 年 8 月原载浦东《虎社灯影》

身登青云梯（俗语）　爬到头顶上来了

　　2003 年 8 月原载浦东《虎社灯影》

出了错反而凶（字）　网

　　2003 年 8 月原载浦东《虎社灯影》

　　2005 年 6 月 11 日入选上海《新民晚报》

　　2005 年 12 月入选中国文联出版社《中华灯谜年鉴》

百思不得其解（灯谜术语）　老谜

　　2003 年 8 月原载浦东《虎社灯影》

治愈白内障（市政用语）　疏通要道

　　2003 年 8 月原载浦东《虎社灯影》

名下姓金（字）　铭

　　2003 年 8 月原载浦东《虎社灯影》

慎之又慎（交运名词）　超重

　　2003 年 8 月原载浦东《虎社灯影》

会须一饮三百杯（市招）　大宗商品

2003 年 8 月原载浦东《虎社灯影》

2005 年 4 月入选温州《鹿衔草》

入选 2005—2006 年度《中华灯谜年鉴》

千呼万唤始出来(词牌)　声声慢

2006 年 8 月入选合肥《庐阳商灯》

放下屠刀(气象名词)　静止锋

2003 年 9 月原载浦东《虎社灯影》

使黑钱(花卉)　夜开花

2003 年 9 月原载浦东《虎社灯影》

寸步难行(影视名词)　卡通

2003 年 9 月原载浦东《虎社灯影》

我掏腰包(文学名词)　文责自负

2003 年 9 月原载浦东《虎社灯影》

红花满尘垢(国名二)　埃及、不丹

2003 年 9 月原载浦东《虎社灯影》

战地死伤无一幸免(市招)　全场打折

2003 年 9 月原载浦东《虎社灯影》

请还路于民(常言)　讨回公道

2003 年 10 月原载浦东《虎社灯影》

一度受阻(影视语)　卡通片

2003 年 10 月原载浦东《虎社灯影》

病愈心欢唱(红楼句)　好了歌

　　2003 年 10 月原载浦东《虎社灯影》

产房喜言(央视栏目)　人生笑语

　　2003 年 10 月原载浦东《虎社灯影》

装上船就摇晃(红楼曲)　一载荡悠悠

　　2003 年 10 月原载浦东《虎社灯影》

雾里看花(财会用语)　不明开支

　　2003 年 10 月原载浦东《虎社灯影》

安度六月,务戴太阳镜(媒体简称)　宁夏卫视

　　2003 年 10 月原载浦东《虎社灯影》

瞬间不见拜佛婆(陆游词一句)　只有香如故

　　2003 年 10 月创作

　　2005 年 10 月入选合肥《庐阳商灯》)

碰杯(音乐名词)　交响曲

　　2003 年 10 月原载浦东《虎社灯影》

分开后下落不明(字)　芬

　　2003 年 10 月原载浦东《虎社灯影》

"大兴"发廊(李煜词)　剪不断理还乱

　　2003 年 10 月原载浦东《虎社灯影》

犯错流泪(足球语二)　过人、落点

　　2003 年 10 月原载浦东《虎社灯影》

向前走一直在前头（字）　尚

　　2003 年 10 月原载浦东《虎社灯影》

日日省钱（节日）　重阳节

　　2003 年 10 月原载浦东《虎社灯影》

毕生岁月伴教坛（古籍）　**春秋通说**

　　2003 年 10 月入选温州《鹿衔草》"与虎谋皮"

浦东已融入国际（字）　圃

　　2006 年 11 月入选天津《智力》

清清白白做人（成语）　**我行我素**

　　2003 年 11 月原载浦东《虎社灯影》

围棋决赛（电视剧）　**黑白大搏斗**

　　2003 年 11 月原载浦东《虎社灯影》

孤舟扬帆（字）　迅

　　2003 年 11 月原载浦东《虎社灯影》

进酒君莫停（国名二）　**巴尔干、巴巴多斯**

　　2003 年 11 月原载浦东《虎社灯影》

　　2004 年 1 月入选温州《鹿衔草》

下岗逛到三岔口（五唐）　**无为在歧路**

　　2003 年 11 月原载浦东《虎社灯影》

主人见打群架（电视栏目）　**东视广角**

　　2003 年 11 月原载浦东《虎社灯影》

曙光初照练兵场（俗语）　早做打的准备

  2003 年 11 月原载浦东《虎社灯影》

  2004 年 1 月入选温州《鹿衔草》

  2006 年 8 月入选合肥《庐阳商灯》

无一点出人就放心（字）　忧

  2003 年 11 月原载浦东《虎社灯影》

观察沙暴傍晚至（成语）　望尘莫及

  2003 年 11 月原载浦东《虎社灯影》

水在田边流，风从东北来（字）　汛

  2003 年 11 月原载浦东《虎社灯影》

加（常言）　马上驾到

  2003 年 11 月原载浦东《虎社灯影》

双工（常言）　对着干

  2003 年 11 月原载浦东《虎社灯影》

相当熟悉（俗语）　一看就知道

  2003 年 11 月原载浦东《虎社灯影》

呼儿将出换美酒（词尾，音乐名词二）　号子、曲调

  2003 年 11 月原载浦东《虎社灯影》

何处是归程（桃花源记一句）　遂迷，不复得路

  2003 年 12 月原载浦东《虎社灯影》

三个爱谜的残疾人（字）　彪

2003 年 12 月原载浦东《虎社灯影》

白发无端镜上来（俗语）　老糊涂

2003 年 12 月原载浦东《虎社灯影》

共度十年寒窗史（常用词）　同等学历

2003 年 12 月原载浦东《虎社灯影》

正当指控（歌词）　该出手时就出手

2006 年 12 月入选合肥《庐阳商灯》

节俭后重点开支（字）　併

2006 年 12 月入选合肥《庐阳商灯》

二零零四年

全无敌（病名）　休克

2004 年 1 月原载浦东《虎社灯影》

务工辞穷根（字）　空

2004 年 1 月原载浦东《虎社灯影》

屏住呼吸进试场（刊名）　参考消息

2004 年 1 月原载浦东《虎社灯影》

公布大批房源（常用词）　众所周知

2004 年 1 月原载浦东《虎社灯影》

不为点滴受牵连（字）　力

2004 年 1 月原载浦东《虎社灯影》

半句话插不进（电视剧）　无间道

    2004 年 1 月原载浦东《虎社灯影》

吃一堑长一智（卷帘，成语）　明知故犯

    2004 年 6 月 16 日入选上海《新民晚报》

    2004 年 1 月原载浦东《虎社灯影》

而今迈步从头越（股语）　本日走势攀高

    2004 年 1 月原载浦东《虎社灯影》

    2004 年评为佳谜

年历本（常用词）　载入史册

    2004 年 1 月原载浦东《虎社灯影》

举重（保健品）　力度伸

    2004 年 2 月原载浦东《虎社灯影》

打，打，打（上楼，成语）　三十六计

    2004 年 2 月原载浦东《虎社灯影》

质本洁来还洁去（俗语）　白走一回

    2004 年 2 月原载浦东《虎社灯影》

故（俗语）　做人不来

    2004 年 2 月原载浦东《虎社灯影》

三缺一（成语）　无独有偶

    2004 年 2 月原载浦东《虎社灯影》

而且（常用词）　面目全非

2004 年 2 月原载浦东《虎社灯影》

把青春留下（字）　楳

2004 年 2 月原载浦东《虎社灯影》

不小心而为之（字）　力

2004 年 2 月原载浦东《虎社灯影》

鸟类群迁之我见（禽流感专题）　禽流感

2004 年 2 月原载浦东《虎社灯影》

《孔雀东南飞》读后（禽流感专题）　禽流感

2004 年 2 月原载浦东《虎社灯影》

落霞与孤鹜齐飞（病名）　禽流感

2006 年 12 月入选合肥《庐阳商灯》新 16 期

候鸟飞迁思考（病名）　禽流感

2004 年 2 月原载浦东《虎社灯影》

不许造次（新词）　反差

2004 年 2 月原载浦东《虎社灯影》

反其道而行之（常言）　不走正路

2004 年 2 月原载浦东《虎社灯影》

愚公移山（学科名）　克隆

2004 年 3 月原载浦东《虎社灯影》

发廊打烊无人问津（常言）　不理不睬

2004 年 3 月原载浦东《虎社灯影》

2005 年 12 月入选中国文联出版社《中华灯谜年鉴》

出钱买教训（常言）　文化知识

2004 年 3 月原载浦东《虎社灯影》

部分班级停课（单位）　教育局

2004 年 3 月原载浦东《虎社灯影》

吞吐量多少（俗语）　肚里有数

2004 年 3 月原载浦东《虎社灯影》

2008 年 1 月入选中华谜报社《中华灯谜》

别后二月没下落（字）　蒯

2004 年 3 月原载浦东《虎社灯影》

入选中国文联出版社 2000—2004 年度《中华灯谜年鉴》

2006 年 12 月入选合肥《庐阳商灯》新 16 期

花名册（新词）　以人为本

2004 年 3 月原载浦东《虎社灯影》

彭泽先生是酒狂（体育赛名）　超霸杯

2004 年 4 月原载浦东《虎社灯影》

打算渡河（财经用语）　计划经济

2004 年 4 月原载浦东《虎社灯影》

宁波之行（字）　通

2004 年 4 月原载浦东《虎社灯影》

团结为好（俗语） 坏分

2004 年 4 月原载浦东《虎社灯影》

关口（成语） 美中不足

2004 年 4 月原载浦东《虎社灯影》

一人风雨中走失（字） 佩

2004 年 4 月原载浦东《虎社灯影》

白发无端镜上来（卷帘，称谓） 老实人

2004 年 4 月原载浦东《虎社灯影》

2006 年 12 月入选合肥《庐阳商灯》

浦东开发促变化（字） 沧

2004 年 4 月原载浦东《虎社灯影》

长跑巾帼胜须眉（体育用语二） 女超、男足

2004 年 5 月原载浦东《虎社灯影》

诸君留步（卷帘，动漫片） 卡通王

2004 年 5 月原载浦东《虎社灯影》

——胜出（新词） 双赢

2004 年 5 月原载浦东《虎社灯影》

有悖理念（新词） 反思

2004 年 5 月原载浦东《虎社灯影》

一更敲过再敲第二更（常言） 打击报复

2004 年 5 月原载浦东《虎社灯影》

2005 年 12 月入选中国文联出版社《中华灯谜年鉴》

高开低走（成语）　无动于衷

2004 年 5 月原载浦东《虎社灯影》

统一战线（生产用语）　合格

2004 年 5 月原载浦东《虎社灯影》

田前斜柳依（字）　榴

2004 年 5 月原载浦东《虎社灯影》

有前科者（蕉心，常言）　得罪过人

2004 年 6 月原载浦东《虎社灯影》

约定俗成（经济名词）　公有制

2004 年 6 月原载浦东《虎社灯影》

姊妹弟兄皆列士（离合字）　管（个个官）

2004 年 6 月原载浦东《虎社灯影》

此人有点出风头（字）　仪

2004 年 6 月原载浦东《虎社灯影》

贪钱惹祸进牢房（常用词）　利害关系

2004 年 6 月原载浦东《虎社灯影》

身无分文（陶渊明诗句）　忧道不忧贫（谜底抵消）

2004 年 6 月原载浦东《虎社灯影》

竞得第一赏一盅（体育名词）　冠军奖杯

2004 年 6 月原载浦东《虎社灯影》

乱风舞疏林（名词）　杀机

2004 年 6 月原载浦东《虎社灯影》

分开三回见后话多（时事）　六方会谈

2004 年 6 月原载浦东《虎社灯影》

谈马路保洁整治（蕉心，常用语）　讲清道理

2004 年 6 月原载浦东《虎社灯影》

改变困境有人邦（字）　保

2004 年 6 月原载浦东《虎社灯影》

屋外大雨屋内小雨（足球术语二）　落点、漏顶

2004 年 6 月原载浦东《虎社灯影》

没房也许配（成语）　无所适从

2004 年 7 月原载浦东《虎社灯影》

争时间犯错（足球术语二）　抢点、过人

2004 年 7 月原载浦东《虎社灯影》

拉郎配（成语）　不谋（媒）而合

2004 年 7 月原载浦东《虎社灯影》

不要低估灾害（常用语）　难度高

2004 年 7 月原载浦东《虎社灯影》

除哑巴有话大家说（市政设施）　无障碍通道

2004 年 7 月原载浦东《虎社灯影》

故地重游（常言）　走老路

2004 年 7 月原载浦东《虎社灯影》

戒了雅片,脸色滋润（保健品广告语）　排毒养颜

2004 年 7 月原载浦东《虎社灯影》

宛转蛾眉马前死（常言二）　环境所迫、一命鸣呼

2004 年 7 月原载浦东《虎社灯影》

白（常用语二）　担心、后怕

2004 年 8 月原载浦东《虎社灯影》

祸不单行（调首,期刊）　故事会

2004 年 8 月原载浦东《虎社灯影》

先尝甜头（调首,常言）　不甘落后

2004 年 8 月原载浦东《虎社灯影》

丁（常言）　一口答应

2004 年 8 月原载浦东《虎社灯影》
2005 年 7 月 1 日上海《新民晚报》

一朝有变化（字）　萌

2004 年 8 月原载浦东《虎社灯影》

集中参观巴黎（常用词）　统一看法

2004 年 8 月原载浦东《虎社灯影》

相机遮光换片（新词）　暗箱操作

　　2004 年 8 月原载浦东《虎社灯影》

浮出水有一半儿（字）　乳

　　2004 年 8 月原载浦东《虎社灯影》

只俭大开支（成语）　不拘小节

　　2004 年 8 月原载浦东《虎社灯影》

十分之九已动迁（成语）　一成不变

　　2004 年 8 月原载浦东《虎社灯影》

七步成诗（气象用语）　风速

　　2004 年 9 月原载浦东《虎社灯影》

介绍致富典型（教育用语）　启发式

　　2004 年 9 月原载浦东《虎社灯影》

　　2007 年 4 月入选安肥《庐阳商灯》

犹如子了在皿中（恐怖事件）　9.11

　　2004 年 9 月原载浦东《虎社灯影》

星星之火（卷帘，学科名词）　大自然

　　2004 年 9 月原载浦东《虎社灯影》

公厕地图指南（俗语）　方便方便

　　2004 年 9 月原载浦东《虎社灯影》

主人唠叨没子女（媒体术语）　东方少儿频道

　　2004 年 9 月原载浦东《虎社灯影》

2004 年评为佳谜

儿童模特出场（口语）　少来这一套

2004 年 9 月原载浦东《虎社灯影》

胖子时装表演（口语）　大模大样

2004 年 9 月原载浦东《虎社灯影》

2004 年 10 月入选温州《鹿衔草》

2007 年 6 月入选中国文联出版社《中华灯谜年鉴》

国庆捷报（数量词）　十一克

2004 年 9 月原载浦东《虎社灯影》

国外回来（字）　口

2004 年 9 月原载浦东《虎社灯影》

是好不说坏，是坏不说好（成语）　善有善报恶有恶报

2004 年 10 月原载浦东《虎社灯影》

2004 年评为佳谜

绝书（常言）　一切从简

2004 年 10 月原载浦东《虎社灯影》

微开柴扉道半掩（上海地名）　局门路

2004 年 10 月原载浦东《虎社灯影》

少犯错误（俗语）　过节

2004 年 10 月原载浦东《虎社灯影》

保险金（国各）　贝宁

2004 年 10 月原载浦东《虎社灯影》

企图搞台独（常用词）　思想不集中

2004 年 10 月原载浦东《虎社灯影》

砰（常言）　保一方平安

2004 年 10 月原载浦东《虎社灯影》

小孩在空聊（常言）　少说闲话

2004 年 10 月原载浦东《虎社灯影》

江西早日腾飞（字）　汁

2004 年 10 月原载浦东《虎社灯影》

风助火来火连火（字）　飚

2004 年 10 月原载浦东《虎社灯影》

着墨秋景（京剧）　金生色

2004 年 11 月作

大（京剧）　断太后

2004 年 11 月原载浦东《虎社灯影》

观看燕翱翔（京剧）　两张飞

2004 年 11 月原载浦东《虎社灯影》

大闸（京剧）　天下第一关

2004 年 11 月原载浦东《虎社灯影》

2004 年评为佳谜

老五（京剧）　陈三两

2004 年 11 月原载浦东《虎社灯影》

十日前有变（京剧）　九更天

2004 年 11 月原载浦东《虎社灯影》

募捐爱心代代继（京剧）　济公传

2004 年 11 月原载浦东《虎社灯影》

秋景渐渐近（京剧）　金生色

2004 年 11 月原载浦东《虎社灯影》

奉承上级谋高位（上楼，京剧）　升官图

2004 年 11 月原载浦东《虎社灯影》

拜见领导（卷帘，京剧目）　人头会

2004 年 11 月原载浦东《虎社灯影》

受灾后神志不清（郑板桥语）　难得糊涂

2004 年 11 月原载浦东《虎社灯影》
2007 年 4 月入选安徽《庐阳商灯》

不明落泪（地理名词）　暗流

2004 年 12 月原载浦东《虎社灯影》

前村田头雁阵栖（字）　巢

2004 年 12 月原载浦东《虎社灯影》

落地弹跳（股语）　触底回升

2004 年 12 月原载浦东《虎社灯影》

第二章　谜畴拾粹

点滴着力,早日腾飞(字)　协

    2004 年 12 月原载浦东《虎社灯影》

    2005 年 12 月入选中国文联出版社《中华灯谜年鉴》

    2004 年被本会评为佳谜

一直在接触中(字)　口

    2004 年 12 月原载浦东《虎社灯影》

浪迹天涯(常用词)　高潮

    2004 年 10 月创作

相约罗马(名词)　意见

    2004 年 6 月创作

孟母三迁(温州历史名人)　周去非

    2004 年 1 月入选温州《鹿衔草》"与虎谋皮"

一片孤帆日边来(视目)　浪迹天涯

    2004 年 4 月入选温州《鹿衔草》

及时雨(俗语)　落自便宜

    2004 年 4 月入选温州《鹿衔草》

请君来长安(温州历史名人)　王至京

    2004 年 4 月入选温州《鹿衔草》第 80 期"与虎谋皮"

闲游长江畔,景景皆成诗(古籍)　南游杂咏

    2004 年 4 月入选温州《鹿衔草》"与虎谋皮"

一任东西南北各分离(成语)　无动于衷(面:《红楼梦》《南柯子》句)

2004 年 7 月入选温州《鹿衔草》

2004 年 9 月 14 日入选上海《新民晚报》

错误全成历史（《渴望》歌词） 曾经有过

2004 年 6 月原载浦东《虎社》

2004 年 7 月入选温州《鹿衔草》第 81 期

是二儒者，吐辞为径，举足为法（古籍） 两汉博议（面：韩愈《进学解》句）

2004 年 7 月入选温州《鹿衔草》"与虎谋皮"

天不拘兮地不羁（排球术语） 自由人

2004 年 10 月入选温州《鹿衔草》

卧冰求鱼（古籍） 不系舟渔集

2004 年 10 月入选温州《鹿衔草》"与虎谋皮"

大款互不看重（常用词） 文人相轻

2004 年 12 月创作

一再获奖金（店招） 三得利

2004 年 12 月创作

最近消息纷纷传说（媒体用语） 新闻频道

2004 年 12 月创作

背人落泪（地理名词） 暗流

2004 年 12 月创作

低不就（唐诗人） 高适

2004 年 12 月创作

逐级提升（俗语）　上台阶

2004 年 12 月创作

节日停止炮击（新名词）　打假

2004 年 12 月创作

欲速则不达（学校用语）　迟到

2004 年 12 月创作

中秋一别（骊珠）　圆、二分

2004 年 12 月创作

二零零五年

江山代有才人出（温州历史名人）　陈秀民

2005 年 1 月入选温州《鹿衔草》第 83 期"与虎谋皮"

嬉笑怒骂，皆成文章（古籍）　寄情集

2005 年 1 月入选温州《鹿衔草》第 83 期"与虎谋皮"

个个吃排头（字）　笤

2005 年 1 月原载浦东《虎社灯影》

口（市招）　直销中心

2005 年 1 月原载浦东《虎社灯影》

最近屋顶平添尖（国名）　新加坡

2005 年 1 月原载浦东《虎社灯影》

不同路（礼貌用语）　道别

吃苦在前（字）　若
　　2005 年 1 月原载浦东《虎社灯影》
　　1993 年 5 月入选张学智《字海谜趣》
　　2003 年 5 月入选内蒙远方出版社《精品文化集锦丛书》

报数（俗语）　说了算
　　2005 年 1 月原载浦东《虎社灯影》

不是固定的（体育设施）　活动靶
　　2005 年 1 月原载浦东《虎社灯影》

阔（五字常言）　工作做到家
　　2005 年 1 月原载浦东《虎社灯影》

程控切削（商品）　自行车
　　2005 年 1 月原载浦东《虎社灯影》

瞎子打太极拳（市招）　盲人推拿
　　2005 年 1 月创作

莒（口语）　吃吃苦头
　　2005 年 1 月创作

坏事变好事（成语）　改恶从善
　　2005 年 1 月创作

报数（俗语）　说了算
　　2005 年 1 月创作

不固定的（体育设施）　活动靶

　　2005 年 1 月创作

分娩的是男还是女？（五字常言）　未产生怀疑

　　2005 年 1 月创作

东家居室（离合字）　主人住

　　2005 年 1 月创作

由君作主（浦东地名）　龙东

　　2005 年 2 月创作

两宝贝女青春如华（浦东地名）　樱花

　　2005 年 2 月创作

梅开河边同道走（浦东地名）　海桐路

　　2005 年 2 月创作

周边有一点十分特别（浦东地名）　牡丹

　　2005 年 2 月创作

七十人生也吃香（浦东地名）　芳华

　　2005 年 2 月创作

方二十载早有苗头（浦东地名）　芳草

　　2005 年 2 月创作

心念开放后能改变落后（浦东地名）　芳芯

　　2005 年 2 月创作

东海边春色牡丹满蹊（浦东地名）　梅花路

2005 年 2 月创作

父为群众说公道（浦东地名）　严民路

2005 年 2 月创作

十八年华就出道（浦东地名）　花木路

2005 年 2 月创作

曲径踏青阵阵香（卷帘，浦东地名）　芳草路

2005 年 2 月创作

香花满径（浦东地名）　芳华路

2005 年 2 月创作

铺织华丽彩色道（浦东地名）　锦绣路

2005 年 2 月创作

蓬蒿透香一蹊径（调首，浦东地名）　芳草路（蓬蒿借指草）

2005 年 2 月创作

十一月林前闻鸣啼（浦东地名）　杜鹃

2005 年 2 月创作

爷直达进口道（浦东地名）　严中路

2005 年 2 月创作

武王祖父的寺院（浦东古迹）　周太爷庙

2005 年 2 月创作

阅"雄鸡一唱天下白"（新区领导）　顾晓鸣

　　2005 年 2 月创作

袭人迎春一径逢（浦东地名）　花木路

　　2005 年 2 月原载浦东《虎社灯影》

　　2007 年 4 月入选温州《鹿衔草》

离厂转业种乔木（浦东地名）　严桥

　　2005 年 2 月原载浦东《虎社灯影》

河边梅开同道走（浦东地名）　海桐路

　　2005 年 2 月原载浦东《虎社灯影》

鹿道（浦东地名）　梅花路

　　2005 年 2 月原载浦东《虎社灯影》

父为百姓持公道（浦东地名）　严民路

　　2005 年 2 月原载浦东《虎社灯影》

父之道，不偏不倚（浦东地名）　严中路

　　2005 年 2 月原载浦东《虎社灯影》

曲径踏青阵阵香（卷帘，浦东地名）　芳草路

　　2005 年 2 月原载浦东《虎社灯影》

奢谈玉环之道（浦东地名）　白杨路

　　2005 年 2 月原载浦东《虎社灯影》

爷爷乔装闲出门（浦东地名）　严桥

　　2005 年 2 月原载浦东《虎社灯影》

春风又绿古宅苑（浦东地名）　陈家花园

2005 年 2 月原载浦东《虎社灯影》

驿前一土堆（浦东地名）　马墩头

2005 年 2 月原载浦东《虎社灯影》

屋前冰雪侵梅苑（浦东地名）　凌家花园

2005 年 2 月原载浦东《虎社灯影》

心中有点恋伦敦（浦东领导）　卜英

2005 年 2 月原载浦东《虎社灯影》

屈指可数近十一（浦东领导）　徐国庆

2005 年 2 月原载浦东《虎社灯影》

照看两对"大头娃"（镇领导）　张四福

2005 年 2 月原载浦东《虎社灯影》

黛玉祖籍（浦东领导）　林江南

2005 年 2 月原载浦东《虎社灯影》

健身中心（镇领导）　康忠

2005 年 2 月原载浦东《虎社灯影》

闹钟催醒睁眼看（卷帘，镇领导）　顾晓鸣

2005 年 2 月原载浦东《虎社灯影》

我与二人聚"十一"（新区领导）　徐国庆

2005 年 2 月原载浦东《虎社灯影》

身无分文睡懒觉（口语）　没有什么了不起

2005 年 3 月原载浦东《虎社灯影》

不分清浊各打十二下（体育用语）　混合双打

2005 年 3 月原载浦东《虎社灯影》

龙王一声吼（自然现象）　海啸

2005 年 3 月原载浦东《虎社灯影》

本人住房贷款（常言）　为我所用

2005 年 3 月原载浦东《虎社灯影》

金樽清酒斗十千（体育名词）　超霸杯

2005 年 4 月入选温州《鹿衔草》

2007 年 4 月入选合肥《庐阳商灯》

会须一饮三百杯（市招）　大宗商品

2005 年 4 月入选温州《鹿衔草》

2005 年 12 月入选中国文联出版社《中华灯谜年鉴》

古来酋长知多少（温州历史名人）　陈舜咨

2005 年 4 月入选温州《鹿衔草》"与虎谋皮"

零丁岛上设航标（古籍）　孤屿志

2005 年 4 月入选温州《鹿衔草》"与虎谋皮"

莫道桑榆晚（古籍）　云霞集

2005 年 5 月入选温州《鹿衔草》"与虎谋皮"

百姓不知道（浦东地名）　民生路

2005 年 4 月原载浦东《虎社灯影》

普遍以公交代步（企业）　通用汽车

2005 年 4 月原载浦东《虎社灯影》

说出一半就知道（浦东地名）　云山路

2005 年 4 月原载浦东《虎社灯影》

高楼边秋桂盛开（浦东景点）　金茂大厦

2005 年 4 月原载浦东《虎社灯影》

跃上葱茏四百旋（浦东地名）　云山路

2005 年 4 月原载浦东《虎社灯影》

2007 年 4 月入选温州《鹿衔草》

谈谈赴宝岛行程（浦东地名）　云台路

2005 年 4 月原载浦东《虎社灯影》

另辟蹊径筑坦道（浦东地名二）　启新路、建平路

2005 年 4 月原载浦东《虎社灯影》

谈话之中透前途（浦东地名）　云间路

2005 年 4 月原载浦东《虎社灯影》

情系草原（浦东景点）　中心绿地

2005 年 4 月原载浦东《虎社灯影》

高声疾呼一百年（浦东地名）　世纪大道

2005 年 4 月原载浦东《虎社灯影》

回头是岸重起步（浦东地名）　启新路

2005 年 4 月原载浦东《虎社灯影》

主人亮出珍宝（浦东地名）　东方明珠

2005 年 4 月原载浦东《虎社灯影》

屋前落英缤纷（浦东地名）　谢家宅

2005 年 4 月原载浦东《虎社灯影》

银河架彩虹（浦东地名）　高桥

2005 年 4 月原载浦东《虎社灯影》

2007 年 4 月入选温州《鹿衔草》

钱塘之乡（浦东地名）　江镇

2005 年 4 月原载浦东《虎社灯影》

前途无坎坷（浦东地名）　平度路

2005 年 4 月原载浦东《虎社灯影》

门庭破落（浦东地名）　谢家宅

2005 年 4 月原载浦东《虎社灯影》

远眺钱塘（浦东地名）　张江

2005 年 4 月原载浦东《虎社灯影》

莫向西，反其道而行之（浦东地名）　东方路

2005 年 4 月原载浦东《虎社灯影》

踏青回来真满意（浦东景点）　中心绿地

2005 年 4 月原载浦东《虎社灯影》

游世界，见识广，乐开怀（机构）　国际博览中心

　　2005 年 4 月原载浦东《虎社灯影》

中秋开放国际通道（浦东地名）　金口路

　　2005 年 4 月原载浦东《虎社灯影》

一步登天（浦东地名）　高行

　　2005 年 4 月原载浦东《虎社灯影》

看十二小时，听十二小时（名人）　张闻天

　　2005 年 4 月原载浦东《虎社灯影》

看电视听广播整日在老家（名人故居）　张闻天故居

　　2005 年 4 月原载浦东《虎社灯影》

江河断水（燕尾，浦东地名）　川沙

　　2005 年 4 月原载浦东《虎社灯影》

莫道桑榆晚（古籍）　云霞集

　　2005 年 5 月入选温州《鹿衔草》"与虎谋皮"

饭店前摆粥摊（鲁迅篇目）　集外集

　　2005 年 5 月原载浦东《虎社灯影》

　　2007 年 4 月入选安徽《庐阳商灯》

春游三日（鲁迅篇目）　文人无文（谜面抵消）

　　2005 年 5 月原载浦东《虎社灯影》

　　2007 年 4 月入选安徽《庐阳商灯》

观雪景（俗语）　看白相

2005 年 5 月原载浦东《虎社灯影》

搬动石头下有水(字)　泉

2005 年 5 月原载浦东《虎社灯影》

与文明同行(滑稽演员)　钱程

2005 年 5 月原载浦东《虎社灯影》

绝招(常言)　没本事

2005 年 5 月原载浦东《虎社灯影》

被动吸烟(常言)　受别人的气

2005 年 5 月原载浦东《虎社灯影》

入选中国文联出版社 2005—2006 年度《中华灯谜年鉴》

宜将剩勇追穷寇(台政要)　连战

2005 年 5 月原载浦东《虎社灯影》

献(浦东地名三)　南汇、大团、高庙

2005 年 5 月原载浦东《虎社灯影》

文明竞争(体育用语)　德比

2005 年 6 月原载浦东《虎社灯影》

2005 年 10 月入选温州《鹿衔草》

来客止步(桃花源记一句)　不足为外人道也

2005 年 6 月原载浦东《虎社灯影》

2005 年 10 月入选温州《鹿衔草》

十二种伪劣品(新词)　打假

2005 年 6 月原载浦东《虎社灯影》

全部钞票要独吞（市招）　分文不收

2005 年 6 月原载浦东《虎社灯影》

再计划进口粮食（俗语）　算算吃吃

2005 年 6 月原载浦东《虎社灯影》

来客冒充首富（道具二）　西装、假头发

2005 年 6 月原载浦东《虎社灯影》

赛诗会上飘墨香（常用词）　风吹草动

2005 年 6 月原载浦东《虎社灯影》

精通房产之道（俗语）　熟门熟路

2005 年 6 月原载浦东《虎社灯影》

尖（常言二）　以小压大、大小不分

2005 年 6 月原载浦东《虎社灯影》

不为五斗米折腰（哲学名词）　潜意识（面句是陶潜句）

2005 年 6 月原载浦东《虎社灯影》

2005 年 10 月入选温州《鹿衔草》

一点到上海逢雨（字）　漏

2005 年 6 月原载浦东《虎社灯影》

熙凤接见姥姥（秋千，温州历史名人）　刘现（王熙凤见：现；刘：刘姥姥）

2005 年 7 月入选温州《鹿衔草》"与虎谋皮"

任其自然（卷帘，口语）　管不着

2005 年 7 月原载浦东《虎社灯影》

口（市招）　直销中心

2005 年 7 月原载浦东《虎社灯影》

奉上头香聆琴声（字）　秦

2005 年 7 月入选合肥《庐阳商灯》

2019 年 6 月入选中华学术委员会《中华谜艺》

此人一直在气头上（字）　朱

2005 年 7 月原载浦东《虎社灯影》

每晚直达（成语）　后悔莫及

2005 年 7 月原载浦东《虎社灯影》

白日依山尽（气象名）　晴转多云

2005 年 7 月原载浦东《虎社灯影》

前楼进门闻弦声（字）　闲

2005 年 7 月原载浦东《虎社灯影》

2005 年 7 月入选合肥《庐阳商灯》

入选 2005—2006 年度中国文联出版社《中华灯谜年鉴》

阀（足球术语）　门前混战

2005 年 7 月原载浦东《虎社灯影》

空间站（成语）　居高不下

2005 年 8 月原载浦东《虎社灯影》

一贯追求高质量(字)　盾

2005 年 8 月原载浦东《虎社灯影》

招(常言二)　一刀切、回扣

2005 年 8 月原载浦东《虎社灯影》

后娘的为人(字)　食

2005 年 8 月原载浦东《虎社灯影》

强身男子当警卫(民族三)　壮、汉、保安

2005 年 8 月原载浦东《虎社灯影》

恭喜提薪(离合字)　贺加贝

2005 年 8 月原载浦东《虎社灯影》

愚公感动上帝(调首,山名)　大别山

2005 年 8 月原载浦东《虎社灯影》

两岸一家亲(数学名词三)　对边、相交、圆心

2005 年 8 月原载浦东《虎社灯影》

穷则思变(机械名)　发动机

2005 年 9 月原载浦东《虎社灯影》

不忘老头生日(称谓)　记者

2005 年 9 月原载浦东《虎社灯影》

小辈都安宁(离合字)　子女好

2005 年 9 月原载浦东《虎社灯影》

出（词牌二）　东仙、飞来峰

　　2005 年 9 月原载浦东《虎社灯影》

　　2006 年 8 月入选合肥《庐阳商灯》

一人坠低谷（字）　因

　　2005 年 9 月原载浦东《虎社灯影》

第一次当领导（调首，新词）　回头率

　　2005 年 9 月原载浦东《虎社灯影》

丫（哲学名二）　一分为二、合而为一

　　2005 年 9 月原载浦东《虎社灯影》

驰离千里外，此间日已落（国名）　也门

　　2005 年 10 月原载浦东《虎社灯影》

给的东西一日收到（国名）　约旦

　　2005 年 10 月原载浦东《虎社灯影》

分明双休不在家（银行语三）　日息、月息、开户行

　　2005 年 10 月原载浦东《虎社灯影》

全民经商（调首，称谓）　成都市人

　　2005 年 10 月原载浦东《虎社灯影》

　　入选 2005—2006 年度中国文联出版社《中华灯谜年鉴》

"在水一方"轰动巴西（行业）　酒吧

　　2005 年 10 月原载浦东《虎社灯影》

共享浦东开发开放成果（温州历史人名）　张淳

2005 年 10 月入选温州《鹿衔草》"与虎谋皮"

韩信封王不从蒯通言(古籍)　仪礼识误

2005 年 10 月入选温州《鹿衔草》"与虎谋皮"

冬末和夏初(数学符号)　÷

2005 年 11 月原载浦东《虎社灯影》

满园春色关不住(常用词)　全面开花

2005 年 11 月原载浦东《虎社灯影》

2006 年 1 月入选温州《鹿衔草》

巨浪(俗语)　派头大

2005 年 11 月原载浦东《虎社灯影》

房产是亮点(常用词)　有所发明

2005 年 11 月原载浦东《虎社灯影》

长河落日圆(秋千,湖南地名)　平江

2005 年 11 月原载浦东《虎社灯影》

有一点错(语法名词)　文字结构

2005 年 11 月原载浦东《虎社灯影》

千金宝冠,珠珠镶金(治安用语)　安全

2005 年 11 月原载浦东《虎社灯影》

十(红楼人名二)　赖二、王成

2005 年 11 月 9 日入选上海《新民晚报》

人生有变,爱心不变(字)　牵

　　2005 年 12 月原载浦东《虎社灯影》

一直向前走,二夜才碰头(字)　够

　　2005 年 12 月原载浦东《虎社灯影》

初夏楼前明月光(国名)　日本

　　2005 年 12 月原载浦东《虎社灯影》

用力排除水涌(字)　勇

　　2005 年 12 月原载浦东《虎社灯影》

二零零六年

曙光初照演兵场(国名、地名各一)　朝鲜、好望角

　　2006 年 1 月入选温州《鹿衔草》

春节三日笑啊笑(外称谓)　多哈人

　　2006 年 1 月原载浦东《虎社灯影》

寒冬农闲是风俗(气象名)　冷空气

　　2006 年 1 月原载浦东《虎社灯影》

　　入选 2005—2006 年度中国文联出版社《中华灯谜年鉴》

梨园是摇篮(计生语)　优生优育

　　2006 年 1 月原载浦东《虎社灯影》

　　2007 年 4 月入选合肥《庐阳商灯》

惊喜(计生语)　意外怀孕

　　2006 年 1 月原载浦东《虎社灯影》

来宾展示风度（字）　飘

　　2006 年 1 月原载浦东《虎社灯影》

　　2007 年 4 月入选安徽《庐阳商灯》

唐太宗论功定赏（温州历史人名）　王钦豫

　　2006 年 1 月入选温州《鹿衔草》"与虎谋皮"

与弥陀佛照个相（古籍）　一笑录

　　2006 年 1 月入选温州《鹿衔草》"与虎谋皮"

沓（俗语）　一脚踏空

　　2006 年 2 月原载浦东《虎社灯影》

年年高升（交通名词）　超载

　　2006 年 2 月原载浦东《虎社灯影》

"梁祝"终成眷属（服饰）　蝴蝶结

　　2006 年 2 月原载浦东《虎社灯影》

参差林间有人家（常用词）　休闲

　　2006 年 2 月原载浦东《虎社灯影》

　　2006 年 7 月入选温州《鹿衔草》

满园春色关不住（红楼人名）　张华

　　2006 年 2 月原载浦东《虎社灯影》

　　2006 年 7 月入选温州《鹿衔草》

　　入选 2005—2006 年度中国文联出版社《中华灯谜年鉴》

四五根烟全吸完（电学名词）　二十支光

　　2006 年 3 月原载浦东《虎社灯影》

做一天和尚（称谓）　钟点工

　　2006 年 3 月原载浦东《虎社灯影》

青春的浪花（新词）　绿色消费

　　2006 年 3 月入选福建三明《消费维权明灯》"中国消费者权益保护灯
　　谜专集"

　　2006 年 3 月入选淮安《文虎摘锦》

　　2013 年 1 月入选辽宁中华谜报社《中华灯谜》

大树田边云层低（商业用语）　柜台

　　2006 年 3 月入选福建三明《消费维权明灯》"中国消费者权益保护灯
　　谜专集"

撷下果子即编号（消费维权用语）　真实标记

　　2006 年 3 月入选福建三明《消费维权明灯》"中国消费者权益保护灯
　　谜专集"

一饭千金（金融、报刊名各一）　信用、文汇报

　　2006 年 3 月原载浦东《虎社灯影》

三十而立（红楼人名二）　丰儿、坠儿（抵消）

　　2006 年 3 月原载浦东《虎社灯影》

分（纸业用语）　八开一刀

　　2006 年 3 月原载浦东《虎社灯影》

月投河面相映圆（影院用语二）　上一轮、下一轮

　　2006 年 3 月原载浦东《虎社灯影》

满园春色关不住（麻将术语二）　花、全挺张

2006 年 3 月原载浦东《虎社灯影》

2006 年 7 月入选温州《鹿衔草》

西峰夕照（字）　岁

2006 年 3 月创作

长河落日圆（地名二）　沈阳、宁波

2006 年 4 月入选温州《鹿衔草》

宜将剩勇追穷寇（击剑名词）　连续进攻

2006 年 4 月入选温州《鹿衔草》

在大风大浪中锻炼（虾须，温州历史名人）　何坚

2006 年 4 月入选温州《鹿衔草》"与虎谋皮"

中国"神舟"一发了得（古籍）　玉华子

2006 年 4 月入选温州《鹿衔草》"与虎谋皮"

二上珠峰（字）　击

2006 年 4 月原载浦东《虎社灯影》

严监生临终伸指（金融单位）　光大

2006 年 4 月原载浦东《虎社灯影》

入选 2005—2006 年度中国文联出版社《中华灯谜年鉴》

闲时互相发泄（气象名词）　空气对流

2006 年 4 月原载浦东《虎社灯影》

人墙前头攻入一球（字）　位

2006 年 4 月原载浦东《虎社灯影》

交（数量词）　八分钱

　　2006 年 4 月原载浦东《虎社灯影》

　　入选 2005—2006 年度中国文联出版社《中华灯谜年鉴》

独具小心眼（字）　盯

　　2006 年 4 月原载浦东《虎社灯影》

去国外踢球（字）　王

　　2006 年 4 月原载浦东《虎社灯影》

浦东在招手（字）　捕

　　2006 年 5 月入选合肥《庐阳商灯》

回来就团圆（字）　贝

　　2006 年 5 月原载浦东《虎社灯影》

　　入选 2005—2006 年度中国文联出版社《中华灯谜年鉴》

夫（金融名词）　人民币转换

　　2006 年 5 月原载浦东《虎社灯影》

针锋相对（国名）　比利时

　　2006 年 5 月原载浦东《虎社灯影》

一人共进三粒定位球（字）　仁

　　2006 年 5 月原载浦东《虎社灯影》

产品上去,改变困境（字）　噪

　　2006 年 5 月原载浦东《虎社灯影》

　　2007 年 4 月入选温州《鹿衔草》

　　入选 2005—2006 年度中国文联出版社《中华灯谜年鉴》

生不带来死不带去（红楼人名）　空空道人

2006 年 5 月原载浦东《虎社灯影》

寻"相打"过日子（常用词）　找角度

2006 年 5 月原载浦东《虎社灯影》

三长二短（三字俗语）　矮一截

2006 年 5 月原载浦东《虎社灯影》

十月湖水清（字）　口

2006 年 5 月入选合肥《庐阳商灯》

初秋月当头（字）　稍

2006 年 5 月入选合肥《庐阳商灯》

致富露一手（字）　拔

2006 年 5 月入选合肥《庐阳商灯》

争挑重担（麻将用语）　抢扛

2006 年 5 月创作

千里望日出（常言）　重见光明

2006 年 6 月原载浦东《虎社灯影》

十载凯旋还（字）　兄

2006 年 6 月原载浦东《虎社灯影》

2007 年 4 月入选温州《鹿衔草》

站起来发言（商标）　立白

2006 年 6 月原载浦东《虎社灯影》

用得囊空回宁波（表格用语）　文化水平

2006 年 6 月原载浦东《虎社灯影》

源头水流失（常言）　原则不变

2006 年 6 月原载浦东《虎社灯影》

从小就当家（称谓）　理事长

2006 年 6 月原载浦东《虎社灯影》

演员跑场（数量词）　一角二分

2006 年 6 月原载浦东《虎社灯影》

千里有亮点（常言）　重见光明

2006 年 6 月创作

看看爷爷（麻将用语）　相公

2006 年 6 月创作

不一定能看到（字）　示（双扣）

2006 年 7 月创作

拾到一叠人民币（字）　幸

2006 年 7 月原载浦东《虎社灯影》

2007 年 4 月入选温州《鹿衔草》

入选 2005—2006 年度中国文联出版社《中华灯谜年鉴》

内（麻将用语）　三缺一

2006 年 7 月原载浦东《虎社灯影》

容貌出众（麻将语）　相公

2006 年 7 月原载浦东《虎社灯影》

2006 年 10 月入选温州《鹿衔草》

中间张（媒体）　央视

2006 年 7 月原载浦东《虎社灯影》

入选 2005—2006 年度中国文联出版社《中华灯谜年鉴》

不一定是坏（字）　十

2006 年 7 月原载浦东《虎社灯影》

看众客全是老面孔（地名三）　望都、广西、常熟

2006 年 7 月原载浦东《虎社灯影》

大面积（常用词）　宽容

2006 年 7 月原载浦东《虎社灯影》

无用武之地（象棋术语二）　将军、闲着

2006 年 7 月原载浦东《虎社灯影》

2005—2006 年度入选中国文联出版社《中华灯谜年鉴》

2006 年 10 月入选温州《鹿衔草》

白皑皑珠峰留照，青翠翠原上题诗（古籍）　雪影吟草

2006 年 7 月入选温州《鹿衔草》"与虎谋皮"

文明集体（市招）　全聚德

2006 年 7 月创作

任其自然（卷帘，俗语）　管不着

2006 年 7 月创作

不要长篇大道（电学名词）　短路

2006 年 7 月创作

课（常言）　话有实据

2006 年 7 月创作

七言（四字俗话）　说三道四

2006 年 7 月创作

上篮中十一次（俗语）　投五投六

2006 年 8 月原载浦东《虎社灯影》

望而却步（桥牌术语）　止张

2006 年 8 月原载浦东《虎社灯影》

—1（比赛用语）　加分

2006 年 8 月原载浦东《虎社灯影》

关羽（桥牌术语）　控制张

2006 年 8 月原载浦东《虎社灯影》

少年老成（称呼）　小陈

2006 年 8 月原载浦东《虎社灯影》

"千呼万唤始出来"（词牌）　声声慢

2006 年 8 月入选合肥《庐阳商灯》

一而再再而三（经济名词）　负增长

2006 年 9 月原载浦东《虎社灯影》

只闻雷响不见雨下来(俗语)　落难

2006 年 9 月原载浦东《虎社灯影》

整治弹硌路(新词)　硬道理

2006 年 9 月原载浦东《虎社灯影》

一户三室,住二三人(数字语)　四舍五入

2006 年 9 月原载浦东《虎社灯影》

一品美酒,爱不释手(红楼人名二)　元春、惜春

2006 年 9 月原载浦东《虎社灯影》

严禁裸体(俗语)　管不着

2006 年 9 月原载浦东《虎社灯影》

一直见就老(字)　口(直为 1)

2006 年 9 月原载浦东《虎社灯影》

上天火箭上海造(字)　申

2006 年 9 月原载浦东《虎社灯影》

由之而受启发(字)　迪

2006 年 9 月原载浦东《虎社灯影》

游子侃统一(古籍)　浪语集

2006 年 10 月入选温州《鹿衔草》"与虎谋皮"

村前不见明月光(字)　时

2006 年 10 月入选合肥《庐阳商灯》

进口处人靠边站（字）　倍

2006 年 10 月入选合肥《庐阳商灯》

雪中送炭（商标）　白加黑

2006 年 10 月原载浦东《虎社灯影》

少儿用品（贬称）　小人物

2006 年 10 月原载浦东《虎社灯影》

时装表演款式各异（常言）　一模一样

2006 年 10 月原载浦东《虎社灯影》

2011 年 4 月入选温州《鹿衔草》

脑梗（常言）　想不通

2006 年 10 月原载浦东《虎社灯影》

评为 2006 年佳谜

目不转睛（称呼）　老张

2006 年 10 月原载浦东《虎社灯影》

兄弟之争（建筑工具）　脚手架

2006 年 10 月原载浦东《虎社灯影》

门前幽篁迎日摇（字）　简

2006 年 10 月原载浦东《虎社灯影》

城乡一体化（调首，地名）　成都市

2006 年 10 月原载浦东《虎社灯影》

解困五载后富来（温州名镇）　梧田

2006 年 10 月原载浦东《虎社灯影》

2007 年 4 月入选温州《鹿衔草》

浇水泥莫急于求成（历史名人）　徐凝

2006 年 10 月入选温州《鹿衔草》"与虎谋皮"

甘水汇于树东西（古籍）　泉村集

2006 年 10 月入选温州《鹿衔草》"与虎谋皮"

似曾有言（温州乡镇名）　白象

2006 年 11 月原载浦东《虎社灯影》

2007 年 4 月入选温州《鹿衔草》

秋桂满村（温州名镇）　金乡

2006 年 11 月原载浦东《虎社灯影》

2007 年 4 月入选温州《鹿衔草》

下机后乔装领导（温州乡镇名）　桥头

2006 年 11 月原载浦东《虎社灯影》

2007 年 4 月入选温州《鹿衔草》

瞬间天堑变通途（温州乡镇）　新桥

2006 年 11 月原载浦东《虎社灯影》

2007 年 4 月入选温州《鹿衔草》

孤帆一点天上来，娇女出游十八载（温州名镇）　虹桥

2006 年 11 月原载浦东《虎社灯影》

千金藏屋（温州名镇）　钱房

2006 年 11 月原载浦东《虎社灯影》

金银满堂(温州名镇)　钱房

2006 年 11 月原载浦东《虎社灯影》

湘莲逛街店(温州乡镇名)　柳市

2006 年 11 月原载浦东《虎社灯影》

2007 年 4 月入选温州《鹿衔草》

杜(温州名镇二)　桥头、上塘

2006 年 11 月原载浦东《虎社灯影》

镕基一生廉洁(温州名人)　朱自清

2006 年 11 月原载浦东《虎社灯影》

2007 年 4 月入选温州《鹿衔草》

老华侨叶落归根(温州历史名人)　陈宜中

2006 年 11 月原载浦东《虎社灯影》

2007 年 4 月入选温州《鹿衔草》"与虎谋皮"

百里挑一,认可一人(温州名人)　何白

2006 年 11 月原载浦东《虎社灯影》

2007 年 4 月入选温州《鹿衔草》"与虎谋皮"

画来题辞知道一半(温州历史名人)　叶适

2006 年 11 月原载浦东《虎社灯影》

2007 年 4 月入选温州《鹿衔草》"与虎谋皮"

道旁一言话别,十载国外相遇(秋千,温州历史名人)　叶适

2006 年 11 月原载浦东《虎社灯影》

2007 年 4 月入选温州《鹿衔草》"与虎谋皮"

君似鹏鸟飞南北（名人）　王十朋

　　2006 年 11 月原载浦东《虎社灯影》

　　2007 年 4 月入选温州《鹿衔草》

避而不谈（温州名胜）　云关

　　2006 年 11 月原载浦东《虎社灯影》

　　2007 年 4 月入选温州《鹿衔草》"与虎谋皮"

再三重复登山顶（温州名胜）　十二峰

　　2006 年 11 月原载浦东《虎社灯影》

　　2007 年 4 月入选温州《鹿衔草》"与虎谋皮"

山边寻人，上山磴头（温州地名）　仙岩

　　2006 年 11 月原载浦东《虎社灯影》

　　2007 年 4 月入选温州《鹿衔草》"与虎谋皮"

从分开，到——碰头（温州名胜）　石夫人

　　2006 年 11 月原载浦东《虎社灯影》

　　2007 年 4 月入选温州《鹿衔草》"与虎谋皮"

大珠小珠落玉盘（商标）　聚宝

　　2006 年 11 月原载浦东《虎社灯影》

　　2007 年 4 月入选温州《鹿衔草》

金银满堂（温州名镇）　钱库

　　2006 年 11 月入选温州《鹿衔草》"与虎谋皮"

"叹流年又虚度"（红楼人名二）　惜春、云光（面：宋《谢池春》句）

　　2006 年 12 月原载浦东《虎社灯影》

　　2007 年 1 月入选温州《鹿衔草》

2012 年 9 月入选浦东《谜苑揽胜》

老天开玩笑（俗语）　空欢喜

2006 年 12 月原载浦东《虎社灯影》

吹得落叶呼呼响（礼貌用语）　鸣谢

2006 年 12 月原载浦东《虎社灯影》

不打扰大家下棋（单位）　公安局

2006 年 12 月原载浦东《虎社灯影》

又一去不复返（字）　舔

2006 年 12 月原载浦东《虎社灯影》

浇水防复燃（字）　淡

2006 年 12 月原载浦东《虎社灯影》

2007 年 4 月入选温州《鹿衔草》

汪泽门庭（字）　润

2006 年 12 月原载浦东《虎社灯影》

踏进一只脚（常言）　不足为奇

2006 年 12 月原载浦东《虎社灯影》

并列冠军（秋千，地理名词）　首都

2006 年 12 月原载浦东《虎社灯影》

频频大笑（外国地名）　多哈

2006 年 12 月原载浦东《虎社灯影》

"宜将剩勇追穷寇"（足球术语）　得势不得分

2006 年 12 月入选合肥《庐阳商灯》

二零零七年

长期不适（称谓）　老处女

2007 年 1 月入选温州《鹿衔草》

旁观者清（温州历史人名）　张纯

2007 年 1 月入选温州《鹿衔草》"与虎谋皮"

保留《阿 Q 传记》（古籍）　存愚录

2007 年 1 月入选温州《鹿衔草》"与虎谋皮"

变好（病名）　消化不良

2007 年 1 月原载浦东《虎社灯影》

预报有间断雨（文学名词）　告一段落

2007 年 1 月原载浦东《虎社灯影》

2007 年度评《虎社灯影》佳谜

2008 年 6 月入选中华谜报社《中华灯谜》

2008 年 6 月入选安徽《庐阳商灯》

二传手（法律名词）　继承者乙

2007 年 1 月原载浦东《虎社灯影》

处（常言）　向外延伸

2007 年 1 月原载浦东《虎社灯影》

绝对的错（常言）　过一不过二

2007 年 1 月原载浦东《虎社灯影》

总而言之(气象名词)　云团

2007 年 1 月原载浦东《虎社灯影》

女士排在后(交通用语)　公交优先

2007 年 2 月原载浦东《虎社灯影》

2008 年 1 月入选中华谜报社《中华灯谜》

衣片限店内定制(上楼,常言)　不出所料

2007 年 2 月原载浦东《虎社灯影》

全年无休(称谓)　青工

2007 年 2 月原载浦东《虎社灯影》

抱病入典铺(常用词)　不适当

2007 年 2 月原载浦东《虎社灯影》

阅此章节后颇有心得(字)　意

2007 年 2 月原载浦东《虎社灯影》

留步(俗语)　不上路

2007 年 2 月原载浦东《虎社灯影》

晨霞(国名二)　朝鲜、以色列

2007 年 3 月原载浦东《虎社灯影》

留下悬念正担心(字)　蒽

2007 年 3 月原载浦东《虎社灯影》

化干戈为玉帛（麻将用语）　碰碰和

2007 年 3 月原载浦东《虎社灯影》

群龙无首（时尚称谓）　白领

2007 年 3 月原载浦东《虎社灯影》

大地暖冬花开早（歌手、演员二）　那英、周迅

2007 年 3 月原载浦东《虎社灯影》

2008 年 4 月入选温州《鹿衔草》

女士不宜入住（店招）　利男居

2007 年 3 月原载浦东《虎社灯影》

环城轨迹（紧急电话）　110

2007 年 3 月原载浦东《虎社灯影》

低处看不清（温州名人）　高明

2007 年 4 月入选温州《鹿衔草》"与虎谋皮"

能见度不可太低（温州名人）　高明

2007 年 4 月入选温州《鹿衔草》"与虎谋皮"

说起此人可相处（温州名人）　何白

2007 年 4 月入选《鹿衔草》"与虎谋皮"

百里挑一，认可一人（温州名人）　何白

2007 年 4 月入选《鹿衔草》"与虎谋皮"

雁阵河边柳絮飞（温州名人）　何白

2007 年 4 月入选《鹿衔草》"与虎谋皮"

湘莲逛街店（温州乡镇名）　柳市

2007 年 4 月入选《鹿衔草》"与虎谋皮"

似曾有言（温州乡镇名）　白象

2007 年 4 月入选《鹿衔草》"与虎谋皮"

解困五载后富来（温州名镇）　梧田

2007 年 4 月入选《鹿衔草》"与虎谋皮"

天堑变通途（温州乡镇）　新桥

2007 年 4 月入选《鹿衔草》"与虎谋皮"

皂水入土也（温州名镇）　墨池

2007 年 4 月入选《鹿衔草》"与虎谋皮"

岁岁伊始有人来碰头（温州地名）　仙岩

2007 年 4 月入选《鹿衔草》"与虎谋皮"

山边寻人，上山磁头（温州地名）　仙岩

2007 年 4 月入选《鹿衔草》"与虎谋皮"

再三重复登山顶（温州名胜）　十二峰

2007 年 4 月入选《鹿衔草》"与虎谋皮"

闭口不谈（温州名胜）　云关

2007 年 4 月入选《鹿衔草》"与虎谋皮"

免开尊口（温州名胜）　云关

2007 年 4 月入选《鹿衔草》"与虎谋皮"

在同一水平上（温州名胜） 洞头

2007 年 4 月入选《鹿衔草》"与虎谋皮"

同为浦东开发的领导（温州名胜） 洞头

2007 年 4 月入选《鹿衔草》"与虎谋皮"

福星临门到（商标） 吉尔达

2007 年 4 月入选《鹿衔草》"与虎谋皮"

主人本领不凡（商标） 东艺

2007 年 4 月入选《鹿衔草》"与虎谋皮"

主人露一手（商标） 东艺

2007 年 4 月入选《鹿衔草》"与虎谋皮"

今秋来得快（商标） 金迅达

2007 年 4 月入选《鹿衔草》"与虎谋皮"

十载凯旋还（字） 兄

2007 年 4 月入选温州《鹿衔草》

服装橱窗布置灯光（常用语） 明摆着的

2007 年 4 月入选温州《鹿衔草》第 92 期

天香云外飘（温州名人） 任一桂（面：宋之问《灵隐诗句》上句"桂子月中落"）

2007 年 4 月入选温州《鹿衔草》"与虎谋皮"

君似鹏鸟飞南北（名人） 王十朋

2007 年 4 月入选温州《鹿衔草》第 92 期"与虎谋皮"

一兼二职（常言）　对事不对人

　　2007 年 4 月入选安徽合肥《庐阳商灯》新 17 期

百花吐艳在花展（国名三）　英、美、以色列

　　2007 年 4 月入选安徽合肥《庐阳商灯》新 17 期

业绩与日俱进（字）　显

　　2007 年 4 月入选安徽合肥《庐阳商灯》新 17 期

征地先造楼（字）　杜

　　2007 年 4 月入选安徽合肥《庐阳商灯》新 17 期

踢进二球都是我（四字常言）　足足有余

　　2007 年 4 月入选安徽合肥《庐阳商灯》新 17 期

欲穷千里目（眼疾名）　深度远视

　　2007 年 4 月入选安徽合肥《庐阳商灯》新 17 期

画中题辞知道一半（温州历史名人）　叶适

　　2007 年 4 月入选温州《鹿衔草》"与虎谋皮"

老华侨叶落归根（温州历史名人）　陈宜中

　　2007 年 4 月入选温州《鹿衔草》"与虎谋皮"

布置不高不低为适当（温州历史名人）　陈宜中

　　2007 年 4 月入选温州《鹿衔草》"与虎谋皮"

裕后四邻更兴旺（温州名人）　周昌谷

　　2007 年 4 月入选温州《鹿衔草》"与虎谋皮"

神州二星一弹一飞船（字）　忠

　　2007 年 4 月入选温州《鹿衔草》

六王毕，四海一（金融名词）　周息

　　2007 年 5 月原载浦东《虎社灯影》

疏忽时晴时雨天（文学名词）　段落大意

　　2007 年 5 月原载浦东《虎社灯影》

　　2007 年 10 月入选温州《鹿衔草》

　　入选 2007—2009 年度中国文联出版社《中华灯谜年鉴》

白发无端镜上来（金融名词）　面额贴花

　　2007 年 5 月原载浦东《虎社灯影》

　　2007 年评为《虎社灯影》佳谜

　　2008 年 6 月入选中华谜报社《中华灯谜》

　　2007 年 12 月入选浦东《金融灯谜》

包公难断家务事（金融名词二）　清户、存折

　　2007 年 5 月原载浦东《虎社灯影》

　　2007 年 12 月入选浦东《金融灯谜》

及到多时眼闭了（金融名词二）　汇丰、日息

　　2007 年 5 月原载浦东《虎社灯影》

　　2007 年 12 月入选浦东《金融灯谜》

曙光初照演兵场（外币二）　日元、戈比（元、初都为开始）

　　2007 年 5 月原载浦东《虎社灯影》

　　2007 年 12 月入选浦东《金融灯谜》

延时书归（金融名词）　过期还本

155

2007 年 5 月原载浦东《虎社灯影》

推出新书，读者飙升（股市用语）　行情看涨（出版即发行）
2007 年 5 月原载浦东《虎社灯影》
2007 年 11 月入选浦东《金融灯谜》

募捐书籍运外省（金融名词）　资本输出
2007 年 5 月原载浦东《虎社灯影》
2007 年 12 月入选浦东《金融灯谜》

新朋旧友遍天下（股语）　成交量大
2007 年 5 月原载浦东《虎社灯影》

新房未住顶壁坍落（股语）　下跌空间
2007 年 5 月原载浦东《虎社灯影》

众芳摇落独喧妍（金融名词三）　红花、总清、存单
2007 年 5 月原载浦东《虎社灯影》
2007 年 12 月入选浦东《金融灯谜》

五花马，千金裘，呼儿将出换美酒（金融名词二）　兑现、存款
2007 年 5 月原载浦东《虎社灯影》
2007 年 12 月入选浦东《金融灯谜》

外宾向华裔竖大拇指（金融名词）　中国人行
2007 年 6 月原载浦东《虎社灯影》
2007 年 12 月入选浦东《金融灯谜》

劳动模范刮刮叫（金融名词二）　建设、工行
2007 年 6 月原载浦东《虎社灯影》

夜籁人静，大小百家在啦床上眠（金融名词二）　周息、睡眠户

2007 年 6 月原载浦东《虎社灯影》

2007 年 11 月入选浦东《金融灯谜》

广集巨资走了（金融名词）　汇丰银行

2007 年 6 月原载浦东《虎社灯影》

盼得抗日胜利把家回（金融名词二）　八年期、入户

2007 年 6 月原载浦东《虎社灯影》

退休（金融名词）　活期有息

2007 年 6 月原载浦东《虎社灯影》

冰雪封门（金融名词）　冻结户

2007 年 6 月原载浦东《虎社灯影》

家有积蓄是娘钱（金融名词二）　储户、母金

2007 年 6 月原载浦东《虎社灯影》

打扫门庭好休养（金融名词二）　清户、利息

2007 年 6 月原载浦东《虎社灯影》

过期还款（金融名词三）　延时、结算、人民币

2007 年 7 月原载浦东《虎社灯影》

好领导（金融名词）　上级行

2007 年 7 月原载浦东《虎社灯影》

每逢佳期必设宴（金融名词）　定期存款

2007 年 7 月原载浦东《虎社灯影》

独自好安睡（金融名词二）　存单、利息

2007 年 7 月原载浦东《虎社灯影》

男子腰缠万金一路走（金融机构）　富士银行

2007 年 7 月原载浦东《虎社灯影》

要求参加击剑赛（外币二）　索比、戈比

2007 年 7 月原载浦东《虎社灯影》

巨富不外流（外币）　意大利里拉

2007 年 7 月原载浦东《虎社灯影》

请明早回家（外币）　约旦第纳尔

2007 年 7 月原载浦东《虎社灯影》

种田能手（金融单位简称）　农行

2007 年 7 月原载浦东《虎社灯影》

夜籁人静（金融名词）　利息

2007 年 7 月原载浦东《虎社灯影》

真心团结（金融单位）　三和

2007 年 7 月原载浦东《虎社灯影》

金库（金融名词）　存款第一

2007 年 7 月原载浦东《虎社灯影》

花落知多少（商业用语）　消费量

2007 年 7 月入选温州《鹿衔草》第 93 期

众芳摇落独喧妍(体育用语)　精英赛夺冠

　　2007 年 7 月入选温州《鹿衔草》第 93 期

酒后吐真言(卷帘，温州历史名人)　陈遇春

　　2007 年 7 月入选温州《鹿衔草》"与虎谋皮"

瓦当图纹集(古籍)　东瓯文录

　　2007 年 7 月入选温州《鹿衔草》第 93 期"与虎谋皮"

必(《滕王阁序》句)　宁移白首之心

　　2007 年 8 月原载浦东《虎社灯影》

眼前春意好抒心(字)　想

　　2007 年 8 月原载浦东《虎社灯影》

火光朝天(病名)　高烧

　　2007 年 8 月创作

梅开二度摄入迟(影视语)　重放慢镜头

　　2007 年 9 月入选合肥《庐阳商灯》

一旦结合，同心永久(字)　恒

　　2007 年 9 月原载浦东《虎社灯影》

　　2008 年 1 月入选中华谜报社《中华灯谜》

　　入选 2007—2008 年度中国文联出版社《中华灯谜年鉴》

莫待晚年才健身(体育项目)　早锻炼

　　2007 年 9 月原载浦东《虎社灯影》

　　2008 年 1 月入选中华谜报社《中华灯谜》

时逢三五不见月（比赛用语）　轮空
　　2007 年 9 月原载浦东《虎社灯影》
　　2008 年 1 月入选中华谜报社《中华灯谜》

飞上九天歌一声（俗语）　唱高调（面：元稹《连昌宫词》一句）
　　2007 年 9 月原载浦东《虎社灯影》
　　2008 年 1 月入选温州《鹿衔草》

底层售罄，高层有房（成语）　后来居上
　　2007 年 9 月原载浦东《虎社灯影》

打一场人民战争（成语）　兴师动众
　　2007 年 9 月入选合肥《庐阳商灯》

人人关心进一言（字）　诬
　　2007 年 10 月原载浦东《虎社灯影》
　　2008 年 6 月入选中华谜报社《中华灯谜》
　　2007 年获评《虎社灯影》佳谜

冬天的气象预报（成语）　冷言冷语
　　2007 年 10 月原载浦东《虎社灯影》

局势未了（影目）　一盘没有下完的棋
　　2007 年 10 月原载浦东《虎社灯影》

合起来办就不难（卷帘，体育名人）　易建联
　　2007 年 10 月原载浦东《虎社灯影》

孟获缘被七擒（上楼，俗语）　不服老
　　2007 年 10 月原载浦东《虎社灯影》

人人增加一间房（成语）　各有所长

2007 年 10 月原载浦东《虎社灯影》

健康音乐（常用词）　强调

2007 年 10 月原载浦东《虎社灯影》

本人退休不出门（字）　闩

2007 年 10 月原载浦东《虎社灯影》

棋家有捷径（上海地名）　局门路

2007 年 10 月原载浦东《虎社灯影》

人靠衣装（俗语）　一句话说穿

2007 年 10 月入选温州《鹿衔草》

四光喜任人唯贤（温州历史名人）　李之彦

2007 年 10 月入选温州《鹿衔草》"与虎谋皮"

发廊开业无阻，公告文句通达（成语）　顺理成章

2007 年 11 月原载浦东《虎社灯影》

五个优缺点（常言）　三长两短

2007 年 11 月原载浦东《虎社灯影》

大学生入伍（成语）　有识之士

2007 年 12 月原载浦东《虎社灯影》

2008 年 8 月入选中华谜报社《中华灯谜》

做好本职工作（双钩，常用词）　生活自理

2007 年 12 月原载浦东《虎社灯影》

回去的路不陌生(哲学名词) 认识过程
  2007 年 12 月原载浦东《虎社灯影》

迷失方向有三回(字) 自
  2007 年 12 月原载浦东《虎社灯影》

又盛行了(谜友) 重兴
  2007 年 12 月原载浦东《虎社灯影》

打分(成语) 别具一格
  2007 年 12 月创作

二零零八年

无可奈何花落去(歌影名人二) 那英、谢芳
  2008 年 1 月入选温州《鹿衔草》

飞上九天歌一声(俗语) 唱高调(面：元稹《连昌宫词》一句)
  2008 年 1 月入选温州《鹿衔草》

一贯正确(俗语) 从来没有过
  2008 年 1 月原载浦东《虎社灯影》
  2008 年 3 月入选中华谜报社《中华灯谜》
  2008 年 6 月入选安徽《庐阳商灯》

离开巴黎不受拘束(成语) 逍遥法外
  2008 年 1 月原载浦东《虎社灯影》
  2008 年 3 月入选中华谜报社《中华灯谜》

黑白双方战犹酣(成语) 明争暗斗

2008 年 1 月原载浦东《虎社灯影》

2008 年 3 月入选中华谜报社《中华灯谜》

此人一再想登天(字)　春

2008 年 1 月原载浦东《虎社灯影》

首次出口要提速(常用词)　一吐为快

2008 年 1 月原载浦东《虎社灯影》

2008 年 3 月入选中华谜报社《中华灯谜》

入选 2007—2009 年度中国文联出版社《中华灯谜年鉴》

表露大量财富来源不明(常言)　发现问题

2008 年 1 月原载浦东《虎社灯影》

2008 年 3 月入选中华谜报社《中华灯谜》

巴黎人的世界观(广播栏目)　法眼看天下

2008 年 1 月原载浦东《虎社灯影》

2010 年 12 月入选《怀恩谜花》第 46 页

姚明候车(成语)　高人一等

2008 年 1 月原载浦东《虎社灯影》

2008 年 3 月入选中华谜报社《中华灯谜》

冰库炸飞窗户(常用词)　爆出冷门(巧逢韩国冰库爆炸)

2008 年 1 月原载浦东《虎社灯影》

垮台屈指可数(新词)　倒计时

2008 年 1 月原载浦东《虎社灯影》

轮流提供资助(金融名词)　循环经济

2008 年 1 月原载浦东《虎社灯影》

洪水由树间流出（温州历史名人） 黄汉

2008 年 1 月入选温州《鹿衔草》"与虎谋皮"

拨开花瓣一片片（商业用语） 批发（花瓣一片片：比）

2008 年 2 月入选安徽合肥《庐阳商灯》

二粒进球诚可贵（字） 全

2008 年 2 月原载浦东《虎社灯影》

2008 年 6 月入选中华谜报社《中华灯谜》

公然打算去罗马（常言） 意图明确

2008 年 2 月原载浦东《虎社灯影》

报局部地区有雨（常言） 片面下结论

2008 年 2 月原载浦东《虎社灯影》

2008 年 8 月入选中华谜报社《中华灯谜》

携款出境（金融名词） 跨国银行

2008 年 2 月原载浦东《虎社灯影》

眼前所示尽春色（名词） 目标

2008 年 3 月原载浦东《虎社灯影》

2008 年 8 月入选中华谜报社《中华灯谜》

出口绕道罗马（成语） 回心转意

2008 年 3 月原载浦东《虎社灯影》

2008 年 6 月入选中华灯谜学术委员会《中华谜艺》

2008 年 8 月入选中华谜报社《中华灯谜》

传闻与实据吻合（会议名称）　听证会

2008 年 3 月原载浦东《虎社灯影》

2008 年 8 月入选中华谜报社《中华灯谜》

晶（工艺名词）　复制品

2008 年 3 月原载浦东《虎社灯影》

连日有雨戴草帽（字）　蕾

2008 年 3 月原载浦东《虎社灯影》

2003 年 7 月入选合肥《庐阳商灯》

2005 年 12 月入选中国文联出版社《中华灯谜年鉴》

2008 年 8 月入选中华谜报社《中华灯谜》

春末降雨百姓喜（地名三）　临夏、天水、民乐

2008 年 3 月原载浦东《虎社灯影》

2008 年 8 月入选中华谜报社《中华灯谜》

大面积降雪（常言）　一片空白

2008 年 3 月原载浦东《虎社灯影》

2008 年 8 月入选中华谜报社《中华灯谜》

阴差阳错（体育名词）　双误

2008 年 3 月原载浦东《虎社灯影》

2008 年 8 月入选中华谜报社《中华灯谜》

处处国旗——升（奥运金牌得主）　周继红

2008 年 4 月原载浦东《虎社灯影》

往事知多少（奥运金牌得主）　陈晓

2008 年 4 月原载浦东《虎社灯影》

2008 年 6 月入选中华灯谜学术委员会《中华谜艺》

2008 年 11 月入选中华谜报社《中华灯谜》

一进门就听到掌声（奥运名言）　欢迎回家

2008 年 4 月原载浦东《虎社灯影》

2008 年 6 月入选中华灯谜学术委员会《中华谜艺》

2008 年 11 月入选中华谜报社《中华灯谜》

逐日登山行（奥运歌曲）　天天向上

2008 年 4 月原载浦东《虎社灯影》

2008 年 9 月入选中华谜报社《中华灯谜》

前后赐赏都是宝（奥运吉祥物）　贝贝

2008 年 4 月原载浦东《虎社灯影》

进酒量不减当年（交通名词二）　春运、满载

2008 年 4 月入选温州《鹿衔草》

2008 年 8 月入选中华谜报社《中华灯谜》

梦醒一片黑（温州历史名人）　玄觉

2008 年 4 月入选温州《鹿衔草》第 96 期"与虎谋皮"

传统说唱有史料（古籍）　证道歌

2008 年 4 月入选温州《鹿衔草》第 96 期"与虎谋皮"

发言时鸦雀无声（奥运金牌得主）　陈静

2008 年 5 月原载浦东《虎社灯影》

故园之中花盛开（奥运金牌得主）　袁华

2008 年 5 月原载浦东《虎社灯影》

拒绝美容（奥运金牌得主）　杜丽

2008 年 5 月原载浦东《虎社灯影》

分分聚聚二十九天（奥运金牌得主）　王旭

2008 年 5 月原载浦东《虎社灯影》

2008 年 9 月入选中华谜报社《中华灯谜》

备有降落伞（奥运金牌得主）　刘翔

2008 年 5 月原载浦东《虎社灯影》

丢了西瓜捡芝麻（奥运金牌得主）　罗微

2008 年 5 月原载浦东《虎社灯影》

2008 年 9 月入选中华谜报社《中华灯谜》

第三代糖水泡大（奥运金牌得主）　孙甜甜

2008 年 5 月原载浦东《虎社灯影》

2008 年 9 月入选中华谜报社《中华灯谜》

看那姑娘（奥运金牌得主）　张娜

2008 年 5 月原载浦东《虎社灯影》"上海浦东灯谜研究会会员作品"

2008 年 9 月入选中华谜报社《中华灯谜》

开放后得安定（奥运金牌得主）　张宁

2008 年 5 月原载浦东《虎社灯影》

2008 年 9 月入选中华谜报社《中华灯谜》

谪仙书卷十二册（奥运金牌得主）　李珊

2008 年 5 月原载浦东《虎社灯影》

油菜花开达九天（奥运金牌得主）　黄旭

2008 年 5 月原载浦东《虎社灯影》

人人关心进一言（字）　诬

2008 年 5 月原载浦东《虎社灯影》

2008 年 6 月入选中华谜报社《中华灯谜》

2008 年度浦东《虎社灯影》佳谜

未报告收学生（成语）　不打自招

2008 年 6 月入选安徽合肥《庐阳商灯》

初听喜满怀（奥运机构）　新闻中心

2008 年 6 月原载浦东《虎社灯影》

2008 年 6 月入选中华灯谜学术委员会《中华谜艺》

破镜重圆的回忆（奥运名词）　记者团

2008 年 6 月原载浦东《虎社灯影》

2008 年 9 月入选中华谜报社《中华灯谜》

移开片刻（奥运吉祥物）　多利

2008 年 6 月原载浦东《虎社灯影》

2008 年 9 月入选中华谜报社《中华灯谜》

树上二鸟栖，河边雀低飞（奥运吉祥物）　米沙

2008 年 6 月原载浦东《虎社灯影》

2008 年 9 月入选中华谜报社《中华灯谜》

先后料到会先作秀（奥运吉祥物）　米利

2008 年 6 月原载浦东《虎社灯影》

岸上母女会（奥运吉祥物）　山姆

2008 年 6 月原载浦东《虎社灯影》

2008 年 9 月入选中华谜报社《中华灯谜》

此人衣着独特（奥运吉祥物）　依奇

2008 年 6 月原载浦东《虎社灯影》

2008 年 9 月入选中华谜报社《中华灯谜》

秋后又到十一（奥运名词）　圣火

2008 年 6 月原载浦东《虎社灯影》

2008 年 9 月入选中华谜报社《中华灯谜》

彼此干一样工作（歌曲）　与你同行

2008 年 6 月原载浦东《虎社灯影》

2008 年 6 月入选中华学术委员会《中华谜艺》

九龙壁痕（奥运歌曲）　中国印

2008 年 6 月原载浦东《虎社灯影》

改道后这里太平吗（奥运举办地）　路易斯安那

2008 年 6 月原载浦东《虎社灯影》

领导个个很机敏（奥运举办地二）　首尔、都灵

2008 年 6 月原载浦东《虎社灯影》

望"冬至"在"罗马"获特奖（历届奥运举办地二）　希腊、意大利

2008 年 6 月原载浦东《虎社灯影》

桃前河边走，曾把足迹留（奥运项目）　跳水

2008 年 6 月原载浦东《虎社灯影》

晨审疑案（国际名词）　朝核问题

　　2008 年 7 月原载浦东《虎社灯影》

　　2008 年 9 月入选中华学术委员会《中华谜艺》

　　2008 年 10 月入选温州《鹿衔草》

高价尚未降价（常用词）　贵在坚持

　　2008 年 7 月原载浦东《虎社灯影》

　　2008 年 9 月入选中华谜报社《中华灯谜》

因缺一人未传达（字）　味

　　2008 年 7 月原载浦东《虎社灯影》

　　2008 年 9 月入选中华灯谜学术委员会《中华谜艺》

走遍世界始觉大（双钩,央视栏目）　天下足球

　　2008 年 7 月原载浦东《虎社灯影》

木兰代父从军（戏剧名词）　女主角

　　2008 年 7 月原载浦东《虎社灯影》

八十八年,神采奕奕（字）　精

　　2008 年 7 月原载浦东《虎社灯影》

低眉信手续续弹（奥运金牌得主）　陈中

　　2008 年 7 月入选温州《鹿衔草》

吹拂故乡的云（沪俗语）　流里流气

　　2008 年 7 月入选温州《鹿衔草》

　　2008 年 8 月入选中华谜报社《中华灯谜》

同一楼前千人舞（温州历史名人）　任桐

2008 年 7 月入选温州《鹿衔草》"与虎谋皮"
2019 年 9 月入选中华灯谜学术委员会《中华谜艺》

名苑树树吐新绿（古籍）　园林春色
2008 年 7 月入选温州《鹿衔草》"与虎谋皮"

回母校屡上讲坛（成语）　老生常谈（毕业后回校为老生）
2008 年 8 月原载浦东《虎社灯影》

嫁鸡随鸡，嫁狗随狗（常言）　适应性强
2008 年 8 月原载浦东《虎社灯影》

喝酒越多头脑越糊（节气二）　春节、清明
2008 年 8 月原载浦东《虎社灯影》
2008 年 9 月入选中华灯谜学术委员会《中华谜艺》

举世皆浊我独清（蕉心，足球术语）　净胜一球
2008 年 8 月原载浦东《虎社灯影》

间谍不进一般之狱（常用词）　特殊关系
2008 年 8 月原载浦东《虎社灯影》

"俯出胯下"有一人（商业用语）　信得过单位
2008 年 8 月原载浦东《虎社灯影》

三思之后才宽心（字）　蕊
2008 年 9 月原载浦东《虎社灯影》
2009 年 3 月中华灯谜学术委员会《中华谜艺》
2008 年 11 月入选中华谜报社《中华灯谜》
2007—2009 年度入选中国文联出版社《中华灯谜年鉴》

涪（体育设施）　水立方

　　2008 年 9 月原载浦东《虎社灯影》

一日不见如三旬（字）　胆

　　2008 年 9 月原载浦东《虎社灯影》

　　2009 年 8 月入选中华谜报社《中华灯谜》

无人供油乱（字）　潢

　　2008 年 9 月原载浦东《虎社灯影》

调头寸招来是非（字）　诗

　　2008 年 9 月原载上海浦东《虎社灯影》

　　2009 年 8 月入选中华谜报社《中华灯谜》

一年又过去了（时间用语）　四季度

　　2008 年 9 月原载上海浦东《虎社灯影》

　　2008 年 11 月入选中华谜报社《中华灯谜》

叟翁目空一切（俗语）　老眼光

　　2008 年 9 月原载上海浦东《虎社灯影》

　　2008 年 11 月入选中华谜报社《中华灯谜》

大面积插秧劳动（体育名词）　广播操

　　2008 年 9 月原载上海浦东《虎社灯影》

　　2008 年 11 月入选中华谜报社《中华灯谜》

料想获益不小（国名）　意大利

　　2008 年 10 月创作

回眸见他发型剪（职务）　项目经理

2008 年 10 月入选温州《鹿衔草》

门前冷落鞍马稀(口语)　鲜得来(面：白居易《琵琶行》一句)

2008 年 10 月原载上海浦东《虎社灯影》

2012 年 9 月入选浦东《谜苑揽胜》

将进酒，杯莫停(地名二)　交口、长春(面：李白《将进酒》一句)

2008 年 10 月原载上海浦东《虎社灯影》

2009 年 1 月入选温州《鹿衔草》

五更未明语千万(气象名词)　夜间多云

2008 年 10 月原载上海浦东《虎社灯影》

2007—2009 年度入选中国文联出版社《中华灯谜年鉴》

2012 年 9 月入选浦东《谜苑揽胜》

黄河之水天上来(广告语)　堪称一流(面：李白《将进酒》一句天上为一)

2008 年 10 月原载上海浦东《虎社灯影》

先排险再破案(安全用语)　安检

2008 年 10 月原载上海浦东《虎社灯影》

2008 年 12 月入选中华灯谜学术委员会《中华谜艺》

2007—2009 年入选中国文联出版社《中华灯谜年鉴》

尚待梅开游浦东(花卉)　海棠

2008 年 10 月原载上海浦东《虎社灯影》

2008 年 12 月入选中华灯谜学术委员会《中华谜艺》

君离津前先传造龙舟(温州历史名人)　王健

2008 年 10 月入选温州《鹿衔草》"与虎谋皮"

白鸟在白水共聚(古籍)　鹤泉集(白鸟即白鹤)

2008 年 10 月入选温州《鹿衔草》"与虎谋皮"

云团(成语)　自圆其说

2008 年 11 月原载上海浦东《虎社灯影》

2009 年 1 月入选中华谜报社《中华灯谜》

领导不在乱发现钞(财会用语)　空头支票

2008 年 11 月原载上海浦东《虎社灯影》

2008 年 11 月入选中华谜报社《中华灯谜》

村村前头挂春联(字)　森

2008 年 11 月原载上海浦东《虎社灯影》

人为原因(字)　日

2008 年 11 月原载上海浦东《虎社灯影》

白(韩愈《祭十二郎文》一句)　承先人后者

2008 年 11 月原载上海浦东《虎社灯影》

立等片刻(卷帘,公交语)　下一站

2008 年 11 月原载上海浦东《虎社灯影》

2009 年 1 月入选中华谜报社《中华灯谜》

图文并茂(外币)　巴巴多斯元(图为巴、文为元、茂为多)

2008 年 11 月原载上海浦东《虎社灯影》

减肥(成语)　避重就轻

2008 年 11 月原载上海浦东《虎社灯影》

2012 年 9 月入选浦东《谜苑揽胜》

要她闭嘴不容易（新词）　封口费

　　2008 年 11 月原载上海浦东《虎社灯影》

　　2009 年 1 月入选中华谜报社《中华灯谜》

此日六军同驻马，当时七夕笑牵牛（曲艺形式）　环县道情

　　2008 年 11 月原载上海浦东《虎社灯影》

　　2007—2009 年入选中国文联出版社《中华灯谜年鉴》

　　2012 年 9 月入选浦东《谜苑揽胜》

　　2008 年 12 月入选西北海内外灯谜创作大赛专辑《西北风情》第 104 页

白云山寺（名胜）　高庙

　　2008 年 12 月入选西北海内外灯谜创作大赛专辑《西北风情》第 51 页

人到七十已高岁（山名）　华山

　　2008 年 12 月入选西北海内外灯谜创作大赛专辑《西北风情》第 37 页

再三追问不开口（名胜）　六盘关

　　2008 年 12 月入选西北海内外灯谜创作大赛专辑《西北风情》第 40 页

座座高峰耸云霄（山名）　天都山

　　2008 年 12 月入选西北海内外灯谜创作大赛专辑《西北风情》第 40 页

烟气缥缈高峰摇（山名）　云雾山

　　2008 年 12 月入选西北海内外灯谜创作大赛专辑《西北风情》第 43 页

编排前大家先听（名胜）　扁都口

　　2008 年 12 月入选西北海内外灯谜创作大赛专辑《西北风情》第 55 页

边卡战士已到位（名胜）　定戎关

　　2008 年 12 月入选西北海内外灯谜创作大赛专辑《西北风情》第 56 页

频年不解兵（名胜）　秋千架

　　2008 年 12 月入选西北海内外灯谜创作大赛专辑《西北风情》第 58 页

汶川路断无处人（名胜）　大震关

　　2008 年 12 月入选西北海内外灯谜创作大赛专辑《西北风情》第 58 页

抢跑作废（战国名将）　白起

　　2008 年 12 月入选西北海内外灯谜创作大赛专辑《西北风情》第 75 页

雄鸡一唱不再睡（战国名将）　白起

　　2008 年 12 月入选西北海内外灯谜创作大赛专辑《西北风情》第 76 页

喜述住房已改善（唐诗人）　白居易

　　2008 年 12 月入选西北海内外灯谜创作大赛专辑《西北风情》第 91 页

金樽空对月（民间工艺品）　夜光杯

　　2008 年 12 月入选西北海内外灯谜创作大赛专辑《西北风情》第 126 页

白云山寺（名胜）　高庙

　　2008 年 12 月入选西北海内外灯谜创作大赛专辑《西北风情》第 51 页

闲中来踏青，大地春意浓（东汉官员）　杜林

　　2008 年 12 月入选西北海内外灯谜创作大赛专辑《西北风情》第 85 页

二零零九年

别后隐居（字）　剧

　　2009 年 1 月原载上海浦东《虎社灯影》

独资开发（字）　钗

2009 年 1 月原载上海浦东《虎社灯影》

脸上贴金(字)　镕

2009 年 1 月原载上海浦东《虎社灯影》

人聚灯火下(字)　仃

2009 年 1 月原载上海浦东《虎社灯影》

分权后最后又合并(字)　桑

2009 年 1 月原载上海浦东《虎社灯影》

2009 年 3 月入选中华灯谜学术委员会《中华谜艺》

2009 年本会评为佳谜

世界之巅(球语)　顶球

2009 年 2 月原载上海浦东《虎社灯影》

爸爸一个家,妈妈一个家(成语)　各得其所

2009 年 2 月原载上海浦东《虎社灯影》

2009 年 6 月入选中华灯谜学术委员会《中华谜艺》

不要管头管脚(体育名词)　自由体操

2009 年 2 月原载上海浦东《虎社灯影》

躺倒不干(常用词)　平安无事

2009 年 2 月原载上海浦东《虎社灯影》

观念转变向前进(字)　牛

2009 年 2 月原载上海浦东《虎社灯影》

2009 年 6 月入选中华灯谜学术委员会《中华谜艺》

重灾后又下雪（世博吉祥物） 灵灵

    2009 年 3 月原载上海浦东《虎社灯影》

    2009 年 12 月入选中华灯谜学术委员会《中华谜艺》

    2009 年 12 月入选中华谜报社《中华灯谜》

    2009 年 11 月入选上海浦东《谜海博览》

老板飞抵浦东金融中心（股语二） 东方航空、陆家嘴

    2009 年 3 月原载上海浦东《虎社灯影》

大肆挥霍（世博名词） 多元文化

    2009 年 3 月原载上海浦东《虎社灯影》

    2009 年 12 月入选中华灯谜学术委员会《中华谜艺》

    2009 年 12 月入选中华谜报社《中华灯谜》

    2009 年 11 月入选上海浦东《谜海博览》

集结号（歌名二） 呼唤、相聚在这里

    2009 年 3 月原载上海浦东《虎社灯影》

    2009 年 11 月入选上海浦东《谜海博览》

组团来华开开眼界（常用词） 集中展示

    2009 年 3 月原载上海浦东《虎社灯影》

鲜花牵手大卖场（世博概念股） 联华超市

    2009 年 4 月原载上海浦东《虎社灯影》

支出分十二类（领导人名） 王岐山

    2009 年 4 月原载上海浦东《虎社灯影》

四海翻腾云水怒（作家） 周波

    2009 年 4 月原载上海浦东《虎社灯影》

大半夜雷声连连（股语）　广电电子

　　2009 年 4 月原载上海浦东《虎社灯影》

醒来已到南京（股语）　苏宁

　　2009 年 4 月原载上海浦东《虎社灯影》

　　2009 年 11 月入选上海浦东《谜海博览》

拒腐蚀永不沾向前进（世博口号）　无污染的进步

　　2009 年 4 月原载上海浦东《虎社灯影》

翼德欣然放歌（股语）　飞乐音响

　　2009 年 4 月原载上海浦东《虎社灯影》

中国夺冠有亮点（字）　宝

　　2009 年 5 月原载上海浦东《虎社灯影》

读书人进步快（世博口号）　文明先行

　　2009 年 5 月原载上海浦东《虎社灯影》

　　2009 年 12 月入选中华灯谜学术委员会《中华谜艺》

　　2009 年 12 月入选中华谜报社《中华灯谜》

　　2009 年 11 月入选上海浦东《谜海博览》

虎乡日照（歌曲）　风里的光

　　2009 年 5 月原载上海浦东《虎社灯影》

　　2009 年 11 月入选上海浦东《谜海博览》

结伴出洋（世博口号）　汇聚上海

　　2009 年 5 月原载上海浦东《虎社灯影》

开放才知实力大（世博组委）　张晓强

2009 年 5 月原载上海浦东《虎社灯影》

2009 年 11 月入选上海浦东《谜海博览》

自珍不信邪（世博委员） 龚正

2009 年 5 月原载上海浦东《虎社灯影》

2009 年 11 月入选上海浦东《谜海博览》

2009 年 12 月入选中华谜报社《中华灯谜》

开放不会停（世博委员） 张勤

2009 年 5 月原载上海浦东《虎社灯影》

另辟航空线（世博主题） 新的起飞之路

2009 年 5 月原载上海浦东《虎社灯影》

能言善辩莫豁边（世博建筑） 会议中心

2009 年 5 月原载上海浦东《虎社灯影》

2009 年 11 月入选上海浦东《谜海博览》

2009 年 7 月入选中华灯谜学术委员会《中华谜艺》

大家为你缝新衣（世博歌曲） 我们为着同一个

2009 年 5 月原载上海浦东《虎社灯影》

唐装新款始销罗马（世博名词） 中式创意

2009 年 8 月原载上海浦东《虎社灯影》

阳光下大千旧貌改（世博主题） 明日新世界

2009 年 8 月原载上海浦东《虎社灯影》

2009 年 11 月入选上海浦东《谜海博览》

过河拉生意（世博名词） 经济招商

2009 年 8 月原载上海浦东《虎社灯影》

2010 年 1 月入选温州《鹿衔草》

齐哼打桩歌(世博口号)　声势共建

2009 年 8 月原载上海浦东《虎社灯影》

2009 年 10 月入选温州《鹿衔草》

2009 年 10 月入选中华谜报社《中华灯谜》

从不迟到(称谓)　钟点工

2009 年 9 月原载上海浦东《虎社灯影》

2009 年 10 月入选中华谜报社《中华灯谜》

只有卧榻能康复(成语)　坐立不安

2009 年 9 月原载上海浦东《虎社灯影》

2009 年 10 月入选中华谜报社《中华灯谜》

小憩亭前,转眼黄昏(央视主持人)　罗京

2009 年 9 月原载上海浦东《虎社灯影》

2009 年度被评为佳谜

夫人来电(哲学名词)　内在联系

2009 年 9 月原载上海浦东《虎社灯影》

儿在哭诉伤心事(文学名词)　悲剧小说

2009 年 10 月原载上海浦东《虎社灯影》

2009 年 12 月入选中华谜报社《中华灯谜》

学子不善变通(京剧)　生死板

2009 年 10 月原载上海浦东《虎社灯影》

直接三通有起色（字）　艳

2009 年 10 月原载上海浦东《虎社灯影》

爱孤品（常言）　情有独钟

2009 年 10 月原载上海浦东《虎社灯影》

点爆竹财神到（成语）　一触即发

2009 年 10 月原载上海浦东《虎社灯影》

2009 年 12 月入选中华谜报社《中华灯谜》

一贯真心待人（字）　耒

2009 年 10 月原载上海浦东《虎社灯影》

2009 年 12 月入选中华谜报社《中华灯谜》

西轩霏雨飘飘下（字）　辈

2009 年 10 月原载上海浦东《虎社灯影》

悠闲漫步走（航天用语）　太空行走

2009 年 11 月原载上海浦东《虎社灯影》

月下堂前思亲人（字）　俏

2009 年 11 月原载上海浦东《虎社灯影》

腰缠万贯走天下（足球用语）　意大利足球

2009 年 11 月原载上海浦东《虎社灯影》

生（时间用语）　星期天

2009 年 11 月原载上海浦东《虎社灯影》

累犯入狱（常语）　老关系

2009 年 11 月原载上海浦东《虎社灯影》

三十载中有变化(字) 革
2009 年 11 月原载上海浦东《虎社灯影》
2009 年度被评为佳谜

深秋万籁静(常言) 沉默如金
2009 年 11 月原载上海浦东《虎社灯影》
2009 年度被评为佳谜

错嫁(文学名词) 一字之差
2009 年 12 月原载上海浦东《虎社灯影》

乒乓怪才,诸葛脑袋(成语) 精打细算
2009 年 12 月原载上海浦东《虎社灯影》

大转盘突发故障(常用词) 险象环生
2009 年 12 月原载上海浦东《虎社灯影》
2011 年 4 月入选温州《鹿衔草》
2013 年 1 月入选中华谜报社《中华灯谜》

抢班夺权(足球术语) 越位
2009 年 12 月原载上海浦东《虎社灯影》

二度来此(字) 些
2009 年 12 月原载上海浦东《虎社灯影》

二零一零年

再度升向蓝天(教学用语) 升高二

2010 年 1 月原载上海浦东《虎社灯影》

自己不衡量衡量（称谓）　老丈人

2010 年 1 月原载上海浦东《虎社灯影》

前途无量（称谓）　道长

2010 年 1 月原载上海浦东《虎社灯影》

商议相会（灯谜术语）　谜面

2010 年 1 月原载上海浦东《虎社灯影》

四面埋伏（机构简称）　团中央

2010 年 1 月原载上海浦东《虎社灯影》

每晚直达（成语）　后悔莫及

2010 年 1 月原载上海浦东《虎社灯影》

无事不出门（物业用语）　闲置房

2010 年 1 月原载上海浦东《虎社灯影》

四川一日游去吧（字）　邑

2010 年 2 月原载上海浦东《虎社灯影》

2010 年 4 月入选温州《鹿衔草》

2010 年 5 月入选中华谜报社《中华灯谜》

别心急，慢走慢走（字）　趑

2010 年 2 月原载上海浦东《虎社灯影》

2010 年 3 月入选中华灯谜学术委员会《中华谜艺》

2010 年 5 月入选中华谜报社《中华灯谜》

爷爷诠释天象明（神话人物）　孙悟空

2010 年 2 月原载上海浦东《虎社灯影》

领导讲话拐弯，基层汇报绕弯（交通名词）　上匝道，下匝道

2010 年 2 月原载上海浦东《虎社灯影》

2010 年 5 月入选中华谜报社《中华灯谜》

不要关起门来讲话（成语）　畅所欲言

2010 年 2 月原载上海浦东《虎社灯影》

是二十并非三十（字）　菲

2010 年 3 月原载上海浦东《虎社灯影》

2010 年 5 月入选中华谜报社《中华灯谜》

轨道已通二三站（字）　非

2010 年 3 月原载上海浦东《虎社灯影》

2010 年 6 月入选中华灯谜学术委员会《中华谜艺》

2010 年 6 月入选中华谜报社《中华灯谜》

发廊争客，言不示弱（成语）　强词夺理

2010 年 3 月原载上海浦东《虎社灯影》

2010 年 6 月入选中华灯谜学术委员会《中华谜艺》

媒婆件件成（灯谜术语）　无闲字

2010 年 3 月原载上海浦东《虎社灯影》

2010 年 5 月入选中华谜报社《中华灯谜》

十一在做什么？（常用词）　是非问题

2010 年 3 月原载上海浦东《虎社灯影》

国庆中大奖(军用名词)　十一发

2010 年 3 月原载上海浦东《虎社灯影》

2010 年 6 月入选中华谜报社《中华灯谜》

飞上九天歌一声(市招)　高级音响(面：唐·元稹《连昌宫词》一句)

2010 年 3 月原载上海浦东《虎社灯影》

想要一个家(成语)　随心所欲

2010 年 4 月原载上海浦东《虎社灯影》

二机停飞(礼貌语)　对不起

2010 年 4 月原载上海浦东《虎社灯影》

一阵西风,风去云来(字)　酝

2010 年 4 月原载上海浦东《虎社灯影》

更生、纳戈(地名)　江苏

2010 年 4 月原载上海浦东《虎社灯影》

2010 年 7 月入选温州《鹿衔草》

疏于练功(学校用语)　招生

2010 年 5 月原载上海浦东《虎社灯影》

相见后放心(字)　想

2010 年 5 月原载上海浦东《虎社灯影》

装假腿(常用词)　弥补不足

2010 年 5 月原载上海浦东《虎社灯影》

2010 年 6 月入选中华谜报社《中华灯谜》

无病而终（沪俗语）　身体好得要死

2010 年 5 月原载上海浦东《虎社灯影》

2010 年 6 月入选中华谜报社《中华灯谜》

2010 年评为佳谜

官官相嬉（俗语）　重头戏

2010 年 5 月原载上海浦东《虎社灯影》

2010 年 6 月入选中华谜报社《中华灯谜》

一见如故（俗语）　老观点

2010 年 5 月原载上海浦东《虎社灯影》

不止一家增收（成语）　各有所长

2010 年 6 月原载上海浦东《虎社灯影》

2010 年 6 月入选中华谜报社《中华灯谜》

起飞出击（歌星）　腾格尔

2010 年 6 月原载上海浦东《虎社灯影》

2010 年 6 月入选中华谜报社《中华灯谜》

赴宝岛相见（俗语）　上台面

2010 年 6 月原载上海浦东《虎社灯影》

2010 年 6 月入选中华谜报社《中华灯谜》

迫不及待赴典当（成语）　当务之急

2010 年 6 月原载上海浦东《虎社灯影》

2011 年 9 月入选中华灯谜学术委员会《中华谜艺》

2012 年 7 月入选温州《鹿衔草》

2013 年 1 月入选中华谜报社《中华灯谜》

乒乓情侣（音乐名词）　合拍

2010 年 6 月原载上海浦东《虎社灯影》

探头里查车祸（交通用语）　考驾驶过程

2010 年 7 月原载上海浦东《虎社灯影》

小心一点生是非（字）　寺

2010 年 7 月原载上海浦东《虎社灯影》

2008 年 1 月入选中华谜报社《中华灯谜》

进口服夫人试着（新词）　外衣内穿

2010 年 7 月原载上海浦东《虎社灯影》

为何封锁加沙（调首，常用词）　以防不测

2010 年 7 月原载上海浦东《虎社灯影》

国庆举行音乐会（音乐名词）　节奏

2010 年 7 月原载上海浦东《虎社灯影》

被遗忘的旧居（常用词）　有所不知

2010 年 7 月原载上海浦东《虎社灯影》

水蜜桃上贴标签（成语）　名符其实

2010 年 7 月原载上海浦东《虎社灯影》

北京瞬间繁花纷呈（骊珠，首都）　华盛顿

2010 年 8 月原载上海浦东《虎社灯影》

2011 年 1 月入选中华谜报社《中华灯谜》

分手后迷惘出走（俗语）　别人不知道

2010 年 8 月原载上海浦东《虎社灯影》

2011 年 1 月入选中华谜报社《中华灯谜》

白费心计（俗语）　算不得什么

2010 年 8 月原载上海浦东《虎社灯影》

2011 年 1 月入选中华谜报社《中华灯谜》

从破产到增收（成语）　失而复得

2010 年 8 月原载上海浦东《虎社灯影》

2011 年 1 月入选中华谜报社《中华灯谜》

闲话（五字常用语）　空白

2010 年 10 月原载上海浦东《虎社灯影》

畅所欲言（俗语）　讲得通

2010 年 10 月原载上海浦东《虎社灯影》

2011 年 3 月入选中华灯谜学术委员会《中华谜艺》

相见才晓得（俗语）　不会不知道

2010 年 10 月原载上海浦东《虎社灯影》

虎着脸不作释疑（灯谜术语）　谜面别解

2010 年 10 月原载上海浦东《虎社灯影》

一开始在兴头上（字）　立

2010 年 10 月原载上海浦东《虎社灯影》

2011 年 1 月入选中华谜报社《中华灯谜》

那聚会不会忘（新闻机构）　记者团

2010 年 10 月原载上海浦东《虎社灯影》

争取释放（俗语）　想得出来的

2010 年 11 月原载上海浦东《虎社灯影》

保留房已不多（常用词）　所存无几

2010 年 11 月原载上海浦东《虎社灯影》

2010 年 12 月入选中华灯谜学术委员会《中华谜艺》

小时候并不出色（常用词）　大放异彩

2010 年 11 月原载上海浦东《虎社灯影》

巴黎人的世界观（广播栏目）　法眼看天下

2010 年 12 月原载上海浦东《虎社灯影》

2011 年 8 月入选《怀恩谜花》第 46 页

内部统计（口语）　算不出

2010 年 12 月原载上海浦东《虎社灯影》

选房未中标（俗语）　舍不得

2010 年 12 月原载上海浦东《虎社灯影》

每月十五大扫除（成语）　望尘莫及

2010 年 12 月原载上海浦东《虎社灯影》

2011 年 8 月入选《怀恩谜花》第 46 页

退休替人代笔（俗语）　管闲事

2010 年 12 月原载上海浦东《虎社灯影》

不靠爷爷资助，自己成家（金融名二）　非公经济、独立户

2010 年 12 月原载上海浦东《虎社灯影》

今秋桂开七天（商用语）　黄金周

　　2010 年 12 月原载上海浦东《虎社灯影》

十五分钟的恋爱（常用词）　刻意追求

　　2011 年 1 月入选温州《鹿衔草》

二零一一年

时装表演款式各异（常言）　一模一样

　　2011 年 1 月原载上海浦东《虎社灯影》

　　2011 年 4 月入选温州《鹿衔草》

　　2012 年评为佳谜

好追究到底（电脑零件）　优盘

　　2011 年 1 月原载上海浦东《虎社灯影》

　　2013 年 1 月入选中华谜报社《中华灯谜》

有始无终是缺点（字）　尤

　　2011 年 1 月原载上海浦东《虎社灯影》

坦白免刑（双钩，口语）　不打自招

　　2011 年 1 月原载上海浦东《虎社灯影》

保护产房安全（建筑设施）　卫生间

　　2011 年 1 月原载上海浦东《虎社灯影》

　　2011 年 9 月入选中华灯谜学术委员会《中华谜艺》

　　2013 年 1 月入选中华谜报社《中华灯谜》

零利率（俗语）　没出息

　　2011 年 1 月原载上海浦东《虎社灯影》

千里归心思念切(字)　懂

2011 年 3 月原载上海浦东《虎社灯影》

2008 年 1 月入选中华谜报社《中华灯谜》

每天使用人民币(字)　美

2011 年 3 月原载上海浦东《虎社灯影》

有点开放前模样(字)　万

2011 年 3 月原载上海浦东《虎社灯影》

2013 年 1 月入选中华谜报社《中华灯谜》

转业后又上北京(字)　变

2011 年 3 月原载上海浦东《虎社灯影》

2011 年 6 月入选中华灯谜学术委员会《中华谜艺》

2011 年 9 月入选中华谜报社《中华灯谜》

先后赴巴黎参观(常用词)　不同看法

2011 年 3 月原载上海浦东《虎社灯影》

人为造假(字)　伪

2011 年 3 月原载上海浦东《虎社灯影》

梅西进一球(字)　术

2011 年 3 月原载上海浦东《虎社灯影》

相约在梨园(常用词)　面对现实

2011 年 4 月原载上海浦东《虎社灯影》

闲聊消磨时间(新词)　空白点

2011 年 4 月原载上海浦东《虎社灯影》

2012 年 10 月入选温州《鹿衔草》

几经周折才上班（财会用语）　劳务费
　　2011 年 4 月原载上海浦东《虎社灯影》
　　2012 年 4 月入选温州《鹿衔草》

财富要主动挖掘（常用词）　待而不发
　　2011 年 4 月原载上海浦东《虎社灯影》
　　2008 年 6 月入选中华灯谜学术委员会《中华谜艺》
　　2008 年 8 月入选中华谜报社《中华灯谜》

减少疾病（党史地名）　延安
　　2011 年 5 月原载上海浦东《虎社灯影》

十载后居国外（字）　古田
　　2011 年 5 月原载上海浦东《虎社灯影》

短兵相接 24 小时（党史事件）　抗日战争
　　2011 年 5 月原载上海浦东《虎社灯影》

桃李初绽沐春风（党史人名）　林枫
　　2011 年 5 月原载上海浦东《虎社灯影》
　　2011 年 7 月入选温州《鹿衔草》
　　2011 年 9 月入选中华谜报社《中华灯谜》

辛苦最终有后富（党史地名）　古田
　　2011 年 5 月原载上海浦东《虎社灯影》

佯败反攻（党史事件）　北伐战争
　　2011 年 5 月原载上海浦东《虎社灯影》

2011 年 9 月入选中华谜报社《中华灯谜》

违背八项注意（党史事件）　三反五反

2011 年 5 月原载上海浦东《虎社灯影》

你我他在华相见（党史事件）　三中全会

2011 年 5 月原载上海浦东《虎社灯影》

老赵走过七十人生（党史人名）　肖华

2011 年 5 月原载上海浦东《虎社灯影》

空中传单公开发表（党史事件）　八一宣言

2011 年 5 月原载上海浦东《虎社灯影》

2011 年 9 月入选中华谜报社《中华灯谜》

古董看了再评（党史人名）　陈望道

2011 年 5 月原载上海浦东《虎社灯影》

年年召集老八路（党史事件）　红军长征

2011 年 5 月原载上海浦东《虎社灯影》

万体馆聚集不足三成（党史事件）　七千人大会

2011 年 6 月原载上海浦东《虎社灯影》

谪仙到（党史人名）　李达

2011 年 6 月原载上海浦东《虎社灯影》

皮件剪裁暂不用（党史事件）　改革开放

2011 年 6 月原载上海浦东《虎社灯影》

笼开鸟飞起干戈（党史事件）　解放战争

2011 年 6 月原载上海浦东《虎社灯影》

民歌在梳理后得到保存（卷帘，党史事件）　延安整风

2011 年 6 月原载上海浦东《虎社灯影》

大家就在岸上住（党史地名）　庐山

2011 年 6 月原载上海浦东《虎社灯影》

空中搏斗（食品商标）　格力高

2011 年 7 月原载上海浦东《虎社灯影》

屡试（常言）　久经考验

2011 年 7 月原载上海浦东《虎社灯影》

随地吐痰受罚（指示语）　出口处

2011 年 7 月原载上海浦东《虎社灯影》

2011 年 9 月入选中华谜报社《中华灯谜》

相对（常言）　两不误

2011 年 7 月原载上海浦东《虎社灯影》

穷小子（七字常言）　没有什么大不了

2011 年 7 月原载上海浦东《虎社灯影》

这下子就好（字）　女

2011 年 7 月原载上海浦东《虎社灯影》

2011 年 9 月入选中华谜报社《中华灯谜》

工作繁忙擅离不对（常言）　忙中出错

2011 年 7 月原载上海浦东《虎社灯影》

2011 年 6 月入选中华灯谜学术委员会《中华谜艺》

2011 年 9 月入选中华谜报社《中华灯谜》

2012 年 9 月入选上海浦东《谜苑揽胜》

失误（四字常言） 没有错

2011 年 8 月原载上海浦东《虎社灯影》

坟上供了祭品才高兴（多字成语） 置之死地而后快

2011 年 8 月原载上海浦东《虎社灯影》

2012 年 9 月入选上海浦东《谜苑揽胜》

反思七天（常言） 考虑周到

2011 年 8 月原载上海浦东《虎社灯影》

穿着新衣候财神（成语） 整装待发

2011 年 8 月原载上海浦东《虎社灯影》

2011 年 9 月入选中华灯谜学术委员会《中华谜艺》

2013 年 1 月入选中华谜报社《中华灯谜》

夕阳红时装（口语） 老一套

2011 年 8 月原载上海浦东《虎社灯影》

来日准时到（字） 寸

2011 年 8 月原载上海浦东《虎社灯影》

2013 年 1 月入选中华谜报社《中华灯谜》

说大话（成语） 微不足道

2011 年 8 月原载上海浦东《虎社灯影》

回眸独秀历程（调首，党史人物）　陈望道

　　2011年8月原载上海浦东《虎社灯影》

曲不离口真逞能（唐诗目）　长干行

　　2011年9月原载上海浦东《虎社灯影》

　　2013年1月入选中华谜报社《中华灯谜》

仗打赢未必漂亮（卷帘，成语）　美不胜收

　　2011年9月原载上海浦东《虎社灯影》

随机应变得脱身（字）　躲

　　2011年9月原载上海浦东《虎社灯影》

　　2013年1月入选中华谜报社《中华灯谜》

市容依旧如故（五字俗语）　都是老一套

　　2011年9月原载上海浦东《虎社灯影》

分红排名于第二（国名）　利比亚

　　2011年9月原载上海浦东《虎社灯影》

驻屯马尼拉受阻（国外政要）　卡扎菲

　　2011年9月原载上海浦东《虎社灯影》

中秋节子女团聚（字）　和好

　　2011年9月原载上海浦东《虎社灯影》

三代独苗继香火（成语）　一息尚存

　　2011年10月原载上海浦东《虎社灯影》

独自集资（银行用语）　汇款单

2011 年 10 月原载上海浦东《虎社灯影》

购物二三次，一兜三四家（成语）　五花八门

2011 年 10 月原载上海浦东《虎社灯影》

虽不言语心里明（字）　悟

2011 年 10 月原载上海浦东《虎社灯影》

超常热演龙图戏（常用词）　过度包装

2011 年 10 月原载上海浦东《虎社灯影》

支持一方，拉拢一方，团结一方（字）　晶

2011 年 10 月原载上海浦东《虎社灯影》

叟翁目空一切（俗语）　老眼光

2011 年 10 月原载上海浦东《虎社灯影》

2008 年 11 月入选中华谜报社《中华灯谜》

一一载入史册（称谓）　同志

2011 年 10 月原载《浦东谜稿》

生长一月如胖子（字）　胀

2011 年 10 月原载《浦东谜稿》

白发领导弈棋不停（电视剧）　老干部局长

2011 年 10 月原载《浦东谜稿》

和尚二人（字）　徜

2011 年 10 月原载《浦东谜稿》

私人讼件不受理（评书目）　包公案

2011 年 10 月原载《浦东谜稿》

跳高长跑共角逐（商业用语）　不平等竞争

2011 年 10 月原载《浦东谜稿》

僖（称谓）　爱人

2011 年 11 月原载上海浦东《虎社灯影》

间（成语）　天下一家

2011 年 11 月原载上海浦东《虎社灯影》

一人抵十人（字）　休

2011 年 11 月原载上海浦东《虎社灯影》

动迁办来人（字）　伪

2011 年 11 月原载上海浦东《虎社灯影》

凭空发火（象棋术语）　闲着

2011 年 11 月原载上海浦东《虎社灯影》

2012 年 1 月入选温州《鹿衔草》

正副领导来基层（成语）　双管齐下

2011 年 11 月原载上海浦东《虎社灯影》

储藏室除尘（商贸用语）　清仓

2011 年 12 月原载上海浦东《虎社灯影》

2011 年 12 月入选中华灯谜学术委员会《中华谜艺》

单入禁区受罚（俗语）　独到之处

2011 年 12 月原载上海浦东《虎社灯影》

国外依旧动乱（常用词）　加重（"动"繁体字："重"加"力"）

2011 年 12 月原载上海浦东《虎社灯影》

2012 年 12 月入选中华谜报社《中华灯谜》

消费大大超支（新词）　多元化

2011 年 12 月原载上海浦东《虎社灯影》

2011 年 12 月入选中华灯谜学术委员会《中华谜艺》

2012 年 4 月入选温州《鹿衔草》

给梨园题词摄像（文学名词）　真实写照

2011 年 12 月原载上海浦东《虎社灯影》

一手挡目（字）　看

2011 年 12 月原载上海浦东《虎社灯影》

点火敬烟免了（俗语）　当着不着

2011 年 12 月原载上海浦东《虎社灯影》

带头先富结硕果（字）　实

2011 年 12 月原载上海浦东《虎社灯影》

一半红的（字）　约

2011 年 12 月原载上海浦东《虎社灯影》

一贯前吃后空（字）　呈

2011 年 12 月原载上海浦东《虎社灯影》

减肥（成语）　避重就轻

2011 年 12 月原载上海浦东《虎社灯影》

2012 年 9 月入选上海浦东《谜苑揽胜》

二零一二年

龙图相（新词） 包容

2012 年 1 月原载上海浦东《虎社灯影》

上海变得安定（字） 婶

2012 年 1 月原载上海浦东《虎社灯影》

交通路况天天讲（俗语） 常言道

2012 年 1 月原载上海浦东《虎社灯影》

2012 年 3 月入选中华灯谜学术委员会《中华谜艺》

四五载眼不离《西游记》（名著） 二十年目睹之怪现状

2012 年 1 月原载上海浦东《虎社灯影》

店主开门盼客来（成语） 东张西望

2012 年 1 月原载上海浦东《虎社灯影》

零下十二度（字） 玲

2012 年 1 月原载上海浦东《虎社灯影》

雾霾散尽好开船（常用词） 透明度

2012 年 1 月原载上海浦东《虎社灯影》

2013 年 7 月入选温州《鹿衔草》

新分析论（洗涤品牌） 立白

2012 年 1 月原载上海浦东《虎社灯影》

尽气，讲不到一块（成语）　烟消云散

2012 年 1 月原载上海浦东《虎社灯影》

2007—2008 年度入选中国文联出版社《中华灯谜年鉴》

——成对（常言）　两不误

2012 年 2 月原载上海浦东《虎社灯影》

相互考问（招工用语）　面试

2012 年 2 月原载上海浦东《虎社灯影》

新年伊始巧逢雨（生活设备）　水龙头（龙年）

2012 年 2 月原载上海浦东《虎社灯影》

千姿百态一一开（新词）　多样化

2012 年 3 月原载上海浦东《虎社灯影》

担心又生是非（字）　怪

2012 年 3 月原载上海浦东《虎社灯影》

心态要正（字）　忹

2012 年 3 月原载上海浦东《虎社灯影》

从未见像今天富（新词）　新发现

2012 年 3 月原载上海浦东《虎社灯影》

解围（体育名词）　团体分

2012 年 3 月原载上海浦东《虎社灯影》

一封来信写清楚（常用词）　简单明了

2012 年 3 月原载上海浦东《虎社灯影》

山里改革更富足(字)　画

2012 年 4 月原载上海浦东《虎社灯影》

2012 年度被评为上海浦东《虎社灯影》佳谜

2012 年 6 月入选中华灯谜学术委员会《中华谜艺》

2012 年 12 月入选中华谜报社《中华灯谜》

外出十周留个影(字)　简

2012 年 4 月原载上海浦东《虎社灯影》

2012 年 6 月入选中华灯谜学术委员会《中华谜艺》

2012 年 12 月入选中华谜报社《中华灯谜》

时装表演规范化(常用词)　统一模式

2012 年 4 月原载上海浦东《虎社灯影》

2012 年度被评为上海浦东《虎社灯影》佳谜

2013 年 10 月入选温州《鹿衔草》

2012 年 12 月入选中华谜报社《中华灯谜》

贵妃始料不及(口语)　真没想到

2012 年 4 月原载上海浦东《虎社灯影》

2012 年 12 月入选中华谜报社《中华灯谜》

逼坠深崖(成语)　害人不浅

2012 年 4 月原载上海浦东《虎社灯影》

商贩的足迹(成语)　步步为营

2012 年 4 月原载上海浦东《虎社灯影》

埋金记(字)　幸

2012 年 4 月原载上海浦东《虎社灯影》

2013 年 10 月入选温州《鹿衔草》

盼钱盼房整一年（作家连作品）　巴金，家春秋

2012 年 5 月原载上海浦东《虎社灯影》

果园守望者（常用词）　实地观察

2012 年 5 月原载上海浦东《虎社灯影》

大地回春划船游（金融名词）　经济复苏

2012 年 5 月原载上海浦东《虎社灯影》

未（常用词）　一无建树

2012 年 5 月原载上海浦东《虎社灯影》

这二天心不在兮（字）　恒

2012 年 5 月原载上海浦东《虎社灯影》

两地负责人工降雨（成语）　双管齐下

2012 年 5 月原载上海浦东《虎社灯影》

年年得第一（称谓）　老头

2012 年 5 月原载上海浦东《虎社灯影》

格律（四字口语）　打破常规

2012 年 5 月原载上海浦东《虎社灯影》

老是得冠军（成语）　一成不变

2012 年 6 月原载上海浦东《虎社灯影》

夫妻竞争（美术术语）　对比

2012 年 6 月原载上海浦东《虎社灯影》

取胜之时（评语）　优点

　　2012 年 6 月原载上海浦东《虎社灯影》

深夜落雨（三字口语）　一下子

　　2012 年 6 月原载上海浦东《虎社灯影》

　　2013 年 1 月入选温州《鹿衔草》

财富年年增（生理名词）　长发

　　2012 年 6 月原载上海浦东《虎社灯影》

　　2013 年 1 月入选温州《鹿衔草》

吐词简洁不含糊（常用词）　清白

　　2012 年 7 月原载上海浦东《虎社灯影》

　　2013 年 4 月入选温州《鹿衔草》

谈话有技巧（语文名词）　语法

　　2012 年 7 月原载上海浦东《虎社灯影》

一身洋服（财贸用语）　外包装

　　2012 年 7 月原载上海浦东《虎社灯影》

致富后突击消费（常用词）　发生变化

　　2012 年 7 月原载上海浦东《虎社灯影》

　　2013 年 4 月入选温州《鹿衔草》

一直用心得表扬（字）　讲

　　2012 年 8 月原载上海浦东《虎社灯影》

男牢女牢（伦理用语）　两性关系

　　2012 年 8 月原载上海浦东《虎社灯影》

高空作业（俗语）　顶头上司

2012 年 8 月原载上海浦东《虎社灯影》

财富递增有亮点（名词）　发明

2012 年 8 月原载上海浦东《虎社灯影》

大把大把用爷钱（反腐用语）　挥霍公款

2012 年 8 月原载上海浦东《虎社灯影》

摘穷帽铲穷根，埋头干有奔头（会议简称）　十八大

2012 年 9 月原载上海浦东《虎社灯影》

2013 年 3 月入选中华灯谜学术委员会《中华谜艺》

十一一到钞票不少（字）　玩

2012 年 9 月原载上海浦东《虎社灯影》

十一要大庆（字）　庄

2012 年 9 月原载上海浦东《虎社灯影》

我站在党中央一边（字）　咱

2012 年 9 月原载上海浦东《虎社灯影》

国庆打乒乓（音乐名词）　节拍

2012 年 9 月原载上海浦东《虎社灯影》

果农专业户（称谓）　实干家

2012 年 10 月原载上海浦东《虎社灯影》

落后了心中想跟上（字）　芷

2012 年 10 月原载上海浦东《虎社灯影》

誓言站着生（秋千，商标）　立白

2012 年 10 月原载上海浦东《虎社灯影》

别有用心心不正（字）　芬

2012 年 10 月原载上海浦东《虎社灯影》

有心要寻根（字）　忖

2012 年 10 月原载上海浦东《虎社灯影》

雾霾天（三字俗语）　混日子

2012 年 10 月原载上海浦东《虎社灯影》

集体举行婚礼（物理名词）　同步匹配

2012 年 10 月原载上海浦东《虎社灯影》

空中学堂（名词）　悬念

2012 年 10 月原载上海浦东《虎社灯影》

在太阳下生长（字）　星

2012 年 11 月原载上海浦东《虎社灯影》

偷闲寻乐（俗语）　空欢喜

2012 年 11 月原载上海浦东《虎社灯影》

做梦在忖能有上亿元（五字俗语）　万万想不到

2012 年 11 月原载上海浦东《虎社灯影》

第一把手脱帽迎客（字）　搁

2012 年 11 月原载上海浦东《虎社灯影》

黄昏琐语（作家）　莫言

    2012 年 11 月原载上海浦东《虎社灯影》

闷声大发财（作家二）　莫言、巴金

    2012 年 11 月原载上海浦东《虎社灯影》

各有打算（仪器）　分度计

    2012 年 12 月原载上海浦东《虎社灯影》

    2013 年 1 月入选中华谜报社《中华灯谜》

青春的浪花（新词）　绿色消费

    2012 年 12 月原载上海浦东《虎社灯影》

    2006 年 3 月入选福建三明《消费维权明灯》

    2013 年 3 月入选淮安《文虎摘锦》

    2013 年 1 月入选中华谜报社《中华灯谜》

法定一夫一妻制（哲学名词）　规律性

    2012 年 12 月原载上海浦东《虎社灯影》

    2013 年 1 月入选中华谜报社《中华灯谜》

落后不甘心（字）　二

    2012 年 12 月原载上海浦东《虎社灯影》

    2013 年 1 月入选中华谜报社《中华灯谜》

遇火一定要小心（字）　灯

    2012 年 12 月原载上海浦东《虎社灯影》

    2013 年 1 月入选中华谜报社《中华灯谜》

二零一三年

十五不宜外出（成语）　望而却步

2013 年 1 月原载上海浦东《虎社灯影》

出膊对天发誓（司法用语）　不服上诉

2013 年 1 月原载上海浦东《虎社灯影》

2013 年评为佳谜

展示未来（字）　祥

2013 年 1 月原载上海浦东《虎社灯影》

偷渡（金融名词）　非公经济

2013 年 1 月原载上海浦东《虎社灯影》

2013 年 3 月入选淮安《文虎摘锦》

费劲攻读一二载（学校用语）　大学三年

2013 年 1 月原载上海浦东《虎社灯影》

集武艺于一身（常言）　有功之人

2013 年 1 月原载上海浦东《虎社灯影》

屡屡入狱（常言）　关系密切

2013 年 2 月原载上海浦东《虎社灯影》

唯有读书高（学校用语）　专升本

2013 年 2 月原载上海浦东《虎社灯影》

领导喜欢优秀者（品牌）　上好佳

2013 年 2 月原载上海浦东《虎社灯影》

节后合作（字）　命

2013 年 2 月原载上海浦东《虎社灯影》

力挺冠军,不屑季军(成语)　举一反三

2013 年 3 月原载上海浦东《虎社灯影》

袭(商业用语)　一条龙服务

2013 年 3 月原载上海浦东《虎社灯影》

2013 年 9 月入选中华灯谜学术委员会《中华谜艺》

假离婚的玩笑(灯谜术语)　折字游戏

2013 年 3 月原载上海浦东《虎社灯影》

景阳冈下赌酒,景阳冈上打虎(常用词二)　品格、风格

2013 年 3 月原载上海浦东《虎社灯影》

发廊收入(金融名词)　理财

2013 年 3 月原载上海浦东《虎社灯影》

2014 年 12 月入选宁波《谜摘》

退休办工作(俗语)　管闲事

2013 年 3 月原载上海浦东《虎社灯影》

2014 年 12 月入选宁波《谜摘》

一点一滴在心头(字)　立

2013 年 3 月原载上海浦东《虎社灯影》

缺少动力,落后无疑(字)　芸

2013 年 3 月原载上海浦东《虎社灯影》

果农跳槽(常用词)　脱离实际

2013 年 4 月原载上海浦东《虎社灯影》

子孙三代容颜不改（成语）　一脉相承

　　2013 年 4 月原载上海浦东《虎社灯影》

店主开门盼客来（成语）　东张西望

　　2013 年 4 月原载上海浦东《虎社灯影》
　　2013 年评为佳谜

打算十二月龙舟赛（财会用语）　年度计划

　　2013 年 4 月原载上海浦东《虎社灯影》

二种特醇一样精制（成语）　异曲同工

　　2013 年 4 月原载上海浦东《虎社灯影》

三思后行免是非（字）　畾

　　2013 年 4 月原载上海浦东《虎社灯影》
　　2013 年 8 月入选中华谜报社《中华灯谜》

云南一夜到国外（字）　殆

　　2013 年 4 月原载上海浦东《虎社灯影》

希望落空爱唠叨（俗语）　没啥好说

　　2013 年 4 月原载上海浦东《虎社灯影》

花落知多少（常词）　费思量

　　2013 年 5 月原载上海浦东《虎社灯影》

天气变冷多带衣（常用词）　准备着

　　2013 年 5 月原载上海浦东《虎社灯影》

多一两就不轻（常用词）　重在参与

2013 年 5 月原载上海浦东《虎社灯影》

又去踏青扫墓（常用词）　故地重游

2013 年 5 月原载上海浦东《虎社灯影》

闭门点香拜佛（商业用语）　供求关系

2013 年 5 月原载上海浦东《虎社灯影》
2013 年 6 月入选中华谜报社《中华灯谜》

沉不住气（俗语）　没出息

2013 年 5 月原载上海浦东《虎社灯影》

吸烟等于自尽（乒乓术语）　抽杀

2013 年 5 月原载上海浦东《虎社灯影》

主人一再反思（地域名）　东三省

2013 年 5 月原载上海浦东《虎社灯影》

二小已十八（生产用语）　达标

2013 年 6 月原载上海浦东《虎社灯影》

群众齐揭发（成语）　多此一举

2013 年 6 月原载上海浦东《虎社灯影》
2013 年 6 月入选淮安《文虎摘锦》
2013 年 8 月入选中华谜报社《中华灯谜》

期满释放（考试语）　过关

2013 年 6 月原载上海浦东《虎社灯影》

成年后当配音演员（称谓）　人大代表

2013 年 6 月原载上海浦东《虎社灯影》

2014 年 1 月入选温州《鹿衔草》

爱开玩笑（日用品）　闹钟

2013 年 7 月原载上海浦东《虎社灯影》

2013 年 8 月入选中华谜报社《中华灯谜》

不熟悉的东西要问（学科）　生物学

2013 年 7 月原载上海浦东《虎社灯影》

2013 年 8 月入选中华谜报社《中华灯谜》

中医配方之首选（常用词）　知道

2013 年 6 月原载上海浦东《虎社灯影》

清洁费（财会用语）　净支出

2013 年 7 月原载上海浦东《虎社灯影》

2013 年 8 月入选中华谜报社《中华灯谜》

打针料想无危险（警句）　注意安全

2013 年 7 月原载上海浦东《虎社灯影》

2013 年 8 月入选中华谜报社《中华灯谜》

一再要求见面（字）　而

2013 年 7 月原载上海浦东《虎社灯影》

一年四季好心情（字）　青

2013 年 7 月原载上海浦东《虎社灯影》

袭人随迎春（成语）　移花接木

2013 年 7 月原载上海浦东《虎社灯影》

罗马的骄傲(秋千,常用词)　满意

　　2013 年 7 月原载上海浦东《虎社灯影》

脸上有光(戏台用语)　亮相

　　2013 年 9 月原载上海浦东《虎社灯影》

　　2013 年 9 月入选中华灯谜学术委员会《中华谜艺》

冬雨敲窗报新年(网络语)　点击下载

　　2013 年 9 月原载上海浦东《虎社灯影》

　　2015 年评为佳谜

　　2013 年 9 月入选中华灯谜学术委员会《中华谜艺》

　　2013 年 9 月入选淮安《文虎摘锦》

　　2013 年 11 月入选中华谜报社《中华灯谜》

带头先富结硕果(字)　实

　　2013 年 9 月原载上海浦东《虎社灯影》

三伏季节忙开业(活动名称)　夏令营

　　2013 年 9 月原载上海浦东《虎社灯影》

　　2013 年 9 月入选中华灯谜学术委员会《中华谜艺》

　　2013 年 9 月入选淮安《文虎摘锦》

　　2013 年 11 月入选中华谜报社《中华灯谜》

百年夫妻(工作用语)　长期配合

　　2013 年 9 月原载上海浦东《虎社灯影》

　　2013 年 9 月入选中华灯谜学术委员会《中华谜艺》

脚步钿(商业用语)　足金

　　2013 年 9 月原载上海浦东《虎社灯影》

嫁人作典押(常用词)　适当

  2013 年 9 月原载上海浦东《虎社灯影》

  2013 年 9 月入选中华灯谜学术委员会《中华谜艺》

喝茶确能强身(医用名词)　保健品

  2013 年 9 月原载上海浦东《虎社灯影》

解决办法有一个(医用名词)　处方单

  2013 年 9 月原载上海浦东《虎社灯影》

  2013 年 9 月入选中华灯谜学术委员会《中华谜艺》

  2013 年 9 月入选淮安《文虎摘锦》

失散子女又团聚(字)　好

  2013 年 9 月原载上海浦东《虎社灯影》

走了十来天(字)　是

  2013 年 10 月原载上海浦东《虎社灯影》

误食泥巴在作呕(中分字)　口吐土

  2013 年 10 月原载上海浦东《虎社灯影》

领导更迭告别会(成语)　改头换面

  2013 年 10 月原载上海浦东《虎社灯影》

脸色不错(哲学名词)　相对

  2013 年 11 月原载上海浦东《虎社灯影》

祸不单行(自然现象)　重灾

  2013 年 11 月原载上海浦东《虎社灯影》

无偿设计（常词）　白费心思

2013 年 11 月原载上海浦东《虎社灯影》

迟到的掌声（音乐名词）　慢一拍

2013 年 12 月原载上海浦东《虎社灯影》

2014 年 4 月入选温州《鹿衔草》

好人"吃相"（字）　食

2013 年 12 月原载上海浦东《虎社灯影》

老板自我介绍（称谓）　东道主

2013 年 12 月原载上海浦东《虎社灯影》

2014 年 4 月入选温州《鹿衔草》

心心念念买件衣（口语）　想想穿

2013 年 12 月原载上海浦东《虎社灯影》

二零一四年

展馆规模不大，元旦不开放（集邮名词二）　小型张、首日封

2014 年 1 月原载上海浦东《虎社灯影》

成人后看法变了（常用词）　大有改观

2014 年 1 月原载上海浦东《虎社灯影》

2014 年 3 月入选中华灯谜学术委员会《中华谜艺》

2014 年 3 月入选淮安《文虎摘锦》

有人在前头插挡（字）　火

2014 年 1 月原载上海浦东《虎社灯影》

消费不出门（生产用语） 内耗

2014 年 1 月原载上海浦东《虎社灯影》

2014 年 3 月入选中华灯谜学术委员会《中华谜艺》

源头有错（字） 渚

2014 年 1 月原载上海浦东《虎社灯影》

2014 年 3 月入选淮安《文虎摘锦》

居家在最高层（俗语） 顶得住

2014 年 1 月原载上海浦东《虎社灯影》

股市坚挺未被套（成语） 不折不扣

2014 年 1 月原载上海浦东《虎社灯影》

2014 年 3 月入选中华灯谜学术委员会《中华谜艺》

河中月影动（影院用语） 下一轮上映

2014 年 2 月原载上海浦东《虎社灯影》

2014 年 10 月入选中华谜报社《中华灯谜》

房产巨富曝光（常用词） 有所发明

2014 年 2 月原载上海浦东《虎社灯影》

死心要在一起（字） 忈

2014 年 2 月原载上海浦东《虎社灯影》

下雨天休息（常言） 落空

2014 年 2 月原载上海浦东《虎社灯影》

2014 年 10 月入选中华谜报社《中华灯谜》

进口食粮积压（俗语） 吃不消

2014 年 2 月原载上海浦东《虎社灯影》

2014 年 10 月入选中华谜报社《中华灯谜》

2014 年 3 月入选中华灯谜学术委员会《中华谜艺》

国外混战(俗语)　口角

2014 年 2 月创作

到典铺遭忽悠(常言)　上当受骗

2014 年 3 月原载上海浦东《虎社灯影》

2013—2015 年度入选中国文联出版社《中华灯谜年鉴》

拆散鸳鸯白费劲(常言)　绝对不可能

2014 年 3 月原载上海浦东《虎社灯影》

2014 年 3 月入选中华灯谜学术委员会《中华谜艺》

2013—2016 年度入选中国文联出版社《中华灯谜年鉴》

向上级推荐莫轻率(体育项目)　举重

2014 年 3 月原载上海浦东《虎社灯影》

二人春游桂西(字)　查

2014 年 3 月原载上海浦东《虎社灯影》

容不得有错(哲学名词)　相对

2014 年 3 月原载上海浦东《虎社灯影》

大兴典铺牟财(消保语)　不正当利益

2014 年 4 月原载上海浦东《虎社灯影》

因(俗语)　出一人之口

2014 年 4 月原载上海浦东《虎社灯影》

抢着瞧（成语）　各不相让

　　2014年4月原载上海浦东《虎社灯影》

两女儿已许配（灯谜术语）　字字有着落

　　2014年5月原载上海浦东《虎社灯影》

火从门隙穿出（常言）　突然之间

　　2014年5月原载上海浦东《虎社灯影》

　　2014年7月入选淮安《文虎摘锦》

存款只取息（常言）　充分利用

　　2014年5月原载上海浦东《虎社灯影》

敢把皇帝拉下马（生产工具）　扳头

　　2014年5月原载上海浦东《虎社灯影》

　　2014年6月入选淮安《文虎摘锦》

观后论剧（俗语）　看白戏

　　2014年6月原载上海浦东《虎社灯影》

十八白头心火撩（字）　愁

　　2014年6月原载上海浦东《虎社灯影》

　　2014年10月入选中华谜报社《中华灯谜》

只是排列有不同（字）　叭

　　2014年6月原载上海浦东《虎社灯影》

三箭穿林过（字）　彬

　　2014年6月原载上海浦东《虎社灯影》

二门喜事（店招）　家家乐

2014 年 6 月原载上海浦东《虎社灯影》

言及就业后大有变化（国际会议简称）　亚信

2014 年 6 月原载上海浦东《虎社灯影》

老弱病残莫登山（祝词）　健康向上

2014 年 6 月原载上海浦东《虎社灯影》

得二分已满足（字）　是

2014 年 7 月原载上海浦东《虎社灯影》

2014 年 9 月入选中华灯谜学术委员会《中华谜艺》

胜诉后思绪才平定（卷帘，成语）　心安理得

2014 年 7 月原载上海浦东《虎社灯影》

看上去个个是十八（字）　箱

2014 年 7 月原载上海浦东《虎社灯影》

下雨不好（水利名词）　落差

2014 年 7 月原载上海浦东《虎社灯影》

这天一直心不定（名词）　怀旧

2014 年 7 月原载上海浦东《虎社灯影》

需来一下（字）　糯

2014 年 7 月原载上海浦东《虎社灯影》

本人书法摄影展（常用词）　自我写照

2014 年 7 月原载上海浦东《虎社灯影》

水漫草坪不见土（字）　萍

2014 年 8 月原载上海浦东《虎社灯影》

愁相见改变（字）　愀

2014 年 8 月原载上海浦东《虎社灯影》

做得迟后了（常言）　为时已晚

2014 年 8 月原载上海浦东《虎社灯影》

烟吸入就疲软（成语）　有气无力

2014 年 8 月原载上海浦东《虎社灯影》

排位一直落后（字）　产

2014 年 8 月原载上海浦东《虎社灯影》

倾心提示见正页（字）　颖

2014 年 9 月原载上海浦东《虎社灯影》

2014 年 11 月入选中华谜报社《中华灯谜》

反思火情（常言）　着想

2014 年 9 月原载上海浦东《虎社灯影》

2014 年 11 月入选中华谜报社《中华灯谜》

东西放整齐（学科名词）　物理

2014 年 9 月原载上海浦东《虎社灯影》

2014 年 9 月入选中华灯谜学术委员会《中华谜艺》

2014 年 11 月入选中华谜报社《中华灯谜》

一定使个个人高兴（字）　签

2014 年 9 月原载上海浦东《虎社灯影》

2014 年入选淮安秋季刊《文虎摘锦》

2014 年 11 月入选中华谜报社《中华灯谜》

出口要小心一点（字） **吋**

2014 年 9 月原载上海浦东《虎社灯影》

2014 年 12 月入选中华灯谜学术委员会《中华谜艺》

十分难提升（成语） **一毛不拔**

2014 年 9 月原载上海浦东《虎社灯影》

在银川路上（交通名词） **回程**

2014 年 10 月原载上海浦东《虎社灯影》

2014 年 11 月入选中华谜报社《中华灯谜》

不着边际（口语） **心火燎**

2014 年 10 月原载上海浦东《虎社灯影》

2014 年 9 月入选中华灯谜学术委员会《中华谜艺》

2014 年 11 月入选中华谜报社《中华灯谜》

首次弈棋未露锋芒（常用词） **开局不利**

2014 年 10 月原载上海浦东《虎社灯影》

2014 年 11 月入选中华谜报社《中华灯谜》

2013—2016 年度入选中国文联出版社《中华灯谜年鉴》

今秋桂开七天（商用语） **黄金周**

2014 年 10 月原载上海浦东《虎社灯影》

小孩在空聊（常言） **少说闲话**

2014 年 10 月创作

犯错很心焦（名词）　过虑

    2014 年 11 月原载上海浦东《虎社灯影》

    2015 年 1 月入选温州《鹿衔草》

钱物用而不乱（金融名词）　财务管理

    2014 年 11 月原载上海浦东《虎社灯影》

没本事做劳工（成语）　无能为力

    2014 年 11 月原载上海浦东《虎社灯影》

    2014 年度评为优秀灯谜

    2013—2015 年度入选中国文联出版社《中华灯谜年鉴》

三方之间有协议（物业名词）　商品房

    2014 年 11 月原载上海浦东《虎社灯影》

    2013—2015 年度入选中国文联出版社《中华灯谜年鉴》

当日一再有人来（字）　春

    2014 年 11 月原载上海浦东《虎社灯影》

    2013—2015 年度入选中国文联出版社《中华灯谜年鉴》

寡妇新许配（谜语）　离合字

    2014 年 11 月原载上海浦东《虎社灯影》

清道工（俗语）　活路

    2014 年 11 月原载上海浦东《虎社灯影》

    2013—2015 年度入选中国文联出版社《中华灯谜年鉴》

四季操劳（称谓）　青工

    2014 年 11 月原载上海浦东《虎社灯影》

    2014 年 11 月入选中华谜报社《中华灯谜》

2014 年 12 月入选中华灯谜学术委员会《中华谜艺》

2013—2016 年度入选中国文联出版社《中华灯谜年鉴》

四日后又变心(字)　慢

2014 年 12 月原载上海浦东《虎社灯影》

二个小心别出声(常用词)　示意

2014 年 12 月原载上海浦东《虎社灯影》

收支精打细算(金融名二)　出纳、会计

2014 年 12 月原载上海浦东《虎社灯影》

2014 年 12 月入选中华灯谜学术委员会《中华谜艺》

开了先河,后继有人(字)　何

2014 年 12 月原载上海浦东《虎社灯影》

2013—2015 年度入选中国文联出版社《中华灯谜年鉴》

二零一五年

心有悬念(字)　芯

2015 年 1 月原载上海浦东《虎社灯影》

不少贸易额(口语)　多商量

2015 年 1 月原载上海浦东《虎社灯影》

2014 年 12 月入选中华灯谜学术委员会《中华谜艺》

田上嫩苗长,田下草根生(字)　单

2015 年 1 月原载上海浦东《虎社灯影》

2014 年 12 月入选中华灯谜学术委员会《中华谜艺》

十破困局得实惠(字)　果

    2015 年 1 月原载上海浦东《虎社灯影》

转载七天(时间用语)　一周年

    2015 年 1 月原载上海浦东《虎社灯影》

一定会更加关心(字)　美(加为十)

    2015 年 1 月原载上海浦东《虎社灯影》

不为私事摆渡(宗教人物)　济公

    2015 年 1 月原载上海浦东《虎社灯影》

    2014 年 12 月入选中华灯谜学术委员会《中华谜艺》

深谷初寒草凋零(字)　蓉

    2015 年 2 月原载上海浦东《虎社灯影》

    2015 年 4 月入选中华灯谜学术委员会《中华谜艺》

    2015 年 12 月入选合肥《庐州虎迹》

一人率先在前头(字)　位

    2015 年 2 月原载上海浦东《虎社灯影》

来日下午三点有客(字)　潭

    2015 年 2 月原载上海浦东《虎社灯影》

    2015 年 4 月入选中华灯谜学术委员会《中华谜艺》

    2015 年 7 月入选宁波《月湖谜草》第 76 期

    2020 年 6 月入选宁波《明州谜苑》

新房一幢接一幢(常用词)　不间断

    2015 年 2 月原载上海浦东《虎社灯影》

小桥流水点点春（字）　深

　　2015 年 3 月原载上海浦东《虎社灯影》

　　2016—2018 年度入选中国文联出版社《中华灯谜年鉴》

大风无边，风中林散（字）　樊

　　2015 年 3 月原载上海浦东《虎社灯影》

　　2015 年 4 月入选中华灯谜学术委员会《中华谜艺》

沐浴点点爱心，感受不浅（字）　深

　　2015 年 3 月原载上海浦东《虎社灯影》

　　2015 年 4 月入选温州《鹿衔草》

　　2015 年 4 月入选中华灯谜学术委员会《中华谜艺》

　　2016—2018 年度入选中国文联出版社《中华灯谜年鉴》

年初年末忙得要死（字）　忭

　　2015 年 3 月原载上海浦东《虎社灯影》

　　2016—2018 年度入选中国文联出版社《中华灯谜年鉴》

没有伪装却变心（字）　慎

　　2015 年 3 月原载上海浦东《虎社灯影》

　　2015 年 4 月入选中华灯谜学术委员会《中华谜艺》

　　2015 年 7 月入选温州《鹿衔草》

　　2015 年 6 月入选淮安《文虎摘锦》

知道来迟了（时间用语）　明晚

　　2015 年 3 月原载上海浦东《虎社灯影》

　　2015 年 6 月入选中华灯谜学术委员会《中华谜艺》

　　2015 年 12 月入选合肥《庐州虎迹》

　　2015 年入选《宁波谜摘》

分房放宽了（常言）　有所松动

2015 年 3 月原载上海浦东《虎社灯影》

一气之下住了口（字）　吃

2015 年 4 月原载上海浦东《虎社灯影》

歹（常言）　一切晚了

2015 年 4 月原载上海浦东《虎社灯影》

准时赴考（工作用语）　试点

2015 年 4 月原载上海浦东《虎社灯影》

2015 年 4 月入选中华灯谜学术委员会《中华谜艺》

打更（公交安全用语）　敲击点

2015 年 4 月原载上海浦东《虎社灯影》

2015 年 12 月入选合肥《庐州虎迹》

本章改写出新意（字）　培

2015 年 4 月原载上海浦东《虎社灯影》

明富暗富（生理现象）　白发黑发

2015 年 5 月原载上海浦东《虎社灯影》

分清是非，人人平等（字）　坐

2015 年 5 月原载上海浦东《虎社灯影》

分析后始理会（字）　枉

2015 年 5 月原载上海浦东《虎社灯影》

休要草率进口（字）　葆

2015 年 5 月原载上海浦东《虎社灯影》

有方向，有奔头，不落后（字）　吞

2015 年 5 月原载上海浦东《虎社灯影》

2015 年 6 月入选中华灯谜学术委员会《中华谜艺》

立下抗日决心（字）　意

2015 年 5 月原载上海浦东《虎社灯影》

用心种田二十载（字）　蕙

2015 年 5 月原载上海浦东《虎社灯影》

春雨瞒人敲西厢（医学名词）　三高

2015 年 6 月原载上海浦东《虎社灯影》

2015 年入选《宁波谜摘》

2013—2015 年度入选中国文联出版社《中华灯谜年鉴》

只喜欢坐出租车（常用词）　别的不说

2015 年 6 月原载上海浦东《虎社灯影》

成群人来沪消费（出租车公司二）　大众、申花

2015 年 6 月原载上海浦东《虎社灯影》

村村都种树（字）　双

2015 年 6 月原载上海浦东《虎社灯影》

元旦剃刀霍霍磨（六字常用词）　有理有利有节

2015 年 6 月原载上海浦东《虎社灯影》

￥（股市用语）　平中有升

2015 年 6 月原载上海浦东《虎社灯影》

开花前无人观赏（字）　七

2015 年 7 月原载上海浦东《虎社灯影》

大河流水到寨前（字）　寄

2015 年 7 月原载上海浦东《虎社灯影》

2015 年 9 月入选中华灯谜学术委员会《中华谜艺》

一门心思学技巧（常言）　独家想法

2015 年 7 月原载上海浦东《虎社灯影》

横山抱影霉雨下（字）　晦

2015 年 7 月原载上海浦东《虎社灯影》

2015 年评为优秀灯谜

2013—2015 年度入选中国文联出版社《中华灯谜年鉴》

下雪一寸已融水（字）　浔

2015 年 7 月原载上海浦东《虎社灯影》

2015 年 9 月入选淮安《文虎摘锦》

一气之下，十分少言（名词）　乞讨

2015 年 7 月原载上海浦东《虎社灯影》

对（评语）　不错又得十分

2015 年 8 月原载上海浦东《虎社灯影》

卜（文学名词）　中心要点

2015 年 8 月原载上海浦东《虎社灯影》

怒目蹬足而去(字)　瞪

2015 年 8 月原载上海浦东《虎社灯影》

云低月伴两倾心(字)　能

2015 年 8 月原载上海浦东《虎社灯影》

2015 年 9 月入选中华灯谜学术委员会《中华谜艺》

2016 年 3 月入选淮安《文虎摘锦》

2013—2015 年度入选中国文联出版社《中华灯谜年鉴》

舌(商标)　老人头

2015 年 8 月原载上海浦东《虎社灯影》

走在田中,惊飞二鸟(字)　迅

2015 年 9 月原载上海浦东《虎社灯影》

二十天观察中,用心看变化(植物名)　葵花

2015 年 9 月原载上海浦东《虎社灯影》

空中云低春草稀(字)　菾

2015 年 9 月原载上海浦东《虎社灯影》

援外常带头(人事用语)　出勤率

2015 年 9 月原载上海浦东《虎社灯影》

一个不用心的人(字)　丙

2015 年 9 月原载上海浦东《虎社灯影》

几度疏林现眼前(日用品)　相机

2015 年 9 月原载上海浦东《虎社灯影》

祖产起争斗（三字俗语）　老资格

　　2015 年 10 月原载上海浦东《虎社灯影》

　　2016 年 4 月入选温州《鹿衔草》

舍前下雪达一寸（启事用语）　寻人

　　2015 年 10 月原载上海浦东《虎社灯影》

离境游的喜悦（三字俗语）　出外快

　　2015 年 10 月原载上海浦东《虎社灯影》

三人走来赏昙花（交运名词）　春运

　　2015 年 10 月原载上海浦东《虎社灯影》

舞剑弄刀病态消（四字常用词）　有利健康

　　2015 年 10 月原载上海浦东《虎社灯影》

用水冷处理（字）　今

　　2015 年 10 月原载上海浦东《虎社灯影》

临终化妆（成语）　尽善尽美

　　2015 年 10 月原载上海浦东《虎社灯影》

幼儿学走有上进（常用词）　逐步提高

　　2015 年 11 月原载上海浦东《虎社灯影》

秋雨淅沥沥（常用词）　点滴成金

　　2015 年 11 月原载上海浦东《虎社灯影》

山水远树共雾中（自然现象）　洪峰

　　2015 年 11 月原载上海浦东《虎社灯影》

2015 年 12 月入选中华灯谜学术委员会《中华谜艺》

2015 年评为优秀灯谜

2013—2015 年度入选中国文联出版社《中华灯谜年鉴》

月倚西楼河树前（字）　潲

2015 年 11 月原载上海浦东《虎社灯影》

采纳众人妙计（抗战将士）　罗策群

2015 年 11 月原载上海浦东《虎社灯影》

尚须分是非（字）　堂

2015 年 11 月原载上海浦东《虎社灯影》

乡间桃花寻踪（国名）　索马里

2015 年 11 月原载上海浦东《虎社灯影》

此厂用老树做家具（游目）　橱

2015 年 11 月原载上海浦东《虎社灯影》

2015 年 12 月入选淮安《文虎摘锦》

抵川共三旬（地名）　合肥

2015 年 12 月原载上海浦东《虎社灯影》

积劳成疾（病名）　多动症

2015 年 12 月原载上海浦东《虎社灯影》

2015 年 12 月入选淮安《文虎摘锦》

错在没工作（成语）　无事生非

2015 年 12 月原载上海浦东《虎社灯影》

2015 年 12 月入选中华灯谜学术委员会《中华谜艺》

爱犬见人就躺倒（字）　伏

　　2015 年 12 月原载上海浦东《虎社灯影》

当天中雨尘土少（字）　添

　　2015 年 12 月原载上海浦东《虎社灯影》

破土之笋高一寸（字）　等

　　2015 年 12 月原载上海浦东《虎社灯影》
　　2015 年 12 月入选淮安《文虎摘锦》

二零一六年

此谷空前加倍长（字）　蓉

　　2016 年 1 月原载上海浦东《虎社灯影》

异乡人带子种田（常用词）　仔细

　　2016 年 1 月原载上海浦东《虎社灯影》

门前林间游人来（常用词）　休闲

　　2016 年 1 月原载上海浦东《虎社灯影》

点滴是非分得清（字）　平

　　2016 年 2 月原载上海浦东《虎社灯影》

垂钓心不急，最后有收获（常用词）　争取

　　2016 年 2 月原载上海浦东《虎社灯影》
　　2016 年评为优秀灯谜
　　2017 年 4 月入选天津《智力》

分明观念老一套（生理名词）　苦胆

2016 年 2 月原载上海浦东《虎社灯影》

2016 年 3 月入选淮安《文虎摘锦》

流浪方知家中好（成语） 在所不惜

2016 年 2 月原载上海浦东《虎社灯影》

全家身体好（卷帘，四字常言） 健康第一

2016 年 2 月原载上海浦东《虎社灯影》

求皇上皇后施援手（运动器材） 球拍

2016 年 2 月原载上海浦东《虎社灯影》

2016 年 3 月入选中华灯谜学术委员会《中华谜艺》

吃苦在先顶在前（字） 苛

2016 年 3 月原载上海浦东《虎社灯影》

2016 年评为优秀灯谜

2017 年 4 月入选天津《智力》

2016—2018 年度入选中国文联出版社《中华灯谜年鉴》

真心想走（成语） 三思而行

2016 年 3 月原载上海浦东《虎社灯影》

2017 年 4 月入选天津《智力》

说整治，先谈垃圾不落地（常言） 讲清道理

2016 年 3 月原载上海浦东《虎社灯影》

正厅装修面貌一新（职务带姓） 大堂颜经理

2016 年 3 月原载上海浦东《虎社灯影》

姑离家后，追星赶月风里来（人名） 胡安义

2016 年 3 月原载上海浦东《虎社灯影》

一笑一哭一怒(电学名词)　三相

2016 年 4 月原载上海浦东《虎社灯影》

2016 年 6 月入选中华灯谜学术委员会《中华谜艺》

满载而归(理财用语)　一年返回

2016 年 4 月原载上海浦东《虎社灯影》

2016 年 6 月入选中华灯谜学术委员会《中华谜艺》

话语不乱(成语)　言之有理

2016 年 4 月原载上海浦东《虎社灯影》

食烟酒后易上火(字)　淡

2016 年 4 月原载上海浦东《虎社灯影》

2017 年 6 月入选宁波《谜摘九百六》

西湖边一见(字)　酒

2016 年 4 月原载上海浦东《虎社灯影》

心用活就有发明(字)　萌

2016 年 4 月原载上海浦东《虎社灯影》

常说住房没困难(唐诗人)　白居易

2016 年 5 月原载上海浦东《虎社灯影》

2016 年 9 月入选中华灯谜学术委员会《中华谜艺》

见老人想到让座(四字常言)　换位思考

2016 年 5 月原载上海浦东《虎社灯影》

清晨少见五彩虹（国名二）　朝鲜、以色列
2016 年 5 月原载上海浦东《虎社灯影》

非重犯取证不难（成语）　轻而易举
2016 年 5 月原载上海浦东《虎社灯影》
2016 年 6 月入选中华灯谜学术委员会《中华谜艺》

在乡村转一回（地名）　同里
2016 年 6 月原载上海浦东《虎社灯影》

到白头只得第二（字）　严
2016 年 6 月原载上海浦东《虎社灯影》

一旦转变观念，也不忘从前（字）　昔
2016 年 6 月原载上海浦东《虎社灯影》

是是非非总不行（字）　街
2016 年 6 月原载上海浦东《虎社灯影》

二人一路无阻（电学名词）　双通道
2016 年 6 月原载上海浦东《虎社灯影》

开开心（数学名词）　兀
2016 年 6 月原载上海浦东《虎社灯影》

希望延年益寿（金融名词）　长期、活期
2016 年 7 月原载上海浦东《虎社灯影》

二区间隔千里（字）　驳
2016 年 7 月原载上海浦东《虎社灯影》

十分不小心，前功尽弃（字）　协

2016 年 7 月原载上海浦东《虎社灯影》

从不惹是非（字）　坐

2016 年 7 月原载上海浦东《虎社灯影》

又获先进，则先表扬（字）　赞

2016 年 7 月原载上海浦东《虎社灯影》

2016 年 10 月入选温州《鹿衔草》

田间草长一人高（字）　奔

2016 年 8 月原载上海浦东《虎社灯影》

扩展营销增财富（称谓）　开发商

2016 年 8 月原载上海浦东《虎社灯影》

华夏一家亲（化学名词）　中和

2016 年 8 月原载上海浦东《虎社灯影》

2016 年 9 月入选中华灯谜学术委员会《中华谜艺》

一团和气，先让十分（名词）　乞讨

2016 年 8 月原载上海浦东《虎社灯影》

2016 年度评为优秀灯谜

一个一个排好（字）　竺

2016 年 9 月原载上海浦东《虎社灯影》

过分担心（字）　忿

2016 年 9 月原载上海浦东《虎社灯影》

十四处有变动(字)　克

2016 年 9 月原载上海浦东《虎社灯影》

灵活可变(字)　灿

2016 年 9 月原载上海浦东《虎社灯影》

2016 年 12 月入选温州《鹿衔草》

人人爱土产,土产人人爱(礼貌用语)　坐、坐

2016 年 9 月原载上海浦东《虎社灯影》

2016 年 12 月入选温州《鹿衔草》

一个不用心的人,得了第三名(字)　丙

2016 年 10 月原载上海浦东《虎社灯影》

不嫁外国人(二字常用词)　适中

2016 年 10 月原载上海浦东《虎社灯影》

点赞领导(商标)　上好佳

2016 年 10 月原载上海浦东《虎社灯影》

一时冲动(电脑名词)　点击

2016 年 10 月原载上海浦东《虎社灯影》

不许瞎说(交通用语)　盲道受阻

2016 年 10 月原载上海浦东《虎社灯影》

灾后首先要解困(字)　啾

2016 年 10 月原载上海浦东《虎社灯影》

进口白玉,水运十分方便(谜人)　叶国泉

2016 年 10 月原载上海浦东《虎社灯影》

以"康师傅"敬朋友(成语)　一面之交

2016 年 11 月原载上海浦东《虎社灯影》

贾府唯一的保洁者(地名)　石狮

2016 年 11 月原载上海浦东《虎社灯影》

2016 年 12 月入选中华灯谜学术委员会《中华谜艺》

双赢(数量词)　二克

2016 年 12 月原载上海浦东《虎社灯影》

出售方式要转变(字)　唯

2016 年 12 月原载上海浦东《虎社灯影》

领导缺席(生理现象)　光头

2016 年 12 月原载上海浦东《虎社灯影》

模范人家(房产名词)　样板房

2016 年 12 月原载上海浦东《虎社灯影》

加起来九间西屋(剧目)　七十二家房客

2016 年 12 月原载上海浦东《虎社灯影》

张小泉开张(成语)　锋芒毕露

2016 年 12 月原载上海浦东《虎社灯影》

别有用心的人,久会得病(常用语)　内疚

2016 年 12 月原载上海浦东《虎社灯影》

PV（成语）　旗开得胜

2016 年 12 月入选中华灯谜学术委员会《中华谜艺》

二零一七年

一封书信提疑点（常言）　问题简单

　　2017 年 1 月原载上海浦东《虎社灯影》

　　2016 年 9 月入选中华灯谜学术委员会《中华谜艺》

东西要集中（三字俗语）　南北开

　　2017 年 1 月原载上海浦东《虎社灯影》

新开河（四字新词）　创建一流

　　2017 年 1 月原载上海浦东《虎社灯影》

　　2017 年 4 月入选温州《鹿衔草》

　　2017 年入选浦东灯谜研究会优秀灯谜

错错错（选举用语）　一致通过

　　2017 年 1 月原载上海浦东《虎社灯影》

　　2017 年 4 月入选温州《鹿衔草》

测验全错（学校用语）　考试通过

　　2017 年 1 月原载上海浦东《虎社灯影》

大家一起办棋赛（单位简称二）　公司、局

　　2017 年 2 月原载上海浦东《虎社灯影》

岁数不大，老三老四（酒类用语）　七年陈

　　2017 年 2 月原载上海浦东《虎社灯影》

为人要明是非（字）　仕

　　2017 年 3 月原载上海浦东《虎社灯影》

　　2017 年 3 月入选中华灯谜学术委员会《中华谜艺》

　　2017 年春入选淮安《文虎摘锦》

放假门上有告示（五字常用词）　休息时间表

　　2017 年 3 月原载上海浦东《虎社灯影》

爹瘦得身体轻了（常用词）　严重不足

　　2017 年 3 月原载上海浦东《虎社灯影》

气得离家出走（常用词）　人间蒸发

　　2017 年 4 月原载上海浦东《虎社灯影》

梦中呓语夺冠（营养品）　脑白金

　　2017 年 4 月原载上海浦东《虎社灯影》

要亲近得走走（字）　新

　　2017 年 4 月原载上海浦东《虎社灯影》

　　2017 年 6 月入选淮安《文虎摘锦》

文盲被器重（成语）　不识抬举

　　2017 年 4 月原载上海浦东《虎社灯影》

　　2017 年 7 月入选温州《鹿衔草》

巴黎偶见（常言）　看法对

　　2017 年 4 月原载上海浦东《虎社灯影》

不必挂念（字）　苾

　　2017 年 4 月原载上海浦东《虎社灯影》

2019 年 12 月入选《2017 年苏州灯谜六十年》

开放之路不平坦（病名）　曲张
　　2017 年 5 月原载上海浦东《虎社灯影》
　　2017 年 6 月入选中华灯谜学术委员会《中华谜艺》
　　2019 年 12 月入选《2017 年苏州灯谜六十年》

偏要看过明白（成语）　旁观者清
　　2017 年 5 月原载上海浦东《虎社灯影》
　　2019 年 12 月入选《2017 年苏州灯谜六十年》

老头天天怕热（字）　暑
　　2017 年 5 月原载上海浦东《虎社灯影》
　　2017 年 6 月入选淮安《文虎摘锦》

千门万户瞳瞳日（外国政要）　特朗普
　　2017 年 6 月入选中华灯谜学术委员会《中华谜艺》
　　2017 年 11 月入选宁波张礼鹤《谜摘》
　　2017 年 5 月原载上海浦东《虎社灯影》

内部有人调动（字）　贝
　　2017 年 5 月原载上海浦东《虎社灯影》

群众评语"天更蓝水更清"（指示语）　绿色通道
　　2017 年 5 月原载上海浦东《虎社灯影》

既得成果，岂容篡改（常用语）　实属不易
　　2017 年 5 月原载上海浦东《虎社灯影》
　　2017 年 6 月入选中华灯谜学术委员会《中华谜艺》
　　2019 年 12 月入选《2017 年苏州灯谜六十年》

云聚月影残,寺边牛人归(国际新闻)　习特会

　　2017 年 5 月原载上海浦东《虎社灯影》

　　2019 年 12 月入选《2017 年苏州灯谜六十年》

十年寒窗无人知,一举成名亲友聚(国际新闻)　习特会

　　2017 年 5 月原载上海浦东《虎社灯影》

万籁无声唯雨滴(四字常用词)　安静下来

　　2017 年 6 月原载上海浦东《虎社灯影》

两家同心(名词)　豪门

　　2017 年 6 月原载上海浦东《虎社灯影》

　　2017 年 10 月入选温州《鹿衔草》

子夜过境(网络语)　一点通

　　2017 年 6 月原载上海浦东《虎社灯影》

　　2017 年 6 月入选中华灯谜学术委员会《中华谜艺》

　　2017 年 10 月入选温州《鹿衔草》

伎(名词)　权变

　　2017 年 6 月原载上海浦东《虎社灯影》

接住坠物无一损(外作家)　托尔斯泰

　　2017 年 6 月原载上海浦东《虎社灯影》

　　2017 年 6 月入选中华灯谜学术委员会《中华谜艺》

欲穷千里目,更上一层楼(眼疾)　高度远视

　　2017 年 6 月入选中华灯谜学术委员会《中华谜艺》

汉室(物业名词)　老公房

2017 年 7 月原载上海浦东《虎社灯影》

烧香前许下愿（字）　愁

2017 年 7 月原载上海浦东《虎社灯影》

2017 年 9 月入选淮安《文虎摘锦》

吕（集邮名词二）　方连、孤品

2017 年 7 月原载上海浦东《虎社灯影》

开放后四十载贫根除（名词）　芬芳

2017 年 9 月原载上海浦东《虎社灯影》

向新婚孕妇讲课（学科）　启蒙教育

2017 年 9 月原载上海浦东《虎社灯影》

往日人生泪滴滴（店招）　星火

2017 年 9 月原载上海浦东《虎社灯影》

立着的人，请先坐下来发言（常用词）　诸位

2017 年 9 月原载上海浦东《虎社灯影》

一脱困境人安定（字）　体

2017 年 9 月原载上海浦东《虎社灯影》

日出日落生生不息（天文名词）　星星

2017 年 9 月原载上海浦东《虎社灯影》

2017 年 9 月入选中华灯谜学术委员会《中华谜艺》

亮收入、亮房产、亮存款（食品）　三明治

2017 年 10 月原载上海浦东《虎社灯影》

2018 年 1 月入选温州《鹿衔草》

2016—2018 年度入选中国文联出版社《中华灯谜年鉴》

2017 年入选浦东灯谜研究会优秀灯谜

嘻嘻哈哈莫进场（成语）　格格不入

2017 年 10 月原载上海浦东《虎社灯影》

2016—2018 年度入选中国文联出版社《中华灯谜年鉴》

提心吊胆怕辍学（常用词）　悬念

2017 年 11 月原载上海浦东《虎社灯影》

2017 年 12 月入选中华灯谜学术委员会《中华谜艺》

早上旭日升，阳光暖天下（党的会议简称）　十九大

2017 年 11 月原载上海浦东《虎社灯影》

2017 年入选浦东灯谜研究会优秀灯谜

偶尔犯错，照样罚款（体育名词二）　双误、失分

2017 年 11 月原载上海浦东《虎社灯影》

2016—2018 年度入选中国文联出版社《中华灯谜年鉴》

说说柏林华盛顿（新词）　道德美

2017 年 11 月原载上海浦东《虎社灯影》

酒仙醉卧始罢酒（四字常言）　躺倒不干

2017 年 12 月原载上海浦东《虎社灯影》

对决争冠（成语）　偶一为之

2017 年 12 月原载上海浦东《虎社灯影》

不同方言在朗读（常用词）　杂念

第一章　谜畴拾萃

2017 年 12 月原载上海浦东《虎社灯影》

2016—2018 年度入选中国文联出版社《中华灯谜年鉴》

无穷无尽(双钩,成语)　长命富贵

2017 年 12 月原载上海浦东《虎社灯影》

谈谈"腾空驾雾"(演员二)　陈述、高飞

2017 年 12 月原载上海浦东《虎社灯影》

2017 年 12 月入选中华灯谜学术委员会《中华谜艺》

二零一八年

字里行间,虎虎有生气(外政要)　文在寅

2018 年 1 月原载上海浦东《虎社灯影》

2018 年度评为优秀灯谜

2016—2018 年度入选中国文联出版社《中华灯谜年鉴》

希望举办淘汰赛(常用词)　欲罢不能

2018 年 1 月原载上海浦东《虎社灯影》

一川改造后,大不一样(字)　奔

2018 年 2 月原载上海浦东《虎社灯影》

问我朋友有多少,不多也不少(天气预报语)　雨量中等

2018 年 2 月原载上海浦东《虎社灯影》

2019 年 6 月入选宁波《谜摘》

抿酒(文学体裁二)　小品文、散文(谜底抵消)

2018 年 2 月原载上海浦东《虎社灯影》

夕照西岭叶（地理名词）　名山

　　2018 年 2 月原载上海浦东《虎社灯影》

此举是有用心的（字）　兴

　　2018 年 2 月原载上海浦东《虎社灯影》

　　2018 年 3 月入选中华灯谜学术委员会《中华谜艺》

从惠灵顿准时出发（新词）　新的起点

　　2018 年 2 月原载上海浦东《虎社灯影》

迟到的和平（礼貌用语）　晚安

　　2018 年 3 月原载上海浦东《虎社灯影》

　　2018 年 3 月入选中华灯谜学术委员会《中华谜艺》

忽见蝌蚪草下游（字）　葱

　　2018 年 3 月原载上海浦东《虎社灯影》

　　2018 年 6 月入选中华灯谜学术委员会《中华谜艺》

正午钟声少一下（音乐名词）　十二音节

　　2018 年 3 月原载上海浦东《虎社灯影》

携手包头一日游（字）　拘

　　2018 年 3 月原载上海浦东《虎社灯影》

八十一集（出版名词）　合订本

　　2018 年 3 月原载上海浦东《虎社灯影》

心态低落要调整（字）　犬

　　2018 年 4 月原载上海浦东《虎社灯影》

　　2018 年 6 月入选中华灯谜学术委员会《中华谜艺》

2016—2018 年度入选中国文联出版社《中华灯谜年鉴》

2018 年评为优秀灯谜

瑞雪有利农作物（物理名词）　生长因素

　　2018 年 4 月原载上海浦东《虎社灯影》

袭人装腔作势（俗语）　摆花架子

　　2018 年 4 月原载上海浦东《虎社灯影》

金牌出租车（常言）　好的

　　2018 年 4 月原载上海浦东《虎社灯影》

守球门两次失误（字）　网

　　2018 年 4 月原载上海浦东《虎社灯影》

召之即来，来之能战，战之必胜（上楼，河北地名二）　保定、安国

　　2018 年 4 月原载上海浦东《虎社灯影》

春天小丘一日游（音乐名词）　奏乐

　　2018 年 4 月原载上海浦东《虎社灯影》

海关关闭很久（谈话表情）　长时间不开口

　　2018 年 5 月原载上海浦东《虎社灯影》

对错请父来评（俗语）　是非自有公论

　　2018 年 5 月原载上海浦东《虎社灯影》

两面夹攻（电脑名词）　双击

　　2018 年 5 月原载上海浦东《虎社灯影》

　　2018 年 6 月入选淮安《文虎摘锦》

2018 年 6 月入选中华灯谜学术委员会《中华谜艺》

最高一楼设经营部（四字常言）　顶头上司

2018 年 6 月原载上海浦东《虎社灯影》

2018 年 10 月入选温州《鹿衔草》

这店很实惠（常言）　不虚此行

2018 年 6 月入选中华灯谜学术委员会《中华谜艺》

2018 年 6 月原载上海浦东《虎社灯影》

健儿竞跑（新词）　奔小康

2018 年 6 月原载上海浦东《虎社灯影》

前友走，后友来（气象名词）　阵雨

2018 年 6 月原载上海浦东《虎社灯影》

重布棋子会棋友（新词）　新局面

2018 年 6 月原载上海浦东《虎社灯影》

2018 年 6 月入选中华灯谜学术委员会《中华谜艺》

烟抽得太多了（金融名词）　超支

2018 年 9 月原载上海浦东《虎社灯影》

不打不太平（河北地名）　武安

2018 年 9 月原载上海浦东《虎社灯影》

2018 年 9 月入选淮安《文虎摘锦》

进门就说我来了（赞语）　回报家庭

2018 年 9 月原载上海浦东《虎社灯影》

不成文的论文要重写（字） 讹

　　2018 年 9 月原载上海浦东《虎社灯影》

　　2018 年 9 月入选中华灯谜学术委员会《中华谜艺》

　　2019 年 6 月入选宁波《谜摘》

特地为危房户搭脉（医院名词） 专家门诊

　　2018 年 9 月原载上海浦东《虎社灯影》

把话说出来（交通名词） 索道

　　2018 年 9 月原载上海浦东《虎社灯影》

以棋会友（气象用语） 局部有雨

　　2018 年 9 月原载上海浦东《虎社灯影》

派头大一点（字） 汰

　　2018 年 9 月原载上海浦东《虎社灯影》

八仙桌上来谈定（常用词） 解决方案

　　2018 年 9 月原载上海浦东《虎社灯影》

打成哑巴（音乐名词） 十二音节

　　2018 年 9 月原载上海浦东《虎社灯影》

山峦重霄一路回（交通用语） 返程高峰

　　2018 年 9 月原载上海浦东《虎社灯影》

　　2016 年 12 月入选中华灯谜学术委员会《中华谜艺》

游罢钱塘回故乡（近代作家二） 张潮、归庄

　　2018 年 10 月原载上海浦东《虎社灯影》

　　1988 年 12 月入选常熟《琴官文虎》

2018 年 12 月入选中华灯谜学术委员会《中华谜艺》

华夏一家亲（化学名词）　中和

　　2018 年 10 月原载上海浦东《虎社灯影》

　　2016 年 9 月入选中华灯谜学术委员会《中华谜艺》

不忘初心（足球术语）　一记长传

　　2018 年 10 月原载上海浦东《虎社灯影》

　　2018 年评为优秀灯谜

　　2018 年 3 月入选淮安《文虎摘锦》

　　2018 年 3 月入选中华灯谜学术委员会《中华谜艺》

曾经犯错（四字口语）　过得过去

　　2018 年 10 月原载上海浦东《虎社灯影》

座座高峰耸云霄（山名）　天都山

　　2018 年 10 月原载上海浦东《虎社灯影》

　　2018 年 12 月入选中华灯谜学术委员会《中华谜艺》

丈夫的卧室（物业名词）　老公房

　　2018 年 10 月原载上海浦东《虎社灯影》

　　2017 年 9 月入选淮安《文虎摘锦》

　　2017 年 9 月入选中华灯谜学术委员会《中华谜艺》

秃头（司法名词）　发落

　　2018 年 10 月原载上海浦东《虎社灯影》

　　2018 年 11 月入选淮安《文虎摘锦》

男女之争（常用语）　不同性格

　　2018 年 11 月原载上海浦东《虎社灯影》

2018 年 11 月入选淮安《文虎摘锦》

不只东京有冰冻(成语半句)　非一日之寒
2018 年 11 月原载上海浦东《虎社灯影》
2018 年 11 月入选淮安《文虎摘锦》
2018 年 12 月入选中华灯谜学术委员会《中华谜艺》

放下屠刀(足球术语)　绝杀
2018 年 11 月原载上海浦东《虎社灯影》
2018 年 11 月入选淮安《文虎摘锦》

打不还手,骂不还口(外政要)　默克尔
2018 年 11 月原载上海浦东《虎社灯影》
2018 年 11 月入选淮安《文虎摘锦》

没有清规戒律,个个发言(市政设施)　无障碍通道
2018 年 12 月原载上海浦东《虎社灯影》
2017 年 12 月入选中华灯谜学术委员会《中华谜艺》

一再提拔当领导(部队名词)　三连长
2018 年 12 月原载上海浦东《虎社灯影》
2017 年 9 月入选中华灯谜学术委员会《中华谜艺》

昔日驻京三个年头(字)　影
2018 年 12 月原载上海浦东《虎社灯影》
2017 年 6 月入选淮安《文虎摘锦》

短斤缺两属个别(成语)　不足为奇
2018 年 12 月原载上海浦东《虎社灯影》
2016 年 12 月入选中华灯谜学术委员会《中华谈艺》

1991 年 1 月入选台湾《中国谜苑》

未暴露思想（哲学名词）　潜意识
　　2018 年 12 月原载上海浦东《虎社灯影》
　　2015 年 6 月入选淮安《文虎摘锦》
　　2015 年 6 月入选中华灯谜学术委员会《中华谜艺》

首题只答对十之七（常言）　一问三不知
　　2018 年 12 月原载上海浦东《虎社灯影》
　　2017 年 9 月入选中华灯谜学术委员会《中华谜艺》
　　2017 年 11 月入选宁波《谜摘》

二零一九年

闲着还说倦死人（学校用语）　空白卷
　　2019 年 1 月原载上海浦东《虎社灯影》

两个门口会合（测试用语）　问答
　　2019 年 1 月原载上海浦东《虎社灯影》

名厨刀功莫自大（五字告诫语）　切不可骄傲
　　2019 年 1 月原载上海浦东《虎社灯影》
　　2018 年 7 月入选温州《鹿衔草》

劳动中成长,劳动体更壮（股市用语）　做大做强
　　2019 年 1 月原载上海浦东《虎社灯影》

叹时日在变化（文艺名词）　对唱
　　2019 年 1 月原载上海浦东《虎社灯影》

百团大战（市招）　拼多多

2019 年 1 月原载上海浦东《虎社灯影》

福忠在家，日月相伴（常用词）　阐明（单福忠为本会谜友）

2019 年 2 月原载上海浦东《虎社灯影》

五花马，千金裘，呼儿将出换美酒（金融名词）　理财产品

2019 年 2 月原载上海浦东《虎社灯影》

为下一后代多活几年（物理名词）　生长因子

2019 年 2 月原载上海浦东《虎社灯影》

2019 年 3 月入选中华灯谜学术委员会《中华谜艺》

休息天就医（广播类目）　空中问诊

2019 年 2 月原载上海浦东《虎社灯影》

增加一二毛，导游领过江（新词）　长三角经济带

2019 年 2 月原载上海浦东《虎社灯影》

店主改装门面（妆饰用语）　行头翻新

2019 年 2 月原载上海浦东《虎社灯影》

他请在前，我谢在后（战争名词）　讨伐

2019 年 2 月原载上海浦东《虎社灯影》

2019 年 3 月入选中华灯谜学术委员会《中华谜艺》

空调常伴身（评语二）　有风度、在温度

2019 年 2 月原载上海浦东《虎社灯影》

又富起来了（医疗名词）　复发

2019 年 3 月原载上海浦东《虎社灯影》

监狱设防再设防（四字常词）　层层把关

2019 年 3 月原载上海浦东《虎社灯影》

连升二级当领导（部队军职）　团长

2019 年 3 月原载上海浦东《虎社灯影》

2019 年 3 月入选中华灯谜学术委员会《中华谜艺》

神州很快战胜尘霾（国名三）　中国、捷克、埃及

2019 年 3 月原载上海浦东《虎社灯影》

2019 年 6 月入选淮安《文虎摘锦》

2019 年 6 月入选中华灯谜学术委员会《中华谜艺》

单行道（戏剧名词）　独白

2019 年 3 月原载上海浦东《虎社灯影》

出（成语）　一脉相承

2019 年 3 月原载上海浦东《虎社灯影》

寺前大河牛饮水（词语）　奇特

2019 年 3 月原载上海浦东《虎社灯影》

百姓富起来了（文娱节目）　大众腰鼓

2019 年 4 月原载上海浦东《虎社灯影》

竖巨幅，迎诗会（成语）　树大招风

2019 年 4 月原载上海浦东《虎社灯影》

2019 年 6 月入选淮安《文虎摘锦》

2019 年 6 月入选中华灯谜学术委员会《中华谜艺》

终有高低（俗言）　上天入地（终为死的意思，上天入地即死）

2019 年 4 月原载上海浦东《虎社灯影》

2019 年 9 月入选中华灯谜学术委员会《中华谜艺》

老太又腹泻（国名）　孟加拉

2019 年 4 月原载上海浦东《虎社灯影》

百万之间（常用词）　数以千计

2019 年 4 月原载上海浦东《虎社灯影》

夫妻离异（常言）　男女有别

2019 年 4 月原载上海浦东《虎社灯影》

水上度一生（成语）　岁月如流

2019 年 4 月原载上海浦东《虎社灯影》

2019 年 6 月入选中华灯谜学术委员会《中华谜艺》

投篮冠军亮相（成语）　抛头露面

2019 年 5 月原载上海浦东《虎社灯影》

2019 年 6 月入选中华灯谜学术委员会《中华谜艺》

风雨兼程，来也匆匆，去也匆匆（喜庆用语）　一路吹打到这里

2019 年 5 月原载上海浦东《虎社灯影》

犹觉落花映晚霞（礼貌语）　感谢光临

2019 年 5 月原载上海浦东《虎社灯影》

2002 年 7 月入选合肥《庐阳商灯》

珍惜第一桶金（保健用语）　爱护头发

2019 年 5 月原载上海浦东《虎社灯影》

2019 年 6 月入选中华灯谜学术委员会《中华谜艺》

闲敲棋子落灯花（炊事用语） 一点就着

2019 年 5 月原载上海浦东《虎社灯影》

2019 年 9 月入选温州《鹿衔草》

群斥违章出租车（成语） 众矢之的

2019 年 5 月原载上海浦东《虎社灯影》

波涛滚滚出长江（生活状态） 流浪上海

2019 年 6 月原载上海浦东《虎社灯影》

莫言（外名著） 天方夜谭

2019 年 6 月原载上海浦东《虎社灯影》

盛行新发型（沪口语） 兴头上

2019 年 6 月原载上海浦东《虎社灯影》

兵戈相接四整夜（网站） 拼多多

2019 年 6 月原载上海浦东《虎社灯影》

2019 年 9 月入选淮安《文虎摘锦》

杏花乱舞残花边（字） 葆

2019 年 6 月原载上海浦东《虎社灯影》

沐浴使我健康（成语） 洁身自好

2019 年 6 月原载上海浦东《虎社灯影》

学习好品行（国名简称三） 法、美、德

2019 年 6 月原载上海浦东《虎社灯影》

万紫千红满园春（新词）　全面开放

　　2019 年 7 月原载上海浦东《虎社灯影》

拳击运动遍全国（品牌二）　格力、夏普

　　2019 年 7 月原载上海浦东《虎社灯影》

高兴时言无不尽（常用语）　说来话长

　　2019 年 7 月原载上海浦东《虎社灯影》

独身擅演生旦净（新词）　长三角一体化

　　2019 年 7 月原载上海浦东《虎社灯影》

　　2019 年 9 月入选中华灯谜学术委员会《中华谜艺》

　　2019 年入选淮安冬季《文虎摘锦》

捆绑也有技巧（成语）　绳之以法

　　2019 年 7 月原载上海浦东《虎社灯影》

　　2019 年 9 月入选中华灯谜学术委员会《中华谜艺》

火从门隙穿出（常言）　突然之间

　　2019 年 8 月原载上海浦东《虎社灯影》

　　2014 年 7 月入选温州《鹿衔草》

闲聊消磨时间（新词）　空白点

　　2019 年 8 月原载上海浦东《虎社灯影》

无时无刻无消费（常言）　多点开花

　　2019 年 8 月原载上海浦东《虎社灯影》

　　2019 年 9 月入选温州《鹿衔草》

外邀赛诗夺冠成（俗语）　出风头

2019 年 8 月原载上海浦东《虎社灯影》

2019 年 9 月入选中华灯谜学术委员会《中华谜艺》

夕阳下,彩云飘(英文字母)　Q

2019 年 8 月原载上海浦东《虎社灯影》

"环肥燕瘦"谁美(部队称谓)　统帅

2019 年 8 月原载上海浦东《虎社灯影》

改良田,动作要大点(字)　器

2019 年 8 月原载上海浦东《虎社灯影》

2020 年 3 月入选中华灯谜学术委员会《中华谜艺》

面子不小(常词)　相当大

2019 年 8 月原载上海浦东《虎社灯影》

初夏夕阳峰影重(饮料品牌)　百岁山

2019 年 9 月原载上海浦东《虎社灯影》

2019 年被评为佳谜

单楫轻舟破浪行(字)　必

2019 年 9 月原载上海浦东《虎社灯影》

2002 年 10 月入选温州《鹿衔草》

2002 年 7 月入选中国文联出版社《中华灯谜年鉴》

两人貌异点子同(字)　伙

2019 年 9 月原载上海浦东《虎社灯影》

看那典铺真不小(常词)　相当大

2019 年 9 月原载上海浦东《虎社灯影》

申城无处不飞花（商业用语）　上海全市消费热

　　2019 年 9 月原载上海浦东《虎社灯影》

句句颂诗献主人（气象名词）　风向偏东

　　2019 年 9 月原载上海浦东《虎社灯影》

中国干得漂亮（品牌二）　华为、美的

　　2019 年 10 月原载上海浦东《虎社灯影》

　　2019 年 12 月入选中华灯谜学术委员会《中华谜艺》

打工一波三折（音乐名词）　劳动进行曲

　　2019 年 10 月原载上海浦东《虎社灯影》

　　2019 冬入选淮安《文虎摘锦》

　　2019 年 12 月入选中华灯谜学术委员会《中华谜艺》

难忘的求见（职务称谓）　央视记者

　　2019 年 10 月原载上海浦东《虎社灯影》

　　2019 年冬入选淮安《文虎摘锦》

　　2019 年 12 月入选中华灯谜学术委员会《中华谜艺》

大方点，有品位（字）　器

　　2019 年 10 月原载上海浦东《虎社灯影》

　　2019 年 12 月入选中华灯谜学术委员会《中华谜艺》

滚水（农药名）　波尔多液

　　2019 年 10 月原载上海浦东《虎社灯影》

决定后个个心动（字）　筷

　　2019 年 10 月原载上海浦东《虎社灯影》

口传不如写信（常言）　选择从简

  2019 年 11 月原载上海浦东《虎社灯影》

两人一别如丝断（字）　纳

  2019 年 11 月原载上海浦东《虎社灯影》

  2019 年 12 月入选中华灯谜学术委员会《中华谜艺》

厕所改扩建（常言）　更加方便

  2019 年 11 月原载上海浦东《虎社灯影》

反思便有醒悟（常言）　能省则省

  2019 年 11 月原载上海浦东《虎社灯影》

化妆得体（常言）　一身打扮

  2019 年 11 月原载上海浦东《虎社灯影》

忙中偷闲立着休息（航天名词）　空间站

  2019 年 11 月原载上海浦东《虎社灯影》

如脱欧后股先跌（字）　殴

  2019 年冬入选淮安《文虎摘锦》

脱贫的典范（理发名词）　发型

  2019 年 11 月原载上海浦东《虎社灯影》

打工一波几折（音乐名词）　劳动进行曲

  2019 年 12 月入选中华灯谜学术委员会《中华谜艺》

  2019 年冬入选淮安《文虎摘锦》

闲着不走（航天名词）　空间站

2019 年 12 月原载上海浦东《虎社灯影》

眼不见为净（沪俗语）　瞎清爽

2019 年 12 月原载上海浦东《虎社灯影》

家父胖得懒走动（常言）　严重不足

2019 年 12 月原载上海浦东《虎社灯影》

踏上宝岛就露面（戏剧名词）　登台亮相

2019 年 12 月原载上海浦东《虎社灯影》

一见钟情就成婚（电学名词二）　单相、匹配

2019 年 12 月原载上海浦东《虎社灯影》

2019 年 12 月入选中华灯谜学术委员会《中华谜艺》

阳光耀前程（浦东地名）　日照路

2019 年 12 月原载上海浦东《虎社灯影》

划船到终点（俗语）　度时光（度通渡）

2019 年 12 月创作

昂首进，个个不落后（字）　笉

2019 年 12 月原载上海浦东《虎社灯影》

二零二零年

发廊来了帮手（称谓）　助理

2020 年 1 月原载上海浦东《虎社灯影》

大头化装成婆婆（称谓）　太太

2020 年 1 月原载上海浦东《虎社灯影》

2020 年 4 月入选淮安《文虎摘锦》

世袭皇位（常言）　居高不下

2020 年 1 月原载上海浦东《虎社灯影》

头脑博弈不要发热（新词）　冷战思维

2020 年 1 月原载上海浦东《虎社灯影》

2020 年 3 月入选中华灯谜学术委员会《中华谜艺》

被重视的一封信（俗语）　看看简单

2020 年 1 月原载上海浦东《虎社灯影》

隧道攻坚战（政治名词）　地下斗争

2020 年 1 月原载上海浦东《虎社灯影》

两人组合，观点一致（电学名词二）　双联、单相

2020 年 1 月创作

2020 年 3 月入选中华灯谜学术委员会《中华谜艺》

工作中不少高手（上楼，成语）　能者多劳

2020 年 1 月创作

2020 年 3 月入选中华灯谜学术委员会《中华谜艺》

阳光下弈棋（常言）　明摆着的

2020 年 1 月创作

2020 年 3 月入选中华灯谜学术委员会《中华谜艺》

防控疫情专题谜

良师出高徒（疫情名词）　人传人

2020 年 1 月原载上海浦东《虎社灯影》

不懈努力撰民歌（疫情名词）　勤通风

2020 年 1 月原载上海浦东《虎社灯影》

2020 年 3 月入选中华灯谜学术委员会《中华谜艺》

牛郎织女七夕会（疫情名词）　解除隔离

2020 年 1 月原载上海浦东《虎社灯影》

小儿去华山遇险境（疫情告示）　少去高危区

2020 年 1 月原载上海浦东《虎社灯影》

2020 年 3 月入选中华灯谜学术委员会《中华谜艺》

御疫情，须吃药（疫情用品）　防护服

2020 年 1 月原载上海浦东《虎社灯影》

2020 年 7 月入选温州《鹿衔草》

待到"十五"定来援（疫情名词）　守望相助

2020 年 1 月原载上海浦东《虎社灯影》

2020 年 3 月入选中华灯谜学术委员会《中华谜艺》

愚公为何要移山（防疫用语）　居家隔离

2020 年 1 月原载上海浦东《虎社灯影》

2020 年 7 月入选温州《鹿衔草》

小儿离家（防疫用语）　少出门

2020 年 1 月原载上海浦东《虎社灯影》

努力学懂民歌（疫情名词）　勤通风

2020 年 3 月入选中华灯谜学术委员会《中华谜艺》

走廊堆物天天整，就是不动日日置(政治用语)　长治久安

2020 年 3 月原载上海浦东《虎社灯影》

此日六军同驻马(体育比赛评语)　真没想到会绝杀

2020 年 3 月原载上海浦东《虎社灯影》

都一个娘养的(新词)　生命共同体

2020 年 3 月原载上海浦东《虎社灯影》

目测不偏(卷帘,新词)　正能量

2020 年 3 月原载上海浦东《虎社灯影》

两人组合,观点一致(电学名词二)　双联、单相

2020 年 4 月入选中华灯谜学术委员会《中华谜艺》

阳光下弈棋(常言)　明摆着的

2020 年 4 月入选中华灯谜学术委员会《中华谜艺》

日暮江河波浪急(常用词)　暗流涌动

2020 年 4 月原载《虎社灯影》

都是冠军相(康师傅品牌)　统一面

2020 年 4 月原载《虎社灯影》

收秋禾,避雨雪(字)　灵

2020 年 4 月原载《虎社灯影》

2020 年 6 月入选中华灯谜学术委员会《中华谜艺》

坎坷的一生(病名)　曲长

2020 年 4 月原载《虎社灯影》

驾车免费过关（金融名词）　开通银行卡

2020 年 4 月原载《虎社灯影》

阳光耀前程（浦东地名）　日照路

2020 年 4 月原载《虎社灯影》

冠军浮出水面（名词）　露头

2020 年 4 月原载《虎社灯影》

孟母因何三迁（四字俗语）　小处着想

2020 年 5 月原载《虎社灯影》

没有回头看（常用词）　义无反顾

2020 年 5 月原载《虎社灯影》

2020 年 6 月入选中华灯谜学术委员会《中华谜艺》

跨栏一天比一天佳（常言）　越来越好

2020 年 5 月原载《虎社灯影》

大庭广众怼上司（杭州景点）　光明顶

2020 年 5 月原载《虎社灯影》

容貌依稀似当年（新词）　基本面未变

2020 年 5 月原载《虎社灯影》

"十五"的月亮（上楼，景点）　光明顶

2020 年 5 月创作

参差林层染画中（字）　楳

2020 年 6 月原载《虎社灯影》

家住鹏城书外传（成语）　深居简出

2020 年 8 月原载《虎社灯影》

2020 年 12 月入选中华灯谜学术委员会《中华谜艺》

天生一对（天象）　星星

2020 年 8 月原载《虎社灯影》

优良读物作指引（赞语）　好本领

2020 年 6 月入选中华灯谜学术委员会《中华谜艺》

2020 年 8 月原载《虎社灯影》

罐装商品莫带人（常言）　听不进

2020 年 6 月入选中华灯谜学术委员会《中华谜艺》

2020 年 8 月原载《虎社灯影》

星火燎原（工作方法）　以点带面

2020 年 6 月入选中华灯谜学术委员会《中华谜艺》

2020 年 8 月原载《虎社灯影》

没有头一回（常用词）　义无反顾

2020 年 6 月入选中华灯谜学术委员会《中华谜艺》

两棵树影不成景（字）　彬

2020 年 6 月入选淮安《文虎摘锦》

2020 年 9 月入选中华灯谜学术委员会《中华谜艺》

2020 年 8 月原载《虎社灯影》

房产中介交易成（影目）　换了人间

2020 年 8 月原载《虎社灯影》

二人一同来应征（字）　止

2020 年 6 月入选淮安《文虎摘锦》

2020 年 8 月原载《虎社灯影》

战胜自我做好男（常言）　克己为公

2020 年 6 月原载《虎社灯影》

2020 年 9 月入选中华灯谜学术委员会《中华谜艺》

有了工作辞穷根（字）　空

2020 年 8 月原载《虎社灯影》

尸（四字口语）　准点到家

2020 年 8 月原载《虎社灯影》

都说神州富起来了（麻将语三）　白、中、发

2020 年 9 月入选淮安《文虎摘锦》

2020 年 9 月入选中华灯谜学术委员会《中华谜艺》

范进中举确不易（四字常言）　久经考验

2020 年 10 月入选温州《鹿衔草》

2020 年 7 月原载《虎社灯影》

治章如入木三分（四字常言）　印象深刻

2020 年 10 月入选温州《鹿衔草》

2020 年 9 月入选中华灯谜学术委员会《中华谜艺》

二次离乡创财富（新词）　再出发

2020 年 9 月入选中华灯谜学术委员会《中华谜艺》

"这位领导，知无不言，言无不尽"（成语）　评头论足

2020 年 9 月入选中华灯谜学术委员会《中华谜艺》

三缺一未能讨论（国际名词）　四方会谈
　　2020 年 9 月入选中华灯谜学术委员会《中华谜艺》
　　2020 年 7 月原载《虎社灯影》

连升二级（政治用语）　入团
　　2020 年 7 月原载《虎社灯影》

舒（四字常言）　自我牺牲
　　2020 年 7 月原载《虎社灯影》

既当爹又当娘（成语）　偶一为之
　　2020 年 7 月原载《虎社灯影》

安下来，困境中，要向前（字）　委
　　2020 年 7 月原载《虎社灯影》

房产中介作解答（四字常言）　不知所云
　　2020 年 9 月原载《虎社灯影》

儿欲行千里，母反复叮咛（四字常言）　别再说
　　2020 年 9 月原载《虎社灯影》

2020 年新作

应邀赴诗赛，竞得冠军还（三字俗语）　出风头

秃顶（体育用语）　首发落空

梦中佛前供斋饭（常言）　闭目养神

火冒八丈是误会（棋语）　错着

进酒祝开放（病名）　曲张

尽力而为热情人（字）　火（双扣）

注：

1. 上海浦东灯谜研究会的会刊名称颇多：《灯谜》《虎社》《浦东谜刊》《浦东谜报谜稿选》《谜稿谜选》《虎社谜选》《上海浦东灯谜研究会会员作品》《虎社灯影》等。入选与刊出时间可能有所不同。

2.《庐阳商灯》前期为著名谜家吴仁泰先生主编。

3.《鹿衔草》前期为著名谜家柯国臻先生主编。

4. 有部分谜稿遗失。

5. 由于新冠病毒疫情之故，增加了一些谜作。

6.《谜海拾遗》的"遗"有"非遗"之意。

第二章 谜苑商灯

1. 灯谜我见之一

　　1986 年 10 月我写了"灯谜之我见"。灯谜是群众喜闻乐见的文娱活动形式之一,流传至今有着悠久的历史,至今是人们文化生活中不可缺少的内容之一。特别是十一届三中全会后,被"四人帮"禁锢的灯谜艺术,重又获得新生。在当前两个文明建设中,丰富群众文化生活之需,灯谜活动突飞猛进,并多层次、高层次发展,灯谜组织如雨后春笋,为各级领导所重视,形势大好。担负灯谜创作重任的同志,如何跟上形势发展的需要,是摆在我们面前的主要课题。个人在以往灯谜活动实践中的体会是:一、普及与提高不能顾此失彼,这虽是老问题,但却是长期存在的问题,要认真对待,当然更要根据活动性质、对象不同而不同。二、灯谜知识渊博,范围极广,但总不宜生僻吧,应根据实际情况以群众熟悉的内容为宜,如配合国家有关中心任务、中心话题,多搞些专题创作,容易被群众接受,也能提高创作热情。当然也要根据实际情况和对象不同而不同。总之要多搞活动。

(原载《百家谜会》)

2. 灯谜我见之二《喜庆〈虎社〉百期》

　　《虎社》百期,难锁欢欣。几度传递,成期成册。喜在眉上,甜在心底。几度春秋,谜多友多。寓谜于乐,寓教于乐。

　　喜庆她不被"名利"所阻——脚踏实地,贵在坚持。

　　喜庆她不被"经济"所箍——文明服务,好在行动。

　　齐心协力,广师益友,阳春白雪,下里巴人,努力为精神文明服务,这是大家的共同心声。

栽培育苗,少不了阳光雨露,锄草松土,罢不了园丁耕耘,又有众多谜友施助,是办好《虎社》的必由之路。

月会评谜,立规成章,骨干力行,以身作则,雷打不散,风雨无阻,这是办好《虎社》的基本保证。

《虎社》——她牵连着会员的创作之心,鼓舞了创作热情。

《虎社》——是《浦刊》的坚强后盾,不竭的泉源。

《虎社》——联系同好的桥梁,她广结知音。

《虎社》——有乳作,也有佳品,合册成书,永志纪念,闲来作谜,其乐无穷。

涉谜十年,有点着迷,依样学艺,沾沾自喜。

喜见"百期",谜蕾满枝,更望争妍,越开越艳,花枝招展,众望不移。

(原载 1988 年 11 月《虎社百期纪念专辑》)

3. 灯谜我见之三《红楼梦之我见》

重读《红楼梦》,兴趣甚浓。巨著文豪曹雪芹,描人绘画栩栩如生,下笔落字朗朗上口。集清代官府之"人情风味"于一书,融近代诗词曲联谜等形式于一炉。全书以贾府等家为轴心,展示出十八世纪我国封建社会的兴衰史实。

大量采用诗词曲联谜等形式衬托人情事迁,频用谐音及其隐喻之法,是《红楼梦》的一大特色。全书采用诗词曲赋联谜酒令等不下 276 则。涉及如谜如词的"金陵十二钗图册判词",图文并用,图是一幅幅画谜,文是一句句隐语,相映隐喻人名和身世。全部判词混有拆字、卷帘、谐音等法,反复思忖,回味无穷。其他有灯谜描述的第 22 回"春灯谜"十则,尚未揭底的"怀古绝句"十首。全书人物应用谐音的,比比皆是,不胜枚举。

其次,《红楼梦》的书写笔法、文采显为超群,百读不厌,誉为我国值得骄傲的文化遗产,也是灯谜爱好者的宝贵财富。

(原载 1989 年 3 月《红楼谜会专辑》)

4. 灯谜我见之四《金融与灯谜之浅见》

2007年11月我为《金融灯谜》写"金融灯谜之我见"一文。金融,作为一种货币、信用活动,它是商品经济发展的产物,同时又服务于商品经济的发展。如银行、证券、保险业、货币等活动,与灯谜活动没有直接关系。但从另一侧面理解,即金融事业的发展,带来国民经济的发展,反映国家财力的提高。"国运昌,谜事兴",乃与灯谜息息相关。历史上也有记载,"唐代由于政治、经济上昌盛,带来了文艺上的繁荣"(摘自《中国灯谜研究》)。新中国成立以来,国民经济日益兴旺繁荣,人民生活迅速提高,文化生活也相适应地开展。当前,随着经济方面竞争的激烈,作为上层建筑的灯谜,也受到经济环境的影响,一段时期灯谜活动,在一定程度上被"经济效益"所困扰而受到制约。灯谜是没有经济效益的,巧媳妇要找米下锅,因此产生多渠道地觅资,找金融大户赞助、联手等形式,如"文化搭台,经济唱戏";辟第三产业增资与财大气粗单位或个人联办(有"广洋杯""名商游艇杯"等)等等,大有作为,推动了谜事发展,客观上反映出这是一种有效形式、渐为约定俗成,成为加快谜事发展进程中重要的手段之一。在此意义上讲,灯谜离不开经济上的支持,金融事业的发展带来经济上的发展,间接地推动灯谜活动的开展,宏观上是有一定的间接推动作用的,即金融带动经济,经济作用于灯谜。而以金融词汇创作灯谜,则更大有可为,因灯谜创作题材可包罗万象,它与文字、词句并存而流传。

(原载《金融灯谜》)

5. 灯谜我见之五《一段铭心刻骨的记忆》

2009年11月举办"红楼谜会"时,我写《一段铭心刻骨的记忆》的短文,如下:

"开谈不说《红楼梦》,读尽诗书也枉然",这是《京都竹枝词》句。

《红楼梦》一书似乎与每一位谜友结下了不解之缘,也几乎成了谜人案头必备的索隐读本。记得 1988 年至 1989 年间,浦东灯谜协会由安义会长带头,发起举办"红楼谜会",并以《红楼梦之我见》为题开展命题征文。

我早期在图书馆任职,曾不止一次阅读过《红楼梦》,但印象肤浅。幸因该次征文所驱,我再度捧读,顿生百看不厌之感,犹如佳境渐入如峰回路转,受益匪浅。见到凡可用来制谜的《红楼梦》一书中诗文、成句时,就会情不自禁地拍案叫绝。与虎谋皮,自有一番乐趣在心头。

不料世间真有如此巧事。"红楼谜会"刚结束不久,前辈谜人吴仁泰先生拨冗来函,诚邀胡安义、范重兴及我为《中华谜语丛书》编撰一本册子——《红楼梦故事灯谜》,并列举了诸多有利条件。我即分别与安义、重兴商量,他们皆因本职工作繁忙,无暇分心,婉言辞绝。"红楼谜会"本是安义为首而精心策划,举办得很成功,并受到海内外谜友的交口赞誉。他们因自顾不暇而无法参写,使我十分遗憾。以我的水平与功力而言,完成这样一本以《红楼梦》命题的灯谜故事册子,颇感心有余而力不足。又怕辜负了吴老先生的一片诚意,总觉得这是光荣使命,一个难得良机,不可错失。为不令吴老失望,我斗胆欣然受命。当时我反复思考,扪心自问,自忖自己有以下几个有利条件:一是我有一定的藏书及资料做参考,二是身边有现成的谜作和一帮子谜友与老师,三是有充足的空余时间(中班工作有半天时间休息)。于是,我下决心以"牛吃蟹"的勇气,尽最大努力完成使命。

在《红楼梦故事灯谜》一书的编写中,我无数次跑去图书馆查资料,并将身边的灯谜藏书和现有资料翻阅了无数遍。稿笺写了一刀又一刀,与吴老两地传书不下十次,修改稿来回斟酌也有三四次,收集、整理出与《红楼梦》有关的灯谜 883 则。为了满足出版社十万字的该书容量及出版要求,我又苦心孤诣,遴选了《智力》杂志上的《红楼梦》十三首七言谜面的"绝底谜",将之与红学研究者、灯谜研究者所猜的谜底,分别对照刊列。同时还将部分灯谜研究者索隐的考据论证的文章选辑于后,供谜人和读者参考。此书在编撰上根据《红楼谜会专辑》入编谜作,依《红楼梦》原书章回顺序,逐条对成谜法门、体裁等做了简要剖析,对带格谜也做了扼要介绍。终于,功夫不负有心人,历经两年的案头甘苦,在春暖花开的时节大功告成。

(原载《谜海博览》)

6.灯谜我见之六《灯谜随笔》

灯谜一词,宋代诞生,明代成熟,清代最活跃,观灯猜谜已经相沿成习。宋代把猜谜列入杂剧百戏之内,有专门艺人,有猜谜活动场所。宋初乾德年间,太祖赵匡胤曾下诏书,把元宵节张灯由三天增到五天。康熙中期和乾隆年间,社会经济文化呈现了繁荣的景象,谜事活动再度兴起。在清代有多部小说,如《红楼梦》《镜花缘》《隋唐演义》《二十年目睹之怪现状》中都有相关描写。灯谜是民间文学中的一种特殊形式,它的特点是不直言,别出一说,用其他事物暗示,所以趣味性特强。

浦东谜协每举行一次大型谜会,最后总有一个专题征文活动,这是浦东谜协的特色,也是浦东谜协的创举。在诸多专题征文中各有千秋,要数"红楼梦之我见"最为称好,常受到各地谜友交口赞誉,我是其中之一。

专题灯谜的创作,果能增添对有关知识的了解。今加上征文的要求,则促使大家苦心孤诣,争取写出贴切的文章,势必翻阅资料,从而更能增加知识。对此我有真切的体会。

"开谈不说《红楼梦》,读尽诗书也枉然"(《京都竹枝词》)。我早期在图书馆任职,曾阅读过《红楼梦》,但印象不深,幸有该次活动所迫,我再度捧阅,确有飞跃提高。觉得有百看不厌的感觉,好似身临其境,越看越要看。见到有关《红楼梦》中的名句为店招时,就会在脑海中隐现书中的情景,有沾沾自喜的一种享受和乐趣。

投入征文撰写的过程,也是博览群书的过程,对作者曹雪芹身世有了进一步了解。曹雪芹的曾祖母孙氏是康熙的乳母,曹寅曾是康熙的伴读。康熙南巡时,曹寅在织造任上有六次接驾之荣。曹雪芹就出身江宁,并且在江宁度过了他的童年和少年时代。康熙的逝世,使曹家失去了政治上经济上强有力的靠山,并受诸皇子争夺皇位的牵累。夺得皇位的四子允禛终于在雍正五年(1727 年),下令对曹頫抄家查办。抄家后,曹頫携家北上,曹雪芹也随家北上到了北京,最后贫居西郊,老死荒村。这些宝贵史实,有

· 275 ·

益于理解红书,也得益于写短文的缘故。

另一个收获是在"红楼谜会"结束时,谜家前辈吴仁泰先生拨冗函嘱,要我们为《中华谜语丛书》写一册普及读物——《红楼梦故事灯谜》,并列举了许多有利条件,分别与有关同志磋商,他们因故不参与,独我欣然遵嘱,翻阅大量有关资料,并多次获得吴仁泰先生的大力帮助和具体指导。初稿完成后范重兴先生也参与指点,修改完臻,遂成该书。此书的成功出版有赖于专题征文活动的成果,编写的过程也是我增加才干和积累知识的过程。对我而言,真是件难以忘却而特别有意义的事,也是亲身经历的真实体验。我想凡参与浦东谜协专题征文的谜友都会有我一样的感受,都会为这一活动形式拍手叫好。

(原载《虎社览踪》)

7. 灯谜我见之七《谜作自我赏析二则》

九(浦东地名)十八间

谜底"十八间"是浦东新区的一个地名,入谜后由房间的间,别义为中间的间,因十与八之间,显然是"九",底面照应,无板滞之感,一字领悟,谜趣顿出,语言精练,结构完美,不拖泥带水,也不牵强附会,信手拈来,属正面会意体。此谜曾在 1980 年 4 月发表在《浦东谜刊》第 8 期上,记忆犹新。

一生无邪(字)止

谜面是极平常的一句口语,此句的积极意义,毋庸置疑,即一世做人,不做坏事。"邪"指不正当,不正派。如"改邪为正"。《书·大禹谟》:却邪勿疑。邪气即坏作风,坏风气,常言"压倒邪气,发扬正气"。南宋文学家文天祥《正气歌》:"时穷节乃见,一一垂丹青。"可见邪与正是反义字,相对而言的。谜面"生"本指人的一生,转义为生长的生,义变意转,谜底"止"添一,着"正"字,反衬无邪切题,相反相成,也入情入理。一字点染,犹如画龙点睛,一经揭晓,豁然开朗,底面呼应,清新流畅,令人回味无穷,寓教于乐,此谜可见一斑。取反扣增损法门,颇有特色,于 1989 年 6 月刊登在《新民晚报》上。

(原载《濠境归航》)

8. 灯谜我见之八 "精彩丰富的《中华雄风》"

2012年9月我在灯谜协会举办的"浦东花木杯"海内外灯谜创作大赛中,曾写过一篇短文"精彩丰富的《中华雄风》":

博览群书,受益匪浅。记得一次空闲时,翻阅早期《浦东谜刊》,过去忙于琐事,不曾注重,那天看了,觉得甚好,当时谜坛还不活跃,就编撰了贴近灯谜爱好者欢喜的谜论、谜作读物,结果大受青睐,对浦东灯谜活动起了引领作用。我不是王婆卖瓜,自夸浦东,浦东灯谜创作成就是有目共睹的。随着谜坛繁荣发展,谜书林林总总,目不暇接。最近又发现较有欣赏价值的谜书是《中华雄风》,由黄辉孝主编、刘雁云副主编、郑百川等编委精心编就。共分九个章节,是为南澳举行的大型谜会(三会一体:南澳国际灯谜大会、名商游艇杯中秋谜会、中华灯谜学术委员会代表大会)而编纂的。引起我浓厚的兴趣,体会最深的应该是第五章节"射虎英雄施绝技",它包括填空题、问答题、必答题等240多则谜题。我拜读了好几回,越看越爱看,作谜时拿来参照,开扩成谜技巧眼界,甚有成效。因此我联想到,要举办一届成功难忘的谜会,其竞赛拟题是关键,好的谜会能使参赛者学到知识。

书中还有颂扬几位谜家的动人故事等等,内容十分精彩、丰富。读这本书,增知识、扩眼界,值得一看。

谜会功臣黄辉孝老谜家,与之交往不甚密切,有过几次信件、照片、资料等往来,他为人诚恳,酷爱灯谜,该书以很大篇幅作了介绍,读后倍感敬佩。

(原载《谜苑揽胜》)

9. 灯谜我见之九 "作谜时的思索"

1991年5月曾写"作谜时的思索"。在我为"开发浦东,振兴中华"作谜时,发现"老白渡"此谜,乃是大有花头可翻,当时被评为最佳谜作。众所

周知,灯谜是利用汉字的形、音、义的相互关系加工创作的。特别采用一字多义的特点,能使其产生迂回曲折、千变万化、曲径通幽的趣味,通常也指"别解"。就此对"老白渡"三字分别做各字的多种含义的推敲,凑合成文。"老"的含义有"年纪大""陈旧""经常"等;"白"的含义有"白天""白色""白话""空白"等;"渡"的含义有"渡江""通过""过渡"等。就在诸多含义中,抽出能配成谜的字义,加工整理成谜。对"老白渡"配以"经常免费过江",这样,我想是成立的。但我谜协有一条规定,凡与外地谜友来稿撞车的谜,我们无条件地放弃。此谜与来稿中有大致意思相同的,因此自动放弃了,只好另辟"蹊径",从"渡"与"度"通假的含义,做了"华发苍颜过一生",意为老了头发苍白地度过一生;又如以反扣方法用"少壮不努力"扣"老白渡",意为少年强壮的时候没有努力,老了就老无作为。这是我作谜时思索的过程,是否正确,有待谜友赐教。

(原载《浦东风采》)

10. 自 我 赏 谜

(1) 五花马,千金裘,呼儿将出换美酒(金融名词)理财产品

李白是我国文学史上伟大的积极的浪漫主义诗人。谜面是李白的一首名诗句。用现成的名句作谜,应该讲是有一定困难的,因前人已用过不少了。容易的则更少了。我在读李白这首诗时,有了灵感,经过认真思考,随即联想到金融方面的题材,以"理财产品"扣之,自认为恰到好处。

"呼儿将出五花马、千金裘",读者初看好像是一句随便的酒话,但恰是谜底指的"理财"的过程。五花马、千金裘在古代也算是很贵重的财产,把这贵重的财富拿出来,是要经过一番思量的,思量过程即"将出"过程,便是理财的过程;而谜面上换美酒即是"产品"的过程,经过"换",才"产"有美酒,有美酒则可品赏。以上是我作谜的思考过程。此谜得到大家的好评,很高兴,也受鼓舞。

(2) 他请在先,我谢在后(名词)讨伐

我的一则谜:"他请在先,我谢在后"扣"讨伐"二字。志勇对该谜中"我"字后的"戈",是否可扣"伐"存疑。理由是"我"字是整体,不好分扣。

据此我在当年《上海支部生活》第 3 期上,看到对"我"有所解释:

我:"二"+"戈"。戈是古代的一种兵器,两个戈背对背相连相击,既相互割裂,又相互依存。据这个分解,说明"我"字两个组成部分可分可合,因此是可以扣的。

(3) 闭门点香拜佛(商用语)供求关系

这则谜曾在 2013 年 6 月《中华谜艺》上刊出过。分析一下,谜中"闭门"是有"关"的意思,大家不会有异议;"点香"是供的意思,即所谓供香、供物、供给,都是供的意思;"拜佛"则是求的意思,拜佛求发财,求平安等等,一般旧社会的老人有个三长两短都会烧香拜佛求菩萨保佑。因此,纵观全句没有一个闲字,字字着落,不讲好谜也可算成功的谜。否则不会入选《中华谜艺》。

11. 谜会活动中的趣事

2019 年 2 月 5 日春节年初一,在浦东曹路文化艺术中心举办迎春灯谜活动时,其中有一条谜:"丈夫的卧室",猜一物业名词(朱映德作)。多位猜众猜了好几个物业名词,猜不出,要我提醒提醒,我提醒说:是"三个字的物业名词,最后一字是房"。他们又猜了十余个名词,如"一手房、二手房、动迁房、拆迁房、预售房、商品房"等等。最后要我揭晓,我说出谜底后,他们哈哈大笑,"没错,真是口服心服"。你知道是什么名词吗?这就是寓教于乐,举办灯谜展猜活动,即是传承灯谜的形式之一。作为浦东非物质文化遗产的灯谜文化,今后要多搞此类活动。(谜底是"老公房")

我为金海文化艺术中心举办过三个迎春灯谜活动。有一天,遇到一个爱好者,三年都参加,谈起谜格,好像蛮善猜的,我就给他我刚做好的一条谜(还未刊《浦东谜刊》):"迟到的和平",谜目是礼貌用语,他想了较久,后来说出了"晚",又想到礼貌用语,就说是"晚安",是猜中了,可惜没有留下他的尊姓大名和地址。三年后,我另去曹路社区文化中心举办迎春灯谜活动,所以见不到他了。金海文化艺术中心的馆长,原是浦南文化馆的周馆长,我也曾在浦南文化馆搞过两次灯谜活动,是相识的,后来浦南文化馆灯谜活动由金庆荣负责。浦东文化馆的灯谜同志,各自都能在本地开展灯谜

活动,这是优于其他地区谜组的一个特点。浦东文化馆每年举办元宵灯谜会,已成常态。

2017 年 12 月,我与吴伟忠去松江大学城,松江大学城内,上海视觉艺术学院举办"过年艺术嘉年华"活动、非物质文化遗产灯谜展示。当天下午龚学平等同志来巡视,还与我们握手。2017 年 11 月 7 日我与吴伟忠又去参加浦东新区文化艺术中心举办、上海杉达大学协办的喜庆十九大"人文新浦东",2017 浦东新区"非遗进校园"、上海杉达学院专场灯谜活动。2019 年 12 月 25 日我又与金庆荣参加上海浦东新区文化艺术中心、上海第二工业大学主办,上海浦东新区相关街镇文化服务中心承办的"薪火相因文脉传承"2019 年浦东新区"非遗进校园"系列活动——上海第二工业大学导赏专场中的灯谜活动。场面热烈,该校老师曾说,"希能来为学生讲讲课"。浦东灯谜协会为弘扬传承灯谜举办的活动,年年得到有关单位的支持,灯谜更得到发扬。

12. 其　　他

所谓组织者,除对外界联系外,还应"会用人,用好人",这方面我犯了一个大错误,留下很深遗憾。当时未把苏才果留下是错误的,否则可使浦东灯谜研究会在开展灯谜研究活动和开展大型灯谜活动时珠联璧合、相得益彰。如这样,范重兴则大有作为了。周政平也曾经离开过谜协,我做了工作,他又回来了,目前因身体关系不能参加。他在我馆开展灯谜活动初始阶段,主持"灯谜大家猜"等活动多年,在安义曾一度离开时,他主持谜协日常工作和举办过一次"广洋杯"大型灯谜活动,编了一本专辑(因馆长调动,该书未出版,稿件我还保存着)。因此,我曾代表浦东文化馆送去感谢信,上门慰问。范重兴是原浦东汽车五场技术科负责人,他所在单位离浦东文化馆较近,我也经常去与他商量谜事。

苏才果是上海内航局职工,单位在上海外滩钟楼内,我也经常去与他商谜事、听意见。《浦东谜刊》前身名《灯谜》,是苏才果策划和主编的,在1978 年 10 月《灯谜》第 2 期上发表苏纳戈一篇"别解方成谜"的文章,这是谜坛最早发表的一篇这一主题的文章,引起全国乃至海外谜友们多年讨论热潮。我是受益者之一。翻阅《浦刊》前几期,每期都有才果、苏纳戈(弟兄俩)的谜论文章。"二苏"是上海谜界有一定知名度的谜人。他们兄弟为《浦东谜刊》初始阶段出了"大力",如才果把原定的谜刊《谜语》改正为《灯谜》,是现在《浦刊》的前身。万事开头难,他的积极努力为《浦刊》奠实了基础,他是有功之臣,饮水不忘掘井人,我们是不会忘记的。

苏才果与周政平都有一个共同的优点,为人品行好,不计较个人得失,不为名利,任劳任怨,为人真实、谦让,真诚为灯谜事业努力,为浦东文化馆开展此项活动,助一臂之力。借此衷心感谢他们,向他们学习、致敬!

第三章 谜丛摘锦

一水护田将绿绕（浦东校名二） 清流、育青

制谜：朱映德　赏析：吴仁泰

"一水护田将绿绕，两山排闼送青来"，这是宋代王安石《书湖阴先生壁》中千古传诵的名句。作者引得其中首句悬面，给人以一种朴质清新的感觉。

有一水环绕，可以想见必有清清溪水之流出，今扣以"清流"，一缕暗接，自入意中。护村野良田，当可推知为育青青嫩苗之生长，今扣以"育青"，蛇灰蚓线，理脉可寻。全谜偏多诗情，铙画意。关合虽参差错落，读底仍浑然一体。灵思妙笔，摹写生色。细细咀嚼，其趣自出。

本人退休儿顶替（字） 兀

制谜：朱映德　赏析：胡安义

本人退休由未就业的子女顶替工作，这是我国二十世纪七十年代末八十年代初为解决青年就业难而实行的政策，曾经牵动千家万户，现在回顾，记忆犹新。作者将人民群众深关痛痒的政策条文拿来做谜面，巧布迷宫，足见匠心。成谜兼用了两种手法，逐一分扣。先令"本人"二字中"退"去"休"字，留下"一"字，此乃减笔离损之法；再让"儿"字顶替到"一"字下面（"顶替"总是自下而上的，所以此二字又点明了方位），成就"兀"字，此乃增补合形之法。此谜谜面流畅自然。不见雕琢痕迹，增减脉络清楚，扣合干净利落，初读谜面，似乎明白如话，一经推敲，方觉暗藏玄机，大智若拙，最是难得。

一再拿下此小偷（字）　掱

制谜：朱映德　赏析：申立峰

此谜是顺应民心之作。作者用了"双重表达法"，既描述汉字之形，又阐明汉字之义。"一再拿下"，"拿"字之下是"手"；一而再，即三个"手"字。本来此谜已经形成，但语句不完整。作者再以"此小偷"点明底字之义。句顺意切，生动流畅，兴味匪浅。

近年，谜坛颇为盛行"双重表达法"制谜。这类谜能充分地运用汉字的音、形、义，使谜味更加浓郁，更具有欣赏价值。此谜是"双重表达法"中制得较好的一则。

丰（成语）　三十而立

制谜：朱映德　赏析：柯国臻

此谜看来制作简易，若无丰富想象，恐难收其全功。"丰"字，是故意将"卅"字倾侧示题，先作非非之想；谜底以"三十而立"析题，又是匪夷所思。"三十"本是实话，因其用正面言之，却未切中"丰"字要害，"而立"以反言补述"三十"（卅），才把"丰"字说得真容毕现。"独字谜"多处静态之中，旁无提词导语，不显蛛丝马迹，本就很难从中探索真谛。谜底应有回流反溯之势，与题遥相呼应，才弥合独字的单薄。故"独字谜"有"外貌似冷而中藏极热"的特点。

双重领导（电学名词）　复合管

制谜：朱映德　赏析：黄继钊

双重领导，是指一级组织受着两种上级机构管辖或管理。从谜的表现技巧来说：直处是题面坦露，字无虚设；曲处是底句易义，言外有味，按"双重"点出"复"字，因其意义类通，正好形成鲜明对照；"领导"切合"管"字，"管"本是名词，指圆筒形的物件，由于用"断章取义"之法，将它易为动词，

转作负责、经理、管辖之义,密移潜换,不着痕迹。特别是谜底中的"合"字,有共同之义,运用得好,有条不紊。本篇章法严谨,表里字句相生,不用典故,反映事理颇富有现实生活情趣。

孤帆一片日边来(南朝齐·谢朓诗) 天际识归舟

制谜:朱映德　赏析:田鸿牛

谜面出自唐代李白的《望天门山》诗句:"两岸青山相对出,孤帆一片日边来。"谜面诗句原意是说:我乘一片孤帆从日出的地方驶来。孤舟从水天相接处驶来,犹如来自太阳升起处。因此诗人的视角也一直在变,充满动态。诗人舟行至两山间,观望左右两岸层出不穷之山景,表达出诗人新鲜喜悦的心情。此诗、此景好像新拍的视频在眼前闪现。视频画面迅即跳到了"天际识归舟",江面上帆影点点,即将从视野中消逝,但还能认出是归去的船只。诗人在这里用清淡的水墨染出了一幅长江行旅图,一个"识"字精当地烘托出诗人极目回望的专注神情。两朝诗人泛舟而行,全赖灯谜作者的生花之笔,一笔勾连,景同,意通,心相通。同为古人诗句,一经回互,顿生谜之妙趣。"孤帆"与"归舟"同义;"日边"诗的本义是指日出的地方,可是在谜里,其义大变,"日"即是"天"(一日一天),"边"与"际"置换,特别是一个"识"字绝非无根之木,它早已从大诗人青莲居士的诗目"望"中款款透出,没有远"望",哪能"识"得已行至天际的"归舟"。一个"识"字,凸显神奇。

诗人、谜人一同挥动白描狼毫、自然流畅。"清水出芙蓉,天然去雕饰"可否作为赏析此谜的结束语呢?

横山抱影霉雨下(字) 晦

制谜:朱映德　赏析:田鸿牛

赏读谜面,分不清是唐诗还是清诗,是走进"日出西山雨""山雨喜开霁"里,还是徜徉在"山雨忽来人不知""春风吹断前山雨"中,历代诗人有关山雨的诗句,不胜枚举,他们为山水雨霁诗苑,平添了几多靓色。

朱映德先生自撰七言诗句,轻轻地与古人的山雨诗句融为一体,俨然成了一幅山雨水墨图。谜作者以此为面,猜一"晦"字,颇有几分巧思。"横山"为"彐""抱影"二字生动,即为"彐"("横山")对面的影子"彐","抱"合在一起成为"日"字;"霉雨下",意为"霉"中之"雨"要"下"去,下有动感,自行抵消,剩下"每"字,再与前面的"日"组合在一起,谜底"晦"字油然而生。

斯作写诗成谜,准确生动,运笔着墨,离合有序,一个"抱"字尤为精妙,如此这般,值得一评一析。

春雨瞒人敲西厢(医学名词) 三高

制谜:朱映德　赏析:田鸿牛

《崔莺莺待月西厢记》简称《西厢记》,是元代王实甫创作的杂剧,大约写于元贞、大德年间(1295—1307年)。全剧叙写了书生张生(张君瑞)与相国小姐崔莺莺在仕女红娘的帮助下,冲破孙飞虎、崔母、郑恒等人的重重阻挠,终成眷属的故事。自《西厢记》问世以来,崔莺莺、张生成了经典的文学人物,不但活跃在多种文学艺术形式中,也成了谜人盘中的"菜"。

文学的魅力是无穷的,也许谜人受了电视剧《红楼梦》中宝黛一起在树下读《西厢记》这经典一幕的影响,顿生成这一谜来:"春雨瞒人敲西厢(医学名词)三高","春雨"之时,你看,宝黛二人不是背着人偷偷地看《西厢》吗?春有雨,即看不见"日","瞒"字极具张力,"瞒"取隐瞒之义,"春"字中的雨已蔽日,"人"隐瞒起来,就剩下"三","敲"字带来动感,是轻轻地敲打着《西厢》,当然是"敲"的方位在"西厢"里已经明示,"高"字自然会出现了。如此戏剧性的变化,竟成了当今让人头痛的"三高"。于谜来说,还是损之有理,方位清晰,令人愉悦,吾应为其击掌。

早上旭日升,阳光暖天下(党的会议简称) 十九大

制谜:朱映德　赏析:田鸿牛

2017年10月18日在北京召开的中国共产党第十九次全国代表大会,

具有划时代的伟大意义。十九大报告清晰勾勒出中华民族伟大复兴的路线图,从乡村、社区到企业、校园,报告引发强烈共鸣。"十九大"一时间成为最新热词,刷爆各大新闻媒体。善于利用短小精悍灯谜文艺形式创作灯谜的各地谜人,纷纷挥笔跟上新时代的步伐:"天山之中旭日升(三字热词)十九大""五四一直要夺冠(三字热词)十九大""铅笔画,钢笔画,画了一整天(三字时政热词)十九大"等等谜作,不一而足。

长期在基层文化馆工作的朱映德先生,深知讴歌主旋律是职责所在,立马奉献出"早上旭日升,阳光暖天下(党的会议简称)十九大"这一新作。特别是作者把谜目标注为:"党的会议简称",更见其细心之处。随着时间的推移和变化,热词会有变异,而党的会议简称一直不会变,这是肯定的。

"早上旭日升"景色宜人,"阳光暖天下"气候暖心。看似写景、写天气,其实蕴藏谜道。"早上"指的是早字的上半部:"日","旭日"也包含"日"字,"阳光"是神来之笔,"日"与"阳"同义,一个"光"字,大有幻化之功,谜面上半句中的两个"日"字已经"光"了,光取没有了之义,仅仅剩下"十九"二字,"天下"是"大",尽人皆知。如此离离合合,不露声色,唯见自然流畅之妙,倍感怡人、惬意。

预报有间断雨(文学名词) 告一段落

制谜:朱映德 赏析:邓凤鸣(马来西亚)

"天气预报"可分短、中和长期预报,是气象台预先发出关于未来一段时间内,天气变化和趋势的报告。气象台运用现代科学技术,如卫星、雷达等,收集了全国甚至全世界的气象资料,根据天气演变规律,进行综合分析,科学判断,然后做出大范围的天气预报。气象站则根据大范围天气预报,结合本地区地形、天气特点等做出单站补充预报。

谜面仿佛是气象台发出的天气预报,"间断雨"指的是"多频率的阵性降水,时间时长时短,强度时大时小"。文学名词"告一段落",表示暂时结束,以后会有继续的内容。"段落"是构成文章的基本单位,具有换行另起的明显标志,利于作者条理清楚地表达内容,使文章有行有止,也方便读者阅读和理解。

成谜后,底顿读"告、一段、落"。"告"赋义"报告",扣合谜面的"预报",耳边传来气象预报的播报音响。"段落"连读,本意是"根据文章内容划分成的部分或事情结束停顿的地方"。谜中"段"表示"时段",对应谜面的"间断",让人联想到"雨在不同的时段,下了又停,停了又下"的现象。"落"有"下雨"的意思,"一段落"呈现"在某个时段有下雨"的画面。

作者善于发掘题材,以气象用语设面,扣合文学名词,表里对照,浑然传神。"段、落"分读别解,欲隐而显,神韵十足。

游罢钱塘回故乡(近代作家二) 张潮、归庄

制谜：朱映德 赏析：邓凤鸣(马来西亚)

著名的钱塘江大潮是世界闻名的海潮奇观。尤其是每年农历八月十八左右,由于天体引力和地球自转的离心作用,海水由杭州湾涌入喇叭形的钱塘江口,与江水相激,形成高达3—5米的潮头,犹如万马奔腾,汹涌澎湃,发出震耳欲聋、山崩地裂的轰鸣声。潮头撞击在钱塘岸上,溅起数十米高的浪花,蔚为壮观。古往今来,多少骚人墨客写下了无数吟咏钱塘潮的诗篇。其中苏轼的《望海楼晚景五绝》(其一)："海上涛头一线来,楼前指顾雪成堆。从今潮上君须上,更看银山二十回。"描绘了钱塘江海潮壮美雄奇的景象,令人叹为观止。

张潮(1650—约1709),清代文学家、批评家、小说家、刻书家,字山来,号心斋居士,歙县(今安徽省黄山市歙县)人,官至翰林院孔目。著名作品包括《幽梦影》《虞初新志》《花影词》等。

归庄(1613—1673),明末清初书画家、文学家,昆山(今属江苏)人,一名祚明,字尔礼,又字玄恭,号恒轩,又自号归藏等。善草书、画竹,诗多奇气。所著《恒轩诗集》12卷、文集《悬弓集》30卷、《恒轩文集》12卷,皆亡佚。后人辑有《玄恭文钞》《归玄恭文续钞》《归玄恭遗著》等。

谜作者自拟"游罢钱塘回故乡"的情节来扣合谜底,和谐贯串,形神俱显。成谜后,"张"由姓氏转义为动词"张望",有"观看"之义,"潮"专指"钱塘大潮";"张潮"对应谜面的"游罢钱塘",描绘了"游览钱塘江,观看滔天潮

水排山倒海，席卷而来"的壮观场面。"归"亦由姓氏转义为动词"返回"，"庄"解作"村庄"，指建在山林田野间的住宅。"归庄"扣合谜面的"回故乡"，熨帖工稳，自然和谐。谜底"张潮、归庄"一丝不苟地带出"游罢钱塘回故乡"的故事，概括洗练。

全谜扣合，情景交融；"张、归"化静为动，形象鲜明。

一任东西南北各分离（成语） 无动于衷

制谜：朱映德　赏析：邓凤鸣（马来西亚）

《红楼梦》第七十回记载：时值暮春之际，史湘云因见柳絮飘舞，偶成小令。于是诗社众人以柳絮为题，以各色小调做成柳絮词。其中探春写了《南柯子》前半阕四句后，由于内心难以平静，就写不下去了，后来由宝玉续写词的下半阕。《南柯子》全文："空挂纤纤缕，徒垂络络丝。也难绾系也难羁，一任东西南北各分离。落去君休惜，飞来我自知。莺愁蝶倦晚芳时，纵是明春再见隔年期。"

谜作者撷取探春写的末句"一任东西南北各分离"为面，反面会意扣底，简洁明快。词本意是要带出柳絮的命运结局，是封建家族分崩离析的悲剧命运的写照；柳絮随风飘逝，如同作者随着家族的日益衰败而孤苦飘泊一样。成语"无动于衷"原意为"内心一点儿也没有被触动，指对应该关心、注意的事情置之不理、漠不关心"。在谜中，"动"由原义"感动"转义为"移动"，原义为"内心"的"衷"，谜中取义"中间"。谜底释义"中间的部分处于静态的，没有移动的状况"，对应谜面，让人感受到：柳絮与柳枝分离，随风向东西南北四个方向飘离分散，只剩下中间部分"无动于衷"。

面底融合，浑然无隙，"无动"反扣"分离"，蕴意幽深，耐人寻味。

孤山虎踞迷雾绕（7画字） 岚

制谜：朱映德　赏析：杨耀学

本谜使我想起三十多年前的一条动作谜。主持者拿着一个绘着山的图画板，一个布老虎，要求猜浙江名胜二。猜者只需将布老虎拿起从"山"前走过即是猜中，底是虎跑、孤山。这两个景点都在杭州。本谜的"孤山"，则未必是这一座具体的山，可以是一座独立陡峭、突兀挺拔的山，山上有虎盘踞出没，而又有薄雾烟霭弥漫笼罩，遮挡视线。虎啸峰险，山岚氤氲，谷深奇幻，扑朔迷离。就是谜面给我们展示的图景。

谜取字形离合、同义代换、形义合扣之法。"孤山虎踞"聚字形，"迷雾绕"解字义。关于"虎"扣"风"，来源于《易经·乾卦》"同声相应，同气相求，云从龙，风从虎，圣人作而万物睹"，比喻事物的相互感应。谜界约定俗成，但宜"虎"在面，"风"在底。"山""风"组成底字"岚"，后三字释"岚"义很形象。"岚"本义山间雾气，有"青岚"（山上清新的空气）"岚光"（山间雾气经日光照射发出的光彩）"岚峰"（雾气缭绕的山峰）等称，"岚"字也常在古诗词中见到，也作为地名。"岚县"就在我们吕梁市。王维有诗句"夕阳苍翠忽成岚"，今见朱先生"山虎灯虎聚成岚"也。

山里改革更富足（8画字）　　画

制谜：朱映德　赏析：杨耀学

二十世纪五十年代有一部流传很广的长篇小说《山乡巨变》，描写的是五十年代的合作化极大地解放了山区农村的生产力，使几千年贫穷落后的湖南省山乡发生了巨大变化，呈现新貌。本谜则指出，通过改革开放这个人类历史上最大最成功的民生工程，释放出无可比拟的创富活力，民众普享发展成果，城乡更加富足。请注意这个"更"字，它是指好上加好，一天天好起来，它是"山乡巨变"的接续发展，不容前后互相否定。连边远山区都彻底脱贫，说明社会变革所达到的深度。

扣谜法取字形变化。"山里改革"，"山"字里面如何改，如何变？"山"字中间只有"丨"，不是消失，是变位置，变方向，变竖为横，置之于顶；"富足"，"富"字之足——基底部，是"田"；"更"，谜义取"更迭""再加"之义（如"更上一层楼"是也），意为前后两部叠加。前后相合，"画"字乃成。人们说，山里经变美如画，本谜精彩也如画。

不忘初心（足球术语） 一记长传

制谜：朱映德　赏析：杨耀学

　　底上的"长传"是足球基本技巧，"一记长传"是"长传"的一种，足球运动中常用，这个底谜界已有多人做过。今朱映德先生以庄重的政治用语"不忘初心"为面，扣合确切而意义深远。"不忘初心"是习近平总书记提出的，曾作为2017年十大流行词之一，意思是不要忘记本色初衷，不要忘记我党的使命和庄严承诺：为人民谋幸福，为中华民族谋复兴。走得再远，也不能忘记走过的经历，不能忘记为什么出发。"不忘"就是牢记，底"记"字精准，"一记"有两义，"这一点必须记住"和"一直要记住"；"长传"，我们的最初理想、雄心壮志和使命担当，要长久地、永远地传下去。

　　面底连读参透，基本意思就是党的宗旨永记不忘。"朝忘其事，夕失其功"，叩问历史，我们必须做到初心不改，矢志不渝。当这个足球术语被赋予崇高的思想内涵时，它顿时变得光彩夺目。我们铭记于心的，正是我们的奋斗目标。我们因信仰而生，因信仰而强，因信仰而胜。

　　读过此谜，耳边响起"万水千山不忘来时路，鲜血浇灌出花开的国度，万水千山最美中国路"的歌声。我们不忘初心再出发，一记长传从头越。

　　朱映德是我相识多年的老谜人。我崇敬他老当益壮的高尚精神。此谜读后，我做一条"映德先生不忘初心"，猜元代地理学家，底是"朱思本"，以表达我的敬意。

低落心态要调整（4画字） 犬

制谜：朱映德　赏析：杨耀学

　　面意自然亲切，很有人情味和生活气息。可以看作是对人的劝慰、引导，也可看成是自我勉励和提醒。心态的低落苦闷，是不良的情绪和暗淡的生活态度，无益身心，应该克服，代之以积极进取，健康洒脱的心态，不怨天尤人，以旷达的心胸看待一切。"调整"是一种自我教育、自我解放、自我激励。面意既好，扣合也切。形变枢纽是"心态"二字比较和减损游离。"态""落"掉"心"即是"太"，为什么是"低落"？ 其实"落心态"就达到离合析字的目的了，"低落心态"可释为"从低处落下心字的态字"，这样既关乎了面意（"低落"与"高兴"相对立，为形容词），又指出了变化部位在"态"字的"低"处（"落"成为动词的"脱落"义）。

本谜的不同凡响之处在于"调整"的字面结果。在一般的字谜或形扣谜中，"调整"指对部件进行位移、归纳和重组。唯独本谜的"调整"是换字。在前四字已经确扣"太"字的情况下，谜底却不是"太"，此笔画还能组成另一个什么字？ 这种最后出场时的替代法是很新颖的谜路。"太"字要重组，只能出"犬"，这是文虎做成反类犬吗？ 这是谜人的又一创意！ 于是心态低落的人"扑哧"一声笑了。

新开河（四字时政热词） 创建一流

制谜：朱映德 赏析：叶春荣

以"新开河"猜射四字时政热词"创建一流"。扣合上绝对没有问题：以"新开"扣"创建"；"河"为"一流"。不知就里的人可能认为谜面是作者为迎合谜底而自撰的，如果真是这样，此谜的谜味就要打折扣。因为如果自撰，那新开渠、新开沟，甚至新开运河、新开河道等等皆可入谜。其实不然，"新开河"是一个现成的地名。最有名的当是吉林的新开河人参，当然天津、辽宁也有此地名。作者是地地道道的上海人，他是以地地道道的上海地名"新开河"为面，为我们创造了一条地地道道的海派灯谜。

上海的新开河路是个老地名，位于黄浦区，与人民路、中山东二路相交，临近黄浦江。"一流"有第一等之义，如三国魏·刘劭《人物志·接识》中有句："故一流之人能识一流之善，二流之人能识二流之美。""创建一流"是这几年经常出现的时政用语，可与好多词语搭配，如创建一流企业、一流学府、一流团队、一流工程、一流党组织……作者可能生在黄浦江畔，对这"一流"（入谜"一流"别解为"一条河流"）有特殊的感受，而黄浦江两岸日新月异的变化，为"创建一流"的谜底打下了现实的基础，作者借用上海老地名为其配面，无意中形成新与旧的强烈反差，从而增加了谜趣，此谜看似信

第三篇 谜丛摘锦

手拈来,实是生活的积累。

春雨瞒人敲西厢(医学名词简称) 三高

制谜:朱映德　赏析:叶春荣

郑板桥故居的中堂有他写的一副题联,现豫园万花楼用它来做楹联:"春风放胆来梳柳,夜雨瞒人去润花"。作者化用此联,描述了春雨敲窗的景象,郑联以"润"的静见长,营造了"润物细无声"的意境,而此谜用"敲"的声为主,一个"敲"字,把淅沥沥的雨声拟人化,更使此处有声胜无声,让人有了"鸟鸣山更幽"之感。而"春雨瞒人敲西厢"的谜面让人联想起《西厢记》里,张生瞒人在西厢会莺莺的故事,当然是在春雨中。

"三高"在医学上是指高血脂、高血压、高血糖的总称,也是简称。入谜时"春雨"即"春"无太阳,去"日"得"夫",再"瞒人"余"三";"敲西厢"即把"敲"的西厢"高"拿出来,谜即成立。

谜为拆字手法,但拆出如此意境,当为不易。春雨绵绵有时也会惹人烦,而此时"春雨"入谜,绝不拖泥带水,非常干净利落。其实,不管谜人用何种手法,用典、拟人、自撰等等,只要把经过锤炼的文字编织在一起,自然地呈现在猜射者的面前,让猜射者有美的享受,即是谜的成功之径。好谜添诗意,诗意促谜佳。

大方点,有品位(字) 器

制谜:朱映德　赏析:田鸿牛

常听人说,这人很大方,这人有品位。"大方点,有品位"是现实生活中为人处世的一种生活追求和情操表现,为人称道。反之,吝啬之人总会让人不齿,遭人耻笑。例如:巴尔扎克《守财奴》中的葛朗台;莫里哀《悭吝人》中的阿巴贡;果戈理《死魂灵》中的泼留希金;莎士比亚《威尼斯商人》中的夏洛克,他们是世界文学作品中四大吝啬鬼,吝啬到了极点,从来只是认钱不认人。

谜作者看似展示一种人的仪态之美,其实是故布谜阵,引入谜宫,令人猜想。此谜采用离合之法,又运象形之术:"大"字实用,"方"就是"口"(也可解为象形),"点"是一"、",妙在把"品"字分步到"位",如此这般,就轻轻松松组合成了谜底"器"。

著名谜家吴仁泰先生曾在赏析佛山何仰之先生"一片丹心共为公(字)么"中所言:"实熔思想性与艺术性于一炉,为'寓教育于娱乐之中'之一例。"吴老所言用此谜作,余看,从属相宜。

深谷初寒草凋零(字)　蓉

制谜:朱映德　赏析:田鸿牛

深谷的幽静、空旷,初寒的北风、凄凉,势必带来"千花百草凋零后,留向纷纷雪里看。"(唐·白居易《题李次云窗竹》)

大自然如此无情,可文人骚客笔下有意,深谷、初寒、花草、凋零,成了吟咏长叹的诗句,明代懒庵禅师的"谁构遗亭莽苍中,萧萧深谷起悲风"。

宋代的陆游更是以《初寒》为题:"前山云起忽成暝,陋屋雨来初变寒。"赵汝譡(宋)的"想当枯草穷秋时,风皞谷震落日低",这些诗句虽不如春花秋月那般绮丽、迷人,但依然充满着诗情画意,令人玩味。

朱映德先生以"深谷初寒草凋零"为题,看似写景,其实不然。作者巧用中国汉字一字多义之特点,灵活运用灯谜增损离合之技法,"谷"字实用,"初"取当初、先前之义,指的是"寒"字之初:"宀","草凋零"极易给人造成"草字无艹"了,剩下"早",那就错了,"草凋零"必然是去掉草的一部分,而作者恰恰把草字中间和下半部分大胆舍去,留下"艹",虚实之间,方显灵动之用心,谜面的"深",暗指要把"谷"字安在谜底的最深处,这样一增一损,一离一合,岂不是四川省会成都的别称芙蓉城的简称:"蓉"字,展现在我们面前。

家父胖得懒走动(四字常言)　严重不足

制谜:朱映德　赏析:邓凤鸣(马来西亚)

现代人的生活条件越来越好,较注重饮食,营养摄取比从前改善很多。可是太多的营养摄入却会造成过多的脂肪堆积,加重身体的负担,进而导

致越来越多人成为体重过高的胖子。如果这些人又不注重运动的话,身体素质就会每况愈下,长期下去就会影响到免疫力,进而疾病丛生。

谜面叙述了"家父胖得懒走动"的现象,会意扣底。"严重"本义为"不容易解决的、很重要或很有影响的",成谜后,"严"成了"对自己父亲的尊称",照应"家父",熨帖其中。"重"对应"胖",展现"身体过重"的画面,形象鲜明。"不足"本义"不充足、不够、满足不了需要",谜中"足"取义"脚","不足"即"不愿意动脚走路",确切不移地表达谜面"懒走动"的意思。

谜底顿读为"严重、不足",字字别解,一气呵成,极具神韵。

珍惜第一桶金(卫生知识) 爱护头发

制谜:朱映德 赏析:邓凤鸣(马来西亚)

"第一桶金"是指人们创业过程中赚的第一笔钱,也代表了财富基础、人脉和经验的积累。在追求人生"第一桶金"的道路上,只有通过缜密的思考、大胆的尝试、勇敢的拼搏、百折不挠的毅力和锲而不舍的奋斗,才有可能成功。此外,人生的"第一桶金"通常都是人们省吃俭用,然后将自己辛苦赚来的钱,一点一滴累积而来的。由于得来不容易,所以要好好地珍惜这辈子难得的垫脚石,明智地利用这第一桶金,继续往第二桶金或第三桶金的目标进发。

"珍惜第一桶金"道出以上的人生哲理,用会意法扣合谜底。"爱护头发"是人人都知道的卫生常识,成谜后,"爱护"扣合谜面的"珍惜",干净利落,不枝不蔓。"头发"本为"生长在头部的毛发",入谜后,"头"由人体部位变义为"次序在前"对应谜面的"第一",相得益彰。"发"则取义"因得到大量财富而兴旺",与"第一桶金"遥相呼应,别开境界,耐人寻味。

全谜扣合,妥帖到位,"头发"别解,清新自然,别具意趣。

独身擅演生旦净(六字新词) 长三角一体化

制谜:朱映德 赏析:杨耀学

本谜所说的生旦净,是戏剧行当,也即角色,是戏剧演员分工类别,比如传统京剧,这种划分由来已久。一般说来,一个演员只擅长一个行当,演小生的只演小生,唱旦角的只唱旦角。本谜说一个人竟然擅长三种角色,我问过业内人士,这种情况虽然不多,但有。比如,有的演员年轻时演小生,中年业内"改行"为净角,有的因为特需"救场",串演平时并不担任的角色。在新中国成立前,一些老艺术家,尤其是带班者(类似剧团团长),不光本门唱得好,跨行当也演得不错。如言慧珠老师,不光是旦角,还唱老生;又如叶盛兰,小生、青衣都唱。所以本谜言之有据。底义入谜,被改造成"长于三个角色,一体担当","长"有"擅长"义,"角"单用即可表"角色","一体"对应面上的"独身"非常确切,"化"很传神,演戏化装,入戏后你就不是你了,这就是"化",演英雄你就是英雄化身。这个底可谓尽摄面意。

底"长三角"原义,是指"长江入海口三角洲地带",以上海为中心的城市群,包括苏、浙、皖、沪,在中国现代化建设和开放格局中有举足轻重的战略地位。这里实现区域经济一体化,即是打破界限,资源共享,要素自由流动,综合治理,这是发展战略的需要,是世界级大手笔。

本谜的变化是彻底的,变化核心是"角"字,"三"由地表形貌成为角色种类数目,铺展变成兼加,由此演绎出一台好戏,佳谜遂成。

山重水复疑无路(汉代名人)　程不识

制谜:朱映德　赏析:黄秦奇

《游山西村》是宋代陆游写的一首纪游抒情诗,描写江南农村日常生活。诗人到农家做客,受到了农家的盛情接待,赞赏农村民风的淳朴和山村风景的秀丽。诗的颔联"山重水复疑无路,柳暗花明又一村"写山间水畔的景色。诗人走过青山,蹚过清溪,弯曲的小径半遮半现,让人迷失方向,找不到目标。正在迷茫、担心无路可走之际,忽见花红柳绿之中,露出了墙角,出现了新的村落,顿觉豁然开朗,喜形于色。这句诗富含生活哲理:不论前路多么难行,只要坚定信念,勇于开拓,人生就能绝处逢生。

程不识是汉武帝时的名将,别称"不败将军",担任山西太守,长乐卫尉,与李广齐名。入谜时,"程"由中国姓氏,别解为名词,指"道路的段落",如宋代张绍文《山庵夜宿呈深居先生》中的"一程深一程"。"不识",由名字

转义为"不知道、不认识"。如唐朝韩愈《闵己赋》中的"行舟楫而不识四方兮"。为此,"程不识"合意为"不知路在何方?""疑无路",一个"疑"字,道出了"不知道",与"程不识"之意暗合。"山重水复"反复强调了诗人的"不知道"缘由,让"程不识"欲露而隐,欲迷而谜。

申城无处不飞花(商业用语)　上海全市消费热
制谜:朱映德　赏析:黄秦奇

宋代韩翃《寒食》诗"春城无处不飞花,寒食东风御柳斜。日暮汉宫传蜡烛,轻烟散入五侯家"描写了寒食节的景象,其中"春城无处不飞花"是脍炙人口、耳熟能详的名句。"春城"指春天里的都城长安。"无处不飞花"是春天的典型画面,春意浓郁,笼罩全城。谜面套用该名句,改"花"为"申"。

"申"是上海市的别称,呼出"上海",四平八稳。"无处"指"无一处,隐喻任何地方",如《初刻拍案惊奇》卷五"漫山遍野,无处不到"。借助"申"的余味,在这里会意为"全市"准确无误。"花",名词,指种子植物的有性繁殖器官,由花瓣、花萼、花托、花蕊组成,有各种颜色,有的长得很艳丽,有香味。在这里,谜作者独具匠心将其转化为动词,释义为"用掉、消耗",正面会意为"消费",通过"无处不飞"的修饰提示出"热"(一个时期内最吸引人的关注点或带有普遍性的现象)的程度。

消费是最终需求,是经济增长的持久动力,消费热了,经济才会是一池活水。"申城无处不飞花"正是描写了上海市的繁荣景象,该谜巧借著名诗句布面,富有诗意,富有韵味,富有谜趣。

挥毫写诗皆上品(四字评语)　作风优良
制谜:朱映德　赏析:田鸿牛

何谓诗,言说心志、抒发情感的押韵文字。《国语·鲁语》:诗所以合意,歌所以咏诗也。古往今来的文人骚客无不以挥毫泼墨、吟诗作赋为快事。从李白的"题诗留万古"到苏轼的"诗酒趁年华";从刘禹锡的"便引诗情到碧霄"到杜甫的"漫卷诗书喜欲狂"。诗人、诗韵、诗意、诗情,快在笔墨里,喜在推敲间,酣畅淋漓,跃然纸上。

谜人也是诗人。沪上谜家朱映德先生今以"挥毫写诗皆上品"为题,自撰谜面已有几分诗意,再与四字评价语"作风优良"牵手,可谓最佳组合。大凡写诗者,哪个不想独占鳌头,成为上品? 想起李清照的"学诗谩有惊人句",到杜甫的"语不惊人死不休",再到"眼前有景题不得",可想而知,成为"上品"之作,难乎其难。且慢,我们切莫在这些古人先贤的诗词中绕圈子,使昏迷也。从谜而言,"挥毫写"紧扣"作"字,直截了当。"诗"是核心:中国最早的诗歌总集《诗经》,共三百零五篇,分《风》《雅》《颂》三部分。"诗"从"风"来,于史有据。"上品"岂能不是"优良"之作?!

此谜不雕不琢,一气呵成,底面关合,自然流畅。诚如诗魔白居易其浅切平易的语言风格、淡泊悠闲的意绪情调一样,谜人应学白先生。

竖巨幅,迎诗会(成语) 树大招风

制谜:朱映德 赏析:杨耀学

谜底"树大招风"既是成语,又是电影名(2016年出的警匪片)。作为成语,它的意思是,人出了名,或者有了钱财,容易惹人注意,引起麻烦,出处是《西游记》。而谜面的意思则是,为举行一次诗会而造势,竖起巨大醒目的条幅,从楼顶直垂下来,隆重迎接各地与会诗友的到来。让我们解析一下,这谜底四字是怎么逐字扣出的。

"树""竖"同音,意义并不全同,然而却有相似的形象,都可以和"立"组合,曰"竖立",曰"树立",像树那样高高立着,在本谜的意境中,都属于垂直于地面的、从上往下的条幅,竖立了标志,就树立了此会的主题。"巨幅标语"必然是"大"。"风",古代是通过"民歌""歌谣"义而与"诗"贯通的,《诗经》的"国风",就是古代十五国的民歌,因此,以"风"扣"诗",自是不成问题。因为要论诗,树立着大标语。最有意思的是"招",它在本谜中兼有名词、动词两层意思。条幅如招牌,我们不是常说"市招"吗? 古代的市招是扬旗;然而它又有迎接之义,召唤、招待宾客。本谜情境

297

下用这个字,可谓贴切之至,它是面上的"幅"字和"迎"字凝结而成的,不论招牌还是招呼,都是公开的。树大招而接风,便是本底入谜的全新演绎,和面句丝丝入扣。巨幅凌风,八面来风,使我们犹如身临其境。

中国干得漂亮(品牌二) 华为、美的

制谜:朱映德 赏析:杨耀学

读到朱映德先生的这条谜时,正值 6 月 23 日,我国北斗三号收官之星成功发射。我国提前半年完成北斗三号全球卫星导航系统星座部署目标,这一项国家重大工程标志着我国由航天大国向航天强国迈进。140 多个国家发来贺电,赞颂中国干得漂亮。今年,我们在党中央和政府的坚强领导下,战胜了疫情,脱贫攻坚,改善民生,取得了阶段性成果,城乡建设欣欣向荣。"干得漂亮"是我们发自内心的声音,充满自豪感,也表达了我们对国家体制的自信,对祖国的美好前途欢欣鼓舞。

本谜扣合严密。"华"对应"中国";"为"就是"干",也是"做"的意思;"美"乃是"漂亮"。扣合稳重、细腻,通过丝丝入扣,完成意境转换。本谜的亮点,在于"为"字的显眼位置。此字可做动词、副词、疑问代词,在谜中常被忽视。清代谜"逢人说项"扣《四书》句"斯为美",意为"项斯这个人好","为"字很弱。今谜"武媚""纤纤作细步""出门俱是看花人"等面扣"行为美",重点都是踏实"行"和"美","为"字被轻轻带过。本谜的"为"则唱主角,"事在人为""敢作敢为""大有作为"都是此意,扣合面上的"干",强调我们的所有成果都是干出来的。"美的"在很多谜中做底时,组成"美的空调""美的商城"等,本谜将"的"字置尾做后缀,稳实而不累赘,此用法新颖。

"华为"技术有限公司,大名鼎鼎,引领全球信息与通信技术,构建连接世界;"美的"集团集消费电器、暖通空调、机器人、自动化系统于一体,提供多元化产品和服务。这样的面,这样的底,贴切中见深邃目光,妙趣中有宽宏胸襟,字里行间奔涌着时代暖流和前进力量,爱国之心跃然而出。

莫使金樽空对月（市招） 休闲食品

制谜：朱映德　赏析：杨耀学

面句见于唐代大诗人李白的代表作《将进酒》："人生得意须尽欢，莫使金樽空对月。"此诗此句，很能体现李白的个性。意思是：人在得意之时就应当及时行乐、纵情欢乐，不要让这盛美酒的金杯因无酒而空空地对着天上的月亮。这种豪情逸性，对人生的潇洒态度，对后世影响很大，遂成名句。"休闲食品"，是对此面句的阐释："休"要空"闲"对饮"食"的"品"尝，不要让品酒的杯子闲着。从字面上看，"莫使"和"休""空"和"闲"，是扣合紧切的；"金樽"是酒具，"食"和"品"摄得其魂。底"休闲食品"是现代词语，是指人们在闲暇休息时所吃的快速食品，也即"吃着玩"的东西。

本谜能够成立，在于对"休闲"和"食品"两词的别解改造。"休闲"本义为"工作、学习之余的轻松悠闲生活"，"休"和"闲"是同义并列的，"休"即是"闲"，入谜却变成支配关系：休要闲着，不要让它空着；"食品"本来是偏正结构：可食之品，即各种供给人食用、饮用（注意这里包含饮用）的成品、食物，入谜却成为并列的动词，"食"就是"品"，不要让"食""品"的行为、享受停下来。

"休闲"，原义上是并列关系；"食品"，入谜后变成了并列关系。前者入谜后重塑，后者入谜后解体。因此，底四字入谜前的两种读法是："休"时的食品、"闲"时的食品；入谜后的两种读法是：休要闲了"食"、休要闲了"品"！你看，灯谜艺术妙也不妙？

山峦重霄一路回（交通用语） 返程高峰

制谜：朱映德　赏析：田鸿牛

谜面以自撰的七言名，叙述某个人归心似箭，穿过松林，踏过小溪，越过了一座一座的高山，不畏艰辛，一路赶着回家。唐代王勃的《滕王阁序》中，用"层峦耸翠，上出重霄"形容山峰高大，通过上出云霄和下临无地这种巨大的反差，形容景色的秀丽壮观。"山峦重霄"与"层峦耸翠，上出重霄"

有异曲同工之妙,借写山之高,路之长。"一路回",用词虽平淡,却形容回家的心切与决心。

返程高峰是交通用语,指假期结束,逐渐迎来的回程潮。"返程"指回程、返回,与"一路回"同义互扣。"高峰"为形容词,比喻事物发展的最高阶段,别解为名词,指高的山峰,会意呼应了"山峦重霄"。

谜面句意通气顺,会意扣合谜底,准确不生误解,自然不见痕迹。

愚公为何移山(防疫用语) 居家隔离

制谜:朱映德 赏析:田鸿牛

2020新年伊始,一场突如其来的新型冠状病毒肺炎疫情在荆楚大地肆虐,在武汉江城发难,在这大灾大害面前,党中央英明决策,武汉封城,居家隔离,全国人民团结一心,众志成城共克时艰。广大灯谜爱好者在第一时间用手中的笔创作出大量谜作,讴歌坚强抗疫的白衣天使,宣传抗疫防疫的应对措施,一时间,无数优秀灯谜作品纷至沓来。

上海朱映德先生创作的"愚公为何移山(防疫用语)居家隔离",给人印象深刻。面取自《列子·汤问》中的寓言故事,《愚公移山》又是毛泽东主席"老三篇"中的重要篇章,我国人民妇孺皆知,耳熟能详,倍感亲切。如此用典,翻出新意。

"愚公为何移山",就是因为他的家门南面有两座大山挡住他家的出路,愚公下决心率领他的儿子们要用锄头挖去这两座大山。面是设问,底是作答。"居家隔离"这一重大防疫举措,实践证明措施正确,效果显著。此谜提问深刻,作答超然,底面呼应,从属相宜。

"移山"是因为"居家"之地被大山"隔离",无法出行所致。"居家隔离",原本是规定所有与证实患病者有家居接触的人士,须留在家中接受一定期限隔离的家居治理的举措,成了"愚公为何移山"最精准的答案,这就是灯谜的"回互其辞"微妙之处。

此时,耳畔忽然响起江涛演唱的歌曲《愚公移山》:"任凭那扁担把脊背压弯,任凭那脚板把木屐磨穿,面对着王屋与太行,凭着是一身肝胆。"掷地有声的歌词,就是愚公移山精神,就是中国精神在这场全国总决战中的完美体现。

山里改革更富足（字）　画

制谜：朱映德　赏析：叶国泉

本谜有两大亮点。其一，体现时代精神，讴歌社会发展；反映新形势，充满正能量。众所周知，2020 年是我国全面进入小康社会的一年，届时全国基本实现脱贫，包括穷乡僻壤的农民以及贫瘠山区的山民，也将发生旧貌换新颜的巨大变化。读罢谜面，很容易使人联想到神州大地从长城到长江，从城市到农村，到处都是一派欣欣向荣、生气勃勃的喜人景象。其二，面句简洁，短小精悍；线索分明，脉络清楚。制作灯谜固然要"回互其辞"，故弄玄虚。但也应当在谜面上面留下若干蛛丝马迹，以便让猜者有迹可循，探幽索隐，从而最终将谜底揭开。

就本谜而言，"山里改革"中之"山"是关键词，"改革"是提示词。应别解为：须将"山"字之笔画进行改动，亦即将其中之一竖改成一横。"更富足"之"富"是关键词，"足"是方位词。所谓"富足"也就是"富"字之底部，亦即"田"字。而"更"则是提示词，暗示须将"田"字放置于谜底，与笔画改革后之"山"字进行组装，从而得到谜底"画"字。本谜面底扣合中规中矩，有板有眼；按部就班，自然流畅。

沐浴点点爱心，感受不浅（字）　深

制谜：朱映德　赏析：叶国泉

读罢谜面，笔者脑海里不由自主地闪现出韦唯饱含深情高唱的动人心弦的《爱的奉献》歌曲："这是心的呼唤，这是爱的奉献，这是人间的春风……只要人人都献出一点爱，世界将变成美好的人间。"

显而易见，本谜面句反映了中华民族一种优秀传统文化观念：受人一饭之恩，当以万石相报。或者是：受人滴水之恩，当以涌泉相报。

谜底"深"字的结构不算太复杂，但从制谜角度来分析，却是将离合、象形、方位以及总体会意提示四种方法集于一身，"沐"字整体"离"开谜面，并

与底字其他字素组"合"而构成最终谜底。由于"八"在汉字书写中往往写成两点,所以面中之"点点"可以根据形从宽规则,象形别解成"深"字中之"八"字,"爱心"则可别解成"爱"字之中心,扣合"宀",面中之"浴"属于动词,本意是指"洗澡",如今却取其别义"浸染、沉浸"解。最后将自素"沐""八"及笔划"宀"三位一体重新组装,底字"深"也就露出其庐山真貌,谜底最后之"感受不浅"四字,反其意不就是感受很"深"吗?不言而喻,这是心地善良的作者特意进一步提醒猜者不要误入歧途,另猜他字。

综上所述,本谜有两大亮点,一是点赞仁爱之心,爱人以德。其实,作为生存在地球上的全人类,都是命运共同体。古今中外许多贤人智者,都力倡让世界充满爱。例如:莎士比亚说"善良的心地就是黄金",孟子说"爱人者,人恒爱之",墨子主张"兼爱",如此等等。二是多种手法综合运用,浑然自成,毫无斧凿痕迹,具体而言,就是指离合自然,象形妥贴,方位准确。三种手法水乳交融,浑然一体。谜面最后"感受不浅"四字,并非画蛇添足,而是通过整体会意提示,将底字牢牢锁定,从而成为无懈可击的唯一之底。

从本谜创作不难看出,谜作者若非技艺娴熟之斫轮老手,焉能有此佳构哉!

孟母因何要三迁(四字常言) 小处着想

制谜:朱映德 赏析:范重兴

作者把别人不大注意的"处"字,别解为居所,构思可谓独到。屈原《九章·涉江》:"幽独处乎山中。"这"处"便是居处之义:寂寞地住于山中。因谜面是问答式文意,谜底的"处"则自然别解为居住义,即孟母为小儿的居住环境着想而三次搬迁,照应谜面,十分准确。

为何讲斯谜构思独?查中华灯谜库,仅有两条以"小处着想"为底的谜作。一条谜面是:"青梅竹马欲有思",着重在"小"与"想"两字上用力;另一条是"刚谈朋友起欲火",着重别解在"着"字上。而映德兄斯谜,谜面用典,十分自然,谜底则在"处"字上用心别解,更显自然浑成,似更胜一筹。映德兄虽年近九旬,但老将宝刀不老,真是可喜可贺!

后　记

　　自二十世纪七十年代后期涉足灯谜以来，我半个世纪孜孜不倦投入其中，白首而无悔。我原是上海浦东文化馆工作人员，开展群众性娱乐活动本是分内事，普及中华传统灯谜更是责无旁贷。长期以来，在传承灯谜文化的同时，我努力吸取中华灯谜的精华，认真借鉴各地谜家的宝贵经验和成功范例，不断充实自己的灯谜制作与赏析水平。而今将此大半辈子的文字结集成册，一是把平生的收获提供给爱好灯谜的初入门者学习参考，二是自己作为一名浦东灯谜的非遗传承者，为弘扬中华灯谜文化奉献一份绵薄之力。

　　我年轻时期是个灯谜爱好者、组织者，退休后依旧是个灯谜参与者、传承者。灯谜让我受益了大半辈子，使我退休后的生活有滋有味，不觉空虚，益发充实。此外练太极拳、自娱电子琴，也伴随我欢度晚年，更觉不亦乐乎。

　　收入书中的灯谜，不尽是精品，仅是见证本人从谜以来的一个长期学习积累的过程。这些谜作大都在各地书报期刊和《浦东谜刊》上发表过。如果对灯谜初学者能起一星半点启发或参考的价值，我将不胜荣幸和欣慰。本书记载着我如何从一个门外汉开始，不断学习，持之以恒，结下善果；迎难而上，不半途而废，终有收获。希望有更多的灯谜爱好者参与进来，更企盼把浦东灯谜这一非遗瑰宝能在浦东、上海乃至更广阔的地区传承开来，后继有人。这是我一个耄耋老人的至诚夙愿。对于灯谜爱好者来说，除多看名著名诗外，最好还要备有两本辞典：《现代汉语词典》和《中国成语大辞典》，这是常要查阅必备的书，非常有益。

　　在本书的编审过程中，浦东文化馆原文艺辅导部主任虞国强同志为我精心设计书籍封面，中华灯谜学术委员会顾问田鸿牛以及邓凤鸣、杨耀学、叶春荣、黄秦奇、胡安义、范重兴等诸多海内外谜家给予了鼎力相助。特别

是浦东灯谜研究会李志勇会长在百忙之中为我撰写序言,黄玮华谜友在新冠疫情防控期间协助认真校稿。在此,对他们的热忱支持和付出一并表示衷心的感谢!

　　同时,也真诚感谢上海浦东文化馆领导的热情支持与帮助。由于自己水平有限,本书疏漏不当之处在所难免,诚期师友们多多见谅,并望各地谜友指正赐教。

　　　　涉谜经年乐趣增,喜有文虎伴此生。
　　　　伏枥雄心不言老,敢将余力作传承。

朱映德

2020 年 3 月

图书在版编目(CIP)数据

谜海拾遗 / 朱映德著. —上海：文汇出版社，
2021.5（2024.1重印）
　ISBN 978 - 7 - 5496 - 3530 - 6

　Ⅰ.①谜…　Ⅱ.①朱…　Ⅲ.①灯谜—介绍—上海
Ⅳ.①I207.78

中国版本图书馆 CIP 数据核字(2021)第 091383 号

谜海拾遗

作　　者 / 朱映德

责任编辑 / 熊　勇
封面装帧 / 虞国强

出版发行 / **文匯**出版社
　　　　　 上海市威海路 755 号
　　　　　 （邮政编码 200041）
经　　销 / 全国新华书店
排　　版 / 南京展望文化发展有限公司
印刷装订 / 永清县晔盛亚胶印有限公司
版　　次 / 2021 年 5 月第 1 版
印　　次 / 2024 年 1 月第 2 次印刷
开　　本 / 720×1000　1/16
字　　数 / 280 千字
印　　张 / 20.25

ISBN 978 - 7 - 5496 - 3530 - 6
定　　价 / 45.00 元